TIERRA FIRME

UNA VIDA POR LA PALABRA

SILVIA CHEREM

UNA VIDA
POR LA PALABRA

Entrevista con Sergio Ramírez

Prólogo de
CARLOS FUENTES

FONDO DE CULTURA ECONÓMICA

Primera edición, 2004

Cherem Sacal, Silvia
 Ilusión perdida. Entrevista con Sergio Ramírez / Silvia
Cherem Sacal ; pról. de Carlos Fuentes. – México : FCE, 2004
 304 p. : ilus. ; 21 × 14 cm – (Colec. Tierra Firme)
 ISBN 968-16-7403-0

 1. Escritores – Entrevista 2. Literatura mexicana I.
Ramírez, Sergio II. Fuentes, Carlos, pról. III. Ser IV. t

LC PQ7081.3   Dewey 928 R527

Comentarios y sugerencias: editor@fce.com.mx
www.fondodeculturaeconomica.com
Tel. (55)5227-4672 Fax (55)5227-4694

Diseño de portada: Teresa Guzmán Romero

ISBN 968-16-7403-0

Impreso en México • *Printed in Mexico*

A Rosa María Villarreal,
porque supo impulsar el vuelo
para largas jornadas…

Índice

APÉNDICES

Prólogo

Franco y reservado. Cándido y sagaz. Directo y calculador. Libérrimo y disciplinado. Devoto de su mujer, sus hijos, sus amigos. Intransigente con sus enemigos. Elocuente en el foro. Discreto en la intimidad. Firme en sus creencias éticas. Flexible en su acción política. Religioso en su dedicación literaria. Todas las dimensiones de Sergio Ramírez aparecen en esta autobiografía hablada para entregarnos a un hombre de complejidad extrema, disfrazada por la tranquila bonhomía externa y revelada por el ánimo creativo en constante ebullición. En rigor, la vida de Ramírez posee dos grandes laderas: la política y la literaria. No se entiende la primera sin la segunda, aunque ésta, la vocación literaria, acaba por imponerse a aquélla, la actuación pública. El transcurso de una vida y la tensión entre sus componentes le da a este libro, no sólo su vigor, sino su serenidad. No sólo su acción, sino su imaginación.

Cuando visité por primera vez Managua en 1984, en medio del fervor de la fiesta revolucionaria, lo primero que me llamó la atención fue el carácter inacabado de la ciudad. Los destrozos del gran terremoto del año 1972 no habían sido reparados —ni por la dictadura somocista antes ni por la revolución sandinista ahora. La Catedral era una ruina. Las calles no tenían nomenclatura. La ciudad le daba la espalda al lago. Lo usaba, además, para vaciar en él las aguas negras.

11

Pregunté a diversos funcionarios del sandinismo el por qué de este abandono. La respuesta estaba en sus miradas antes que en sus palabras. Nicaragua estaba en guerra. La pequeña nación centroamericana, tantas veces invadida y humillada por los gobiernos de los Estados Unidos de América, se defendía nuevamente contra el Coloso del Norte. El respaldo constante de Washington al dictador Somoza y sus delfines se había convertido en feroz oposición, ciega y arrogante, contra la modesta afirmación de independencia del régimen sandinista. Visité, con Sergio Ramírez, con la admirable Dora María Téllez, los hospitales llenos de niños mutilados y civiles heridos, víctimas de la Contra dirigida y armada por Washington.

¿Cómo no estar con este heroico grupo de hombres y mujeres que habían cambiado para siempre la ruta histórica —dictadura, humillación— de Nicaragua con una promesa de dignidad, por lo menos de dignidad? Bastaba esto para no indagar demasiado en pecados o pecadillos subordinados a dos cosas. Las políticas internas de la Revolución; la campaña alfabetizadora, en primer lugar. Y sus políticas externas; la afirmación de la soberanía frente a los EUA. Sergio Ramírez lo dice con belleza, nostalgia y anhelo: "Inspirados en un enjambre de sueños, mística, lucha, devoción y sacrificio, queríamos crear una sociedad más justa…" Ésta era el fin. Ramírez cuestiona hoy los medios: "…pretendimos crear un aparato de poder que tuviera que ver con todo, dominarlo e influenciarlo todo".

Los sandinistas se sentían "con el poder de barrer con el pasado, establecer el reino de la justicia, repartir la tierra, enseñar a leer a todos, abolir los viejos privilegios… restablecer la independencia de Nicaragua y devolver a los humildes la dignidad". Era el primer día de la creación. Pero en el segundo día, el dragón norteamericano empezó a lanzar fuego por las narices. ¿Cómo iba a ser independiente el patio trasero, la provincia siempre subyugada? La política de Ronald Reagan hacia Nicaragua atribuía a los sandinistas fantásticas e improbables hazañas contra Norteamérica: el Ejército Sandinista de Liberación Nacional, dijo Reagan por televisión, podía llegar en cuarenta y ocho horas a Harlingen, Texas, cruzando velozmente Centroamérica, todo México y la frontera del Río Bravo. El agredido se convertía a sí mismo en agresor "potencial". No: la agresión real estaba en la guerrilla de la Contra, en los puertos nicaragüenses minados, en el desprecio total de Washington hacia las normas jurídicas internacionales. Nicaragua se vio obligada a defenderse. Pero, una vez más, la cuestión se planteó de modo radical. ¿Se defiende mejor a la revolución con medidas que limitan la libertad o con medidas que la extienden? La Revolución Sandinista intentó ambas cosas. Se equivocó al amordazar periódicos e imponer dogmas, sobre todo económicos que, con o sin agresión norteamericana, no habrían sacado a Nicaragua de la pobreza, sino que aumentarían la miseria. La reforma agraria fracasó porque no se escuchó a los interesados, los propios campesinos. No se le dio confianza suficiente a los que la Revolución quería beneficiar. E innecesariamente, se le retiró la confianza a quienes no se oponían, sino que diversificaban, a la Revolución: la incipiente sociedad civil.

En cambio, la Revolución se impuso a sí misma la unidad a toda costa. "Dividirnos era la derrota. Los problemas de la democracia, de la apertura, de la tolerancia, iban a arreglarse cuando dejáramos atrás la guerra." Antes de la piñata, hubo la piña: todos los sandinistas unidos contra los enemigos reales e imaginarios, presentes o potenciales. Pero "uno se equivoca pensando que las amistades políticas tienen una dimensión personal, íntima". La unidad frente al mundo ocultaba las diferencias de carácter, agenda, sensibilidad y ambición dentro de

13

este o cualquier otro grupo gobernante: revolucionario o reaccionario, estable o inestable. Al cabo, los dirigentes no sólo dejaron de escucharse entre sí. "Dejamos de escuchar a la gente." Los sandinistas, nos dice Ramírez, supieron entender a los pobres desde la lucha, pero no desde el poder. Se rompió el hilo entre el gobierno y la sociedad.

El modelo escogido no ayudó. Reflexiona Ramírez: "Probablemente con o sin la guerra, el sandinismo hubiera fracasado de todas maneras en su proyecto económico de generar riqueza, porque el modelo que nos propusimos era equivocado". ¿Habrá otro? Seguramente. ¿Faltó previsión, imaginación, información? Sin duda. Pero hoy que el mundo es incapaz de proponer un nuevo paradigma de desarrollo que evite los extremos del zoológico marxista y de la selva capitalista, ¿podemos criticarle a Nicaragua que no haya intuido proféticamente que es posible un capitalismo autoritario exitoso, como el que hoy practica China? Mejor haberse equivocado antes y no ahora.

Es triste y dramática la conclusión de Ramírez: el sandinismo perdió las elecciones porque el pueblo ya le tenía miedo al gobierno. "Una población desgarrada, cansada de conflictos" derrotó al sandinismo en las urnas. Y éste es, acaso, el singular triunfo de la revolución nicaragüense: "La revolución no trajo justicia para los oprimidos ni generó riqueza ni desarrollo. En cambio, respetó la voluntad electoral del pueblo". Trajo democracia. Ni Lenin ni Mao ni Castro hubiesen soltado así el poder.

La Revolución trajo democracia y al cabo trajo corrupción. El código de ética que era el santo y seña de los jóvenes sandinistas fue destruido por los propios sandinistas. "Las fortunas cambiaron de manos y, tristemente, muchos de los que alentaron el sueño de la revolución fueron los que finalmente tomaron parte en la piñata." Sergio Ramírez no se rebajó a recoger los cacahuates del poder. No se arrodilló ante el dinero.

Tenía la fuerza de un proyecto propio, personal, irrenunciable: la literatura.

Porque Sergio Ramírez fue escritor antes, durante y después de la Revolución. Sabía que los gobernantes pasan y los escritores quedan. Un presidente puede retirarse. Un novelista, jamás. Sergio Ramírez morirá con la pluma en la mano. Larga vida de aquí a la página final. Entre tanto, pródigamente, se suman las obras de un escritor que concierta niveles de proyección cada vez más amplios. Es nicaragüense pero la naturaleza de su obra amplía y fortalece la idea de una literatura centroamericana que, a su vez, pertenece por derecho "del primer día" a la literatura latinoamericana que, al cabo, es sólo parte de la literatura mundial, la *weltliteratur* propuesta por Goethe.

He escrito con admiración sobre *Castigo Divino*, *Margarita está linda la mar* y *Catalina y Catalina*. Veo en estas obras de ficción notables cualidades que ahora resumo. La ironía y la distancia. La intimidad y el humor. La capacidad de tomar el cobre de la crónica periodística y transformarlo en oro de la imaginación verbal. El asalto a la solemnidad literaria mediante recursos cómicos que le conceden a la novela el revolucionario poder del habla diversificada, lejos del discurso monolingüe, monótono y centrípeto. Las ficciones cómicas de Ramírez son, por el contrario, multilingües, polisilábicas y centrífugas. Aquí entran la moda, la nota roja, el derecho, el cine, la medicina. Los sesos desparramados de Rubén Darío y los orines publicitarios de la viuda Carlota.

En el territorio de La Mancha, el vasto espacio de la lengua española, Ramírez recupera el eterno tema de Sarmiento y Gallegos: civilización y barbarie. Sus conclusiones son trágicas. No hemos domesticado a la barbarie. Seguimos capturados por la violencia impune. Entonces hay que darle una sonrisa humana escéptica, irónica a la injusticia y a la barbarie. Los dos artistas

15

supremos de Nicaragua en estos momentos son Sergio Ramírez y el pintor Armando Morales. Implícita en aquél, explícita en éste, la selva ronda, la violencia irrumpe, la sonrisa humaniza. Sergio Ramírez habla por todos los escritores del mundo cuando afirma que "del oficio de escribir uno no se retira nunca. La escritura es una pasión, una necesidad, una felicidad". No hay escritores pensionados. Los gobiernos pasan. La literatura queda. ¿Quién recuerda los nombres de los secretarios del Interior norteamericanos, de los ministros de Agricultura franceses, de los presidentes municipales latinoamericanos del siglo XIX para no ir más lejos? ¿Quién, en cambio, puede olvidar al oficinista Nathanael Hawthorne, al bibliotecario Ricardo Palma, al eremita Gustavo Flaubert?

Sergio Ramírez ejemplifica la vieja tensión latinoamericana entre nacionalismo y cosmopolitismo, entre "artepurismo" y "compromiso". Las ejemplifica y las disuelve. La primera disputa la aclaró hace tiempo Alfonso Reyes: seamos generosamente universales para ser provechosamente nacionales. A partir de Borges y Neruda —opuestos en todo menos en su profunda vocación literaria—. A partir de la generación del *boom*. Y ahora, tras el "boomerang" y el *crack*, la literatura latinoamericana no ha hecho sino confirmar la regla de Reyes. De Cortázar y García Márquez a Volpi y Padilla, nuestras letras son parte del patrimonio nacional, continental y universal. La antigua separación ha desaparecido. En el centro mismo de esa transición, se encuentra Sergio Ramírez como profeta del pasado y memorialista del porvenir.

Añádase a esta ubicación irrenunciable la disolución de la querella —compromiso/artepurismo— a partir de la convicción, ejercida por Ramírez, de que la militancia política no es obligatoria sino producto de la opción razonada del escritor, cuya obligación colectiva se cumple, con creces, mediante el

16

ejercicio de la imaginación de la palabra. Una sociedad sin una u otra cae pronto presa de tiranías que, no sin razón, ven en el verbo y el sueño a sus peores enemigos. Thomas Mann en la hoguera nazi, Osip Mandestam en el frigorífico soviético, dan fe de ello… Aunque, como suele decir Philip Roth, la diferencia es que las tiranías mandan a los escritores a los campos de concentración en tanto que las democracias los mandan a los estudios de televisión. A cada cual de juzgar cuál veneno es más dañino.

Sergio Ramírez, sin perder nunca su primera vocación, la de escritor, atendió activamente a su segunda musa, la política. Tal es la entraña de este entrañable libro, en el que la revolución no aparece como un fracaso absoluto ni como un triunfo indiscutible, sino como lo deseaba María Zambrano: Revolución es Anunciación. La revolución en profundidad, a semejanza de la libertad misma, no se cumple totalmente, jamás ambas son una lucha, palmo a palmo, por la cuota de felicidad posible que, dijo ya Maquiavelo, Dios nos ha dado a todos los seres humanos.

CARLOS FUENTES

Agradecimientos

Agradezco al periódico *Reforma*, cuna y motor de mis andanzas periodísticas, y especialmente a Lázaro Ríos, René Delgado, Homero Fernández, Silvia Isabel Gámez, Beatriz de León y Alicia Kobayashi. Expreso mi gratitud a la Fundación para un Nuevo Periodismo porque hizo posible el encuentro con Sergio Ramírez. Asimismo, al escritor Carlos Fuentes por haber prologado esta obra.

Todo mi agradecimiento es para los nicaragüenses que, de paso o en largas sesiones, compartieron conmigo su herida histórica. Especialmente agradezco a Tulita, la fiel compañera de Sergio Ramírez, quien me permitió probar las mieles de su calidez y bonhomía. Sergio, María y Dorel, hospitalarios como sus padres, recordaron los sueños truncos, la vida familiar y el anhelo de un mejor mañana para Nicaragua. Mi cariño es también para los nietos, Elianne, Carlos Fer y Camila, siempre acompañada de Pinocho, su perro salchicha; para Monchita, cuya sonrisa endulzó el jugo de la mañana; para las nonagenarias tías, Luz y Laura Ramírez, por su ayuda para reconstruir un siglo de vida en Masatepe; para Merceditas Graham y Antonina Vivas, musas de la obra de Sergio Ramírez, y para Betty de Solís, su eficiente asistente.

Agradezco las tertulias en México con José Luis, Elisa y Citlali Balcárcel, Héctor Aguilar Camín, Gonzalo Celorio, Aída y Hernán Lara Zavala, Hernaldo Zuñiga, y Silvia Garza, los amigos mexicanos de Ramírez, cuyo lazo solidario rebasa cualquier frontera.

El Fondo de Cultura Económica, y en especial Reyes Tamez Guerra, Marivel Gómez Treviño, Consuelo Sáizar, Joaquín Díez-Canedo y Álvaro Enrigue hicieron posible la publicación de este libro.

Moy, una vez más, es cómplice de esta aventura. A José y Linda Cherem les estaré eternamente agradecida. Y a Salo, Pepe y Raque les deseo que los sueños, y la entereza para concretarlos, motiven cada instante de su vida.

Introducción

Por un pequeño orificio en la cerca vecina se coló obstinadamente a su jardín, en el barrio Pancasán, en Managua, una rama colmada de mangos que, como una ironía del destino, pareciera regresar de un periplo para permitir que Sergio Ramírez (Masatepe, Nicaragua, 1942) —ahora sólo escritor, antaño político e ideólogo del sandinismo— pudiera atestiguar a lo largo de su vida, no sólo el vigor del tronco y el árbol frondoso *(yo no me hubiera perdido por nada aquella utopía compartida, fue una razón para vivir, para creer, fue una ambición de identidad, fue la culminación de una época de rebeldías en un siglo de quimeras)*, sino también las ramas torcidas y el sabor del fruto que eternamente renace *(el pasado es para mí como un amor perdido, como una marea revuelta que me aturde y me estremece. Busqué, pero no logré encontrar; sin embargo, estoy seguro que nuestros sueños volverán a encarnar en otra generación que habrá aprendido de nuestros errores, debilidades y falsificaciones del pasado).*

Ramírez residió con su familia de 1979 a 1996 —durante los años en que fue miembro de la Junta de Reconstrucción Nacional, jefe de gobierno, vicepresidente de Nicaragua y candidato a la presidencia de su país—, en aquella mansión colindante, justamente donde finca sus raíces ese frondoso árbol de mangos que Tulita, su mujer, algún día plantó, y cuyas ramas parecieran asediarlos. Sin embargo, cuando hace seis años, quebrantado

21

económica y moralmente, decidió romper de tajo con la política para dedicarse a ser escritor de tiempo completo, vendió a precio de ganga aquella residencia ceremonial a un comerciante taiwanés y, como una paradoja del destino, compró entonces la modesta vivienda vecina donde hoy reside, una casa de las construidas en serie tras el sismo que destruyó Managua en 1972 y que, durante sus años de gloria en la política, funcionó como el cuartel militar que albergaba a sus escoltas (noventa personas entre vigilantes, policías y choferes que laboraban en tres turnos).

Como Managua carece de nomenclatura, para acceder a aquella célebre mansión con piscina —que en 1979 los sandinistas encontraron abandonada, propiedad de un banco que la había obtenido por una deuda hipotecaria— los visitantes, y hasta el cartero, debían seguir referencias minuciosas: del Hotel Colón, una cuadra a la montaña, dos cuadras arriba y media cuadra a la montaña, la primera casa en la calle de los chilamates; o de la Clínica Tiscapa, dos cuadras al lago, dos cuadras arriba. Esas instrucciones fueron usadas seguramente por la variada gama de intelectuales que mostraron su solidaridad con la aventura revolucionaria, y que estuvieron alguna vez en casa de Sergio: desde Gabriel García Márquez, apasionado como siempre y quien ha sido de las conspiraciones improbables y secretas, hasta Salman Rushdie, que en esa casa empezó a concebir su libro *La sonrisa del jaguar.* Álvaro Mutis, lejos de lograr cobrar las cuentas ya añejas que los sandinistas le adeudaban a la Columbia Pictures que él representaba, viajaba a Nicaragua y en sus largas conversaciones con Sergio se autoproclamaba gozoso, el único "sandinista monárquico sobre la tierra".

Novelistas, pintores y políticos gozaron de la generosidad de los Ramírez y conocieron de la mano de Tulita los rincones del país, los balnearios y los mercados populares. Sus recuerdos, los de ella, que expresa con una sonrisa juguetona y tonada nica, evocan anécdotas con un sinfín de personalidades. De Julio Cortázar, rememora la fascinación por los camarones cocidos en los restaurantes de playa, el amor que le profesaba a Carol Dunlop o la sencillez con la que ocultó su identidad delante del camarero que insistía en su parecido "con el famoso escritor Julio Cortázar" en aquel restaurante de piso de arena en el balneario de Poneloya. De Carlos Fuentes, aquella vez en que los visitó con William Styron y la hija de Jane Fonda cuando se estaba filmando *Gringo viejo* en Sonora: "La muchacha viajó a los frentes de guerra y, contra la voluntad de Carlos, que se comprometió con Jane a regresarla sana y salva, ella se empecinó en quedarse en Nicaragua".

Los visitó también Richard Gere, que se sentó a tocar el piano en la sala, y Ed Harris, que filmaba en Nicaragua la película *Walker*. "Mi hija Dorel, de 11 años, se moría por Richard Gere, y seguramente hasta el día de hoy guarda entre sus tesoros la foto que le autografió."

Esa casona, donde las raíces invasoras de los chilamates han quebrantado las aceras, sirvió asimismo para acoger a los Marios: Benedetti y Vargas Llosa; al costarricense Samuel Rovinski, a Günter Grass, quien dejó como regalo una xilografía de un caracol de su autoría; al chileno Antonio Skármeta; al dramaturgo Harold Pinter con su mujer, Lady Antonia Fraser; al cuentista Tito Monterroso y la escritora Bárbara Jacob; a los poetas Juan Gelman y José María Valverde; a los pintores Mariano Rodríguez, Guayasamín, Roberto Matta y Julio Leparc; a los cineastas Julio Pontecorvo y Carlos Saura; a la crítica de arte estadunidense Doré Ashton, apasionada de las piezas precolombinas; al escritor Luis Cardoza y Aragón y su inseparable Lia Kostakowsky; al poeta mexicano Efraín Huerta y al salvadoreño Roberto Armijo; al filólogo Noam Chomsky, y al cantautor brasileño Chico Buarque de Holanda.

El sandinismo —dice Ramírez— fue un imán que atrajo a muchos intelectuales de todo el mundo porque se sentían identificados con escritores como Ernesto Cardenal y yo. Concebían la revolución como una gran aventura humanista donde los poetas y los artistas tenían cabida.

Su casa fue morada asimismo durante varios meses de su paisano el pintor Armando Morales y del pintor alemán Dieter Masuhr, quien durante su estancia en Managua pintó con grandes pinceladas un vivo retrato expresionista de Tulita que hoy adorna la pared del estudio de Sergio. El chileno Roberto Matta recorrió con devoción folclórica los puestos del mercado para comprar todos los coloridos sombreros indígenas de Masaya que encontró a su paso, con el fin de repartirlos entre los artistas y amigos literatos que fueron invitados a una fiesta en su honor.

Entre los políticos, llegaron también el venezolano Carlos Andrés Pérez, los dominicanos Juan Bosch y José Francisco Peña Gómez, los costarricenses José Figueres y Rodrigo Carazo Odio, los brasileños Ignacio Lula da Silva y fray Beto, cura de la teología de la liberación, quien comenzó a escribir en Managua su libro *Fidel y la religión,* y el mismo Fidel Castro, un "santón" con el que hoy vive Ramírez un claro distanciamiento.

También viajaron otros líderes, sobre todo europeos, que se mostraban ansiosos por entender en qué consistía esa popular Revolución sandinista que enardecía tanto a Ronald Reagan, al tiempo que despertaba una inusitada solidaridad mundial concediéndole a Nicaragua un lugar en el mapa, pudiendo identificarla, sin confundirla con Niágara o Nigeria.

Los Estados Unidos de Reagan diseminaron la idea de que el demonio totalitario se había establecido en Nicaragua y que los sandinistas hervíamos a los niños para comérnoslos —ironiza Ramírez—. No me resultaba nada fácil explicarle a los europeos que la revolución sandinista poco o nada tenía que ver con el conflicto Este-Oeste y que el modelo que perseguíamos tampoco tenía nada que ver con el cubano.

Los tiempos iniciales en el poder fueron de una entrega idealista, y cuenta Sergio que entonces nadie imaginó la tragedia que, años después, traería consigo la Revolución. La juventud, colmada de sueños gozosos y un cúmulo de incredulidad, se volcó no sólo a derrocar al tirano sino también a reconstruir su país con un ideario ético de solidaridad y justicia social. Los hijos y las mujeres de todas las familias nicaragüenses —también en la de Ramírez, cuyos hijos nacidos en Costa Rica eran hasta ese momento "extranjeros" en Nicaragua— se alistaron para partir a pie o a lomo de bestia a los sitios olvidados de Nicaragua, participando en la Cruzada Nacional de Alfabetización, construyendo escuelas y centros de salud, efectuando labores de recolección de café o cortando algodón.

Sergio, el primogénito de los Ramírez, partió a Múan, en la selva atlántica, y vivió varios meses en una casa de campesinos; María, quien a los trece años ya hacía gala de sus dotes de líder nata, extrovertida y entrona, se marchó, seguida por Dorel, su hermana de nueve años, a alfabetizar en la comarca de los García, donde adoptó a doña Ofelia como segunda madre.

María, una mujer vivaracha, hoy gerente de recursos humanos del Banco de Finanzas, recuerda con una mezcla de añoranza y pesar su pasado sandinista: "No me arrepiento de lo que viví, pero ese mundo se hizo añicos y ya no creo más en él". Según cuenta, su compromiso llegó a ser tal que, siendo adolescente, regaló todo lo que de su casa le parecía superfluo: "En el comedor sólo dejé cinco sillas, las necesarias para cada uno de los miembros de la familia". Contra la voluntad de Tulita, que estaba comprometida con el sandinismo pero que se oponía a renunciar a una educación de calidad para sus hijos, María abandonó el Colegio Alemán, una escuela bilingüe, para estudiar primero en un colegio nocturno del barrio Acahualinca para la gente que vivía en las bocas de las cloacas y los basureros, y luego, arguyendo que a sus quince años "ya era mayor", se integró al batallón de mujeres "Erlinda López" y fue movilizada a frentes de guerra, desde donde escribía cartas con el membrete: "Desde algún lugar de Nicaragua".

En plena guerra fría, el sandinismo, poco a poco se fue haciendo más radical, como un movimiento ideologizado y excluyente (*bañándonos en las viejas aguas lustrales de la ortodoxia ideológica, obtuvimos nuestro "certificado de virtud"*), y por algo que hoy reconoce Sergio Ramírez como errático, se dedicaron a apoyar con armas a los movimientos de liberación nacional centroamericanos, provocando la ira del gobierno estadunidense, que convirtió el tema de Nicaragua en el asunto focal de su política exterior. Ronald Reagan, montado en su macho, convenció al Congreso de su país de financiar con un presupuesto multimillonario al ejército de la Contra para liquidar a los sandinistas, y su terquedad lo condujo inclusive a mostrarse públicamente portando una playera con la leyenda: "I'm a contra too".

Apoyados por grupos solidarios a nivel mundial y con el liderazgo de Daniel Ortega en la presidencia y de Ramírez en la vicepresidencia, los sandinistas se vieron así obligados a librar una fatigosa lucha contra el imperialismo estadunidense, una lucha que fue el desafío de un pequeño David contra el gigante Goliat.

Ramírez, austero de sentimientos, confiesa —como lo hizo en *Adiós muchachos*, donde dejó un testimonio personal de su paso por la política— que la única época en la que verdaderamente perdió el sueño, invadido por una tristeza sofocante, fue al ver partir en julio de 1984 a su hijo Sergio, flaco y con bigote tierno, al frente más crudo de la guerra:

> Era su manera de cumplir conmigo que estaba en la cúspide del poder. Así lo decidió. Pensaba que era ético para que nadie fuera a decir que yo predicaba la defensa de la Revolución y dejaba a buen recaudo a mi hijo. Me sentía flotando a la deriva en una inercia que nos llevaba a la fatalidad.

Las bajas y los heridos fueron pan de cada día en todos los frentes, y los nicaragüenses olieron el tufo de la muerte y padecieron la cadencia del fuego en combates y emboscadas en los que vieron caer a miles de jovencitos que aún no cumplían ni siquiera la mayoría de edad.

Hoy muchos de los sobrevivientes ven con recelo su pasado y cuestionan el "idealismo inocente". Napoléon López Villalta, un ingeniero ambientalista, esposo de María, y quien participó como líder estudiantil en los frentes de batalla más sangrientos, con dolor advierte que el Frente Sandinista de Liberación Nacional, al que hoy califica de falso y ruin, le "arrebató" su juventud: "quiero que mis hijos vivan la vida, que vayan a discotecas, que disfruten sin cuestionarse".

Desmembrados, sin un proyecto político ni económico sustentable, y con la carga de miles de muertos, los sandinistas aceptaron en 1989 la iniciativa del guatemalteco Vinicio Cerezo, luego acogida por Óscar Arias a quien se le reconocería con el Premio Nobel de la Paz, de convocar a elecciones a cambio del desarme de la Contra. La guerra, que se prolongó durante una década, era al fin y al cabo una herida profunda, una llaga abierta y punzante que desgarraba irremediablemente a Nicaragua.

Ramírez confiesa que los sandinistas jamás imaginaron perder en esas elecciones, pensaron que el pueblo seguiría confiando en la calidad ética del proyecto revolucionario. Sin embargo, se equivocaron. Obligados a aceptar el triunfo de Violeta Chamorro, el sandinismo, sin habérselo propuesto, legó la democracia a Nicaragua. Lo que nadie imaginó es que ésta acarrearía consigo "la verdadera debacle" del FSLN: la caída estrepitosa de los principios éticos que le dieron sustento.

Líder de la bancada sandinista en el Congreso de 1990 a 1994, Sergio cayó en aquellos años en un túnel sin retorno. Harto de haber acallado su vocación crítica, vio naufragar su proyecto y, con valentía, comenzó a denunciar públicamente a sus antiguos compañeros de lucha que pervirtieron la transición y se resistían a renunciar a su poder político y económico: "Como aves de rapiña muchos comenzaron a arrebatarse las propiedades del Estado, y se las repartieron como si éstas hubiesen sido la ganancia de una piñata. Eso despertó encono, desencanto y escepticismo".

La dirigencia, acorralada por una verdad que resonaba estruendosa, comenzó a hostigar a Ramírez como a un enemigo a muerte. Nutridas por una injuriosa sed de venganza, comenzaron las vulgares ofensas, golpes bajos y provocaciones del aparato de poder en su contra, inclusive calumniando en Radio Ya, la estación de Daniel Ortega, con ofensivas injurias a su hija María Ramírez, diputada a la Asamblea Nacional.

Embravecido y decepcionado, Sergio Ramírez rompió en 1995 en definitiva con el Frente Sandinista. Por primera vez, confiesa en esta entrevista que fue él mismo quien movió los hilos al interior del partido para quedar marginado en las elecciones internas de la dirigencia, fracturando al Frente, pero obteniendo su libertad. Meses después, convocó a sus seguidores a conformar un nuevo partido político, el Movimiento Renovador Sandinista (MRS), y se postuló para las elecciones de 1996 como candidato presidencial.

Dorel, su hija menor, una arquitecta graduada en la Universidad Iberoamericana, intentó hacerle ver a Ramírez que la familia ya estaba cansada de sus ausencias, de su estéril lucha, insistió que quería recuperar al padre, que añoraba un abuelo para sus hijos. Lo incitó: "¿Por qué no abandonas de una buena vez por todas la política, y te dedicas a ser el escritor que siempre has soñado ser?"

A lo largo de su vida, había luchado incansablemente, regateándole minutos al sueño para poder cumplir con la literatura y la política, dos oficios que en su interior se disputaban espacio y presencia. Para entonces ya había publicado varios cuentos y novelas exitosos: *Tiempo de fulgor, Cuentos* y *Nuevos cuentos, Estás en Nicaragua, Castigo divino*, y estaba en proceso de edición *Un baile de máscaras*.

Sabía que la lucha por alcanzar la presidencia sería inútil y que, ante los ojos del electorado, ferozmente polarizado, su imagen —inexorablemente unida a la figura de Daniel Ortega— jamás obtendría reconocimiento. Sin embargo, aún no estaba dispuesto a renunciar a la Revolución. Quería reivindicarse, cerrar la última página siendo fiel a sus principios, correspondiendo a la lealtad de sus amigos y seguidores: "Sabía que Dorel tenía razón y que mi candidatura no tenía la menor posibilidad, pero esa campaña era un compromiso personal. Desplegué todas mis energías como si fuera a ganar, como si fuera ésa la última campaña de mi vida".

Contra la voluntad de todos, hasta de Tulita, quien siempre ha estado a su lado en todas las batallas y en todas sus quimeras, recorrió ochocientos kilómetros a pie como "vendedor ambulante". Con una pérdida monumental, ni siquiera obtuvo 1% de los votos, y con una abrumadora deuda de más de medio millón de dólares, concluyó finalmente su historia en la política.

Ahogados en el desconsuelo, los Ramírez decidieron entonces vender la enorme mansión que habían comprado al estado a un precio catastral bajo. Sergio asegura que, a diferencia de otros sandinistas, que se quedaron hasta con ocho casas, materiales agrícolas, camiones de carga y autobuses, sin pagar nada por ellos, él compró únicamente aquella casa ceremonial que luego le vendería a un comerciante taiwanés. Asimismo, buscó a Jaime Falla, exiliado desde 1979 y dueño de la casa vecina, la de sus escoltas, para comprársela y poder convertirla así en su nuevo hogar.

Del módulo rectangular en serie que fue esa casa capitalina que funcionó como cuartel, poco queda. Dorel, la arquitecta, tiró los muros del comedor y de la pequeña sala, construyó un pasillo de recámaras, y la casa, ahora totalmente abierta y ventilada, sin puertas ni ventanas en las áreas comunes, creció hacia el jardín con acogedoras terrazuelas colmadas de buganvillas, marañones y otros árboles frutales en los que se posan a cantar con gran algarabía los guises de pecho amarillo y ojos de antifaz, y las pequeñas aves que al silbar parecieran decir "dichoso fui", y que alegran desde temprano la vida de los Ramírez.

Por las corrientes de aire que genera el espacio tan abierto, el calor húmedo y pegajoso de Nicaragua no abruma, y los frondosos árboles dan sombra a las sillas playeras, hamacas y mecedoras de mimbre que colocadas en círculo invitan a conversar. Escaso es el mobiliario en la casa y las contadas piezas de madera tallada del siglo XIX, Tulita las ha ido coleccionando. Fue ella quien compró un viejo gramófono que está en la sala, una serie de santos antiguos desperdigados por doquier y un enorme armario barroco del siglo XVIII, con tallado churrigueresco y puerta de cristal, en el que Sergio Ramírez guarda sus más entrañables tesoros: *Pedro Páramo*, dedicado por Juan Rulfo en 1964 ("Para el gran amigo Sergio Ramírez con el cordial y sincero saludo de Rulfo"); *El enigma de las alemanas,* de Pedro Joaquín Chamorro ("A Sergio, un abrazo del posible número trece"), que firmó en 1978, unos días antes de ser asesinado, cuando Ramírez encabezaba el Grupo de los Doce; *Un encuentro con Fidel,* escrito por Gianni Minna y autografiado por Castro el 14 de diciembre de 1987 ("Para Sergio que tantas veces me ha obsequiado con sus excelentes libros, dedico esta pequeña muestra salida de una larga noche de interrogatorio"); los libros firmados por Julio Cortázar, y los dedicados por García Márquez ("Para el patriarca Sergio con el cariño de su otro patriarca") y Carlos Fuentes ("A Sergio y Tulita que en verdad están creando el nuevo mundo. De su admirador y amigo: Carlos Fuentes. Managua, 1988").

Asimismo guarda ahí la pipa de Julio Cortázar que le mandó Aurora Bernárdez de París cuando murió; las argollas de matrimonio de sus padres, el violín de su abuelo Lisandro, la pluma Parker 21 de su amigo Fernando Gordillo, fundador junto con él de la revista *Ventana,* muerto tempranamente; la espada herrumbrada de uno de los filibusteros de William Walker; unos grilletes de castigo que se usaron con los esclavos negros que trabajaron en la plantación de cacao de la familia Menier en Nicaragua; un pequeñísimo álbum de pálidas fotografías de sus ancestros pegadas con esquineros sobre cartulinas negras y sostenidas por una agujeta desvaída; las condecoraciones que ha recibido (la Orden de los Defensores de Varsovia, la medalla como Ciudadano del Siglo de Nicaragua, la de Caballero de las Artes y las Letras de Francia) y, ocupando la mayor parte del espacio del armario, más de una centena de libros de Sergio Ramírez en decenas de idiomas y variadas ediciones.

Los corredores de la casa están inundados de libros. En absoluto orden y catalogados por países, tiene cerca de diez mil títulos; cuatrocientos de ellos aluden en varios idiomas a la Revolución sandinista, y la amplia mayoría son libros dedicados a historia y literatura latinoamericana y europea. Asimismo atesora más de una centena de videos, mismos que proyecta en una pequeña sala de cine. Sus cintas favoritas son las de Akira Kurosawa, Orson Welles, Federico Fellini, Vittorio de Sica y las películas del Indio Fernández. Dice que *El padrino* es una obra maestra que ve en forma periódica:

> Es un vivo retrato del poder y una gran lección de sus usos. Allí uno encuentra retratada la mentalidad de los muchos "animales políticos" a quienes conocí, hombres pragmáticos, fríos y esquizofrénicos que nunca mezclan la amistad con los negocios, que jamás se vengan por cólera sino que eliminan al adversario por conveniencia y que reconocen que sus emociones pueden ser su peor consejero.

En las paredes de la casa sobresalen las pinturas de Armando Morales, de quien poseen dos singulares cuadros de la zaga de Sandino en grafito, dos acuarelas más que hizo como portadas para las ediciones de *Castigo divino*, así como una obra de la serie "Mujer entrando en un espejo", parecida a la que se exhibe en el Museo Metropolitan de Nueva York. Asimismo decora su comedor un valioso cuadro con la imagen de San Isidro, pintado por un artista boliviano del siglo XVIII, regalo del alemán Peter Schultze-Kraft, queridísimo amigo y ángel de la guarda de la carrera literaria de Ramírez. En la sala hay una obra de Roberto Matta, otra de Portocarrero y un Wilfredo Lamm que le regaló Gabo y que pertenece a la colección de "El buque fantasma". También descuella una garza azul en madera de "el poeta", es decir de Ernesto Cardenal, vecino y compañero de andanzas, y un cuadro de flores de Tulita, quien recientemente ha empezado a pintar.

Renuente a asumir la postura de "disidente" o a aceptar su vida como una derrota anunciada, desde 1996, Ramírez, un corpulento hombrezote de andar torpe, cara cuadrada y ojos atortugados que tras las gafas parecieran aburridos o adormilados, y que él constantemente frota, quizá para tratar de levantar el párpado izquierdo y poder ver más con ese ojo desviado que ha sido deficiente desde su nacimiento, decidió con un dejo de frustración, olvidarse de la política y dedicar su vida a ser escritor de tiempo completo.

En su oficina que construyó en el jardín de su casa, donde siempre escucha toda clase de música (boleros, vallenatos, baladas y música clásica) acompañada del canto de los pájaros que anidan en el frondoso árbol contiguo de capulín, Ramírez, quien a sus sesenta años, como herencia de su abuela Petrona, no tiene ni una sola cana en su tupida cabellera negra, escribió entre 1996 y 1997 su novela *Margarita está linda la mar* como homenaje a Rubén Darío, y con ella obtuvo el Premio Alfaguara en 1998. La escultura en acero de Martín Chirino, que le fue entregada entonces en Madrid, luce también en el corredor de su casa. A ello ha seguido *Sombras nada más*, novela que augura un éxito aún mayor.

En ese prolífico espacio de trabajo, conserva algunos de sus libros favoritos y tiene enmarcadas las fotografías de sus hermanos Rogelio y Luisa, ambos ya fallecidos, así como fotos que se ha tomado con José Saramago, Gabriel García Márquez y Carlos Fuentes (*junto con Gabo, Carlos es a la persona a quien más quiero, tengo una gran identidad con él*).

Hasta que se cierren mis ojos —añade Tulita— no dejaré de agradecerles a ellos dos y también a otros intelectuales mexicanos —como Héctor Aguilar Camín y José María Pérez Gay—, porque con su constante y decidido apoyo tras la derrota electoral de 1996, le abrieron puertas a Sergio para dictar conferencias, entrevistas y cursos y, con ello, no sólo ayudaron a levantarle el ánimo, sino que contribuyeron a que pudiéramos pagar, poco a poco, la enorme deuda.

En las gavetas, debajo de su escritorio, conserva un archivo monumental que le ha servido de fuente de inspiración de cuentos y novelas *(las imágenes son un referente maravilloso, me ayudan mucho a escribir)*. Además de poesías originales de Carlos Martínez Rivas, quien alguna vez lo nombró su heredero universal, Rubén Darío, José Coronel Urtecho y Joaquín Pasos, y recortes de prensa de cosas que llaman su atención y que luego le sirven como materiales para cuentos (por ejemplo, un encabezado reza: "Tiene 117 años y es virgen"), Ramírez conserva el archivo fotográfico que al triunfo de la Revolución encontró en un sótano en una casa de los Somoza.

Ahí hay cientos de fotos: el viejo Anastasio Somoza con sus dos hijos; Luis "el bueno", vestidito de cadete, y Anastasio "el malo" graduándose en West Point; la madre de Somoza, doña Julia García de Somoza, con un rosario en la mano y su cabeza cubierta con una mantilla; doña Salvadora en traje de baño de media pierna y, en otra más, vestida de verde botella con el velillo pendiente del casquete sobre el rostro maquillado, como luego la describiría Ramírez en *Margarita está linda la mar*; Lilliam Somoza, con una pluma en la cabeza, en la misma imagen que, por órdenes de su padre, quedaría estampada en los billetes de un córdoba.

En un legajo aparte: Somoza, fundador de la dinastía, viaja sonriente y saludando en un coche convertible mientras circula en la Pennsylvania Avenue durante su visita a Washington en tiempos del gobierno de Roosevelt. Atrás de él, El Capitolio, le hacen valla cientos de cadetes de West Point y, a la distancia, en el punto de fuga, un desfile de aviones en formación.

Somoza no era merecedor de tantos honores —aclara Ramírez sonriendo, acomodándose las gafas y haciendo relucir los hoyuelos en sus cachetes—. Su presencia en Washington sirvió como ensayo para el recibimiento, unos días después, del rey Jorge VI de Inglaterra. Cuentan que cuando alguien le preguntó a Roosevelt por qué tanto despliegue para el dictador de un país bananero, respondió con su célebre frase: "He's a son of a bitch, but he's ours".

Posa el viejo Anastasio orgulloso, atiborrado de insignias; con Eisenhower en Panamá en 1956; y en otras, su hijo de mismo nombre, el último dictador de la dinastía, borracho, rodeado de aduladores. Para la historia quedaron las cartas de amor, conservadas en ese archivo, que el viejo le escribió a Salvadora cuando se prendó de ella en Filadelfia en 1916.

Somoza era "un pobre diablo" —puntualiza Ramírez—. Embarazó a una empleada doméstica en la finca de San Marcos donde vivía su familia, y sus padres, para salvarlo, lo enviaron a estudiar contabilidad a Estados Unidos. Fue ahí donde conoció a Salvadora, la hija del sabio Debayle.

Estas cartas de cortejo, en inglés, llevan la rúbrica de la compañía de motores para la que él entonces trabajaba, Bigelow Wiley Motor Company, y en una fechada el 14 de junio de 1916, escribe con letra grande y sosegada: "You can not imagine how much you made me suffer last Saturday... but when I called you again I heard your sweet voice telling me you forgive me".

Su hijo, Anastasio Somoza Debayle, "el malo", derrocado por los sandinistas y que tras el triunfo de la Revolución sería asesinado mediante la explosión de su coche en septiembre de 1980 mientras circulaba en Asunción, Paraguay, cobra vida también al hurgar los cajones del novelista. Desbordados sus

35

mofletes, su grotesco cuerpo exhibe las más de trescientas libras de peso, y regocijado abraza con una mano a su amante Dinorah Sampson, recordada en Nicaragua por las suntuosas fiestas que organizaba con mariachis que hacía viajar desde México, y con la otra, sostiene su botella de vodka Stolichnaya, lo único de procedencia rusa que no rechazaba.

Entre otras intimidades, figuran las cartas que intercambió con ella cuando él estaba hospitalizado a causa de un infarto en Miami en 1977, y Dinorah al mismo tiempo en un hospital en Houston, por un embarazo de alto riesgo que eventualmente la llevaría a perder el hijo que soñaba tener con él. Anastasio le escribía: "sólo sueño con estar contigo", y ella, con una pésima ortografía, le respondía a su "tierno lindo" que cuidara de "Capulina" (su órgano sexual), "que me han dicho que se mantiene muy despierto".

"No sé que voy a hacer con todo esto —me dice Ramírez—. Algún día lo voy a entregar a un archivo público."

Con vocación de conversador nato, sin que su prodigiosa memoria lo traicionara ni por un sólo momento, Ramírez concedió esta larga entrevista desbordada en la que dio honesta audiencia a sus recuerdos, nítidos y precisos, reconstruyó un crucial fragmento de la historia latinoamericana, y mantuvo incólume —sin censura alguna— su valiente capacidad de auto crítica. Comenzamos en México con sesiones maratónicas de varios días en marzo del 2002 en casa de la familia Barcárcel, acompañados del buen whisky con hielo que Sergio suele beber (*el médico me quiere recetar que beba sólo dos onzas diarias*, se queja); seguimos un par de meses después en Nicaragua visitando los escenarios naturales de su vida y novelas (Masatepe, Managua, León, Poneloya, Granada), luego nos reunimos en Monterrey, y concluimos nuevamente a fin del 2002 en la ciudad de México.

Con más de ciento veinte horas de grabación, la lectura de sus libros, discursos, material hemerográfico y cientos de notas, ordené el material, le di una cronología y reconstruí como entrevista esta ficción literaria, que se nutrió de nuevas anécdotas durante cuando menos tres correcciones exhaustivas que realizamos entrevistador y entrevistado.

En Managua, en esa capital antaño idílica que quedó sepultada con las ruinas del terremoto de 1972 y que hoy, desarticulada, defeca en el lago, además de conversar largamente, abrió las puertas de par en par a su intimidad. Reunió a familiares y amigos, entre ellos a las musas de sus libros: Merceditas Graham, esposa de Will — un banquero que le brindó su apoyo en tiempos difíciles —, y a quien le dedicó *Margarita está linda la mar*, y su cuñada Antonina Vivas, viuda de su hermano Rogelio, una mujer vital y arrolladora que dejó todo por apoyarlo tras su ruptura con el FSLN y a quien le dedicó *Sombras nada más*.

Sergio compartió también los instantes con sus nietos, los hijos de Dorel: Elianne —una jovencita seria, lectora insaciable que suele trabajar en la computadora del abuelo— y Carlos Fer —un diablillo que hace lo imposible para poder huir de las clases de flauta que Tulita le impone—. La pícara Camila, hija de María, y quien vive en la misma cuadra, se acompaña de Pinocho, su perro salchicha, y aprovecha para visitar a sus abuelos a todas horas. Apoltronada en las piernas de Sergio insiste, ella sí, en mostrar lo mucho que ha progresado en las clases de flauta. Entre soplidos interpreta *El cóndor pasa* e insiste regocijada que no obstante sus seis años, ya le compuso a su abuelo, como regalo de sus sesenta años, una obra que ha titulado: *La tumba egipcia*.

En la playa de Poneloya, visitamos la casa de los Guerrero, la familia de Tulita, donde los Ramírez pasaron largas temporadas veraniegas durante su noviazgo y el escenario que luego le serviría para escribir *Tiempo de fulgor*. Esa casa construida sobre las rocas, que pareciera un barco con techo de tejas y grandes pilares que entra en la mar, fue construida por don Demetrio Guerrero, el acaudalado abuelo de Tulita, y en sus buenos tiempos debió haber sido muy hermosa; hoy, heredada en pequeñas partes entre las hermanas Guerrero se encuentra abandonada, el decorado de ginger bread está en franco deterioro y las varillas corroídas se pulverizan al tocarlas.

En la ciudad de León —cuna del pensamiento liberal y patria espiritual de Rubén Darío, y en donde hoy los viejos cines de barrio se han convertido en templos evangélicos— Sergio revivió en nuestra conversación dos momentos claves en su vida: el noviazgo con su mujer y la masacre de estudiantes del 23 de julio de 1959 que transformaría de tajo su existencia.

Asimismo, conversamos y reconstruimos la historia de su infancia en Masatepe, su pueblo natal, donde los Ramírez pasan los fines de semana en una pequeña casa de madera envuelta en una vegetación exuberante.

Con esta larga confesión, Sergio Ramírez deshojó el cuaderno de su vida, respetó mis notas tomadas al vapor, las confesiones y hasta los tachones que lucen sin enmiendas. Dice que esta entrevista es su verdadero y quizás su único homenaje en el jubileo de sus sesenta años, que festejó el 5 de agosto del 2002 "con una romería de santo patronal", que lo dejó agotado y enfermo del estómago, pero para fortuna de sus lectores, dichosamente íntegro.

UNA VIDA POR LA PALABRA

MASATEPE: PUEBLO CHICO

Masatepe, el pueblo natal de Sergio Ramírez, está ubicado en una zona que resulta estratégica para la historia contemporánea de Nicaragua. En Masatepe nació el general José María Moncada, líder liberal que traicionó a Sandino y orgullo del pueblo, y a escasos kilómetros de ahí, nacieron Sandino y el viejo Somoza.

Si se silenciaran los gallos, que ahí cantan incesantes cacareando al compás de las marimbas que resuenan todo el día, dice Sergio que quizá sería posible escuchar el repique de las campanas de las iglesias vecinas: las de Niquinohomo, a cinco kilómetros al oriente, cuna de Sandino; las de San Marcos, a cinco kilómetros al occidente, pueblo natal de Somoza; y también las de Catarina, al lado de Niquinohomo, donde está enterrado el general Benjamín Zeledón, aquel que dejaría una imborrable huella en Sandino, porque a sus diecisiete años, en 1912, vio pasar su cadáver amarrado a las patas de una mula, para que todos supieran qué les sucedería a otros que, como él, se atrevieran a rebelarse en contra de la intervención norteamericana consentida por los conservadores.

Masatepe se recorre en una hora a pie y desde todos los puntos se aprecia una vista dominante del Volcán Masaya, una montaña color sandía que cuando uno va descendiendo por la calle, pareciera estar ubicada en el patio de la casa en la que

Sergio creció. Sólo obstruyen la vista los cables de luz distendidos, que parecen aflojarse aún más bajo el peso de los nidos de golondrina u oropéndola que se mecen en ellos con el impulso del viento. El clima es templado y crece ahí una enorme variedad de buganvillas, narcisos y epífitas —orquídeas, antulios, hawaianas, heliconias y helechos—, que se prenden de los árboles frutales, frondosos laureles y palmas cocoteras.

Como cuando Sergio era niño, las puertas de las casas se mantienen abiertas de par en par. No hay policías; las bardas, cuando las hay, son bajitas y de piñuela o caña brava, y los cerca de veinte mil habitantes *(cuando yo era niño, eran sólo seis mil)* se conocen entre sí, trabajan en el campo o la artesanía, algunos más en Managua, y se tienen plena confianza. Durante las tardes, en las aceras se organizan tertulias cuando los pueblerinos salen a mecerse en sus sillas de abuelita. Dice Ramírez, parafraseando el cuento de García Márquez, que "en Masatepe, no hay ladrones".

Aunque las calles ahora están adoquinadas, por ellas no circulan casi coches, sólo uno que otro camión y numerosos ciclo taxis. De vez en vez, pasa también un auto desvencijado, con un megáfono herrumbrado en el techo, anunciando las noticias de interés: un nacimiento, una muerte, o los detalles de la película que se proyectará en la sala de cine esa tarde.

En mi infancia, recuerdo que las calles se horadaban en el invierno y en el verano dejaban nubes de polvo. Mi padre, que era alcalde, pasaba semanas pidiendo por telegrama un tractor a las autoridades en Managua, que al fin llegaba para aplanarlas y emparejarlas, algo que se volvía una diversión para la gente que se instalaba a contemplarlo desde las aceras, mientras rebanaba el suelo con la cuchilla frontal; y no fue hasta en la época del sandinismo que mi hermano Rogelio, ministro de Asuntos Municipales, mandó adoquinar gran parte de ellas.

En Masatepe, como en Managua, no hay nomenclatura ni nombres de calles. La única calle con apelativo es la calle real y, para ubicarse, la gente se guía con referentes: la iglesia, la plaza central, la tienda de abarrotes o la iglesia protestante. La casa de un piso en la que Sergio pasó su infancia y en donde su padre tenía su tienda de abarrotes, está en la mejor esquina del pueblo: frente al Palacio Municipal y la plaza central, en contra esquina de la escalinata de la iglesia parroquial y aún "arriba", a escasos pasos de la zona de "abajo" constituida por los barrios de Veracruz, Jalata y Nimboja. Por una división topográfica pero, también, por un criterio de clase, el pueblo estaba dividido en abajo y arriba; arriba se asentaron los ladinos finqueros y los mestizos, y abajo, los artesanos de sangre indígena.

A mi papá le gustaba mucho asomarse por la ventana de la tienda que da al parque, era su manera de ver el mundo. Le gustaba vivir en el alboroto: saber de las procesiones, las fiestas o los entierros, estar enterado de todo lo que pasaba. Esta esquina privilegiada, era además, el sitio de reunión de mi abuelo Lisandro y de mis tíos músicos, que todas las tardes llegaban a la tienda y se ponían a conversar, antes de la hora del rosario en la iglesia. Me apuraba a salir de la escuela para no perderme ni un chisme, ni un apodo o mofa de su rueda festiva. Luego, cruzaba la calle con ellos para subir las gradas del atrio, y me quedaba escuchando el cálido y acogedor gemido del violín que para mi resultaba un abrazo familiar.

Aunque Sergio pasa casi todos los fines de semana en Masatepe con Tulita, hacía mucho tiempo que no pisaba la casa donde vivió y, para él, fue penoso abrir las puertas desvencijadas de esa vivienda de taquezal, que como casi todas las del pueblo fue construida con regletas de madera rellenas con ripio, hace sesenta años, ya que data de 1943, y constatar el abandono: "Este espacio lo sueño a menudo pero ahora no hay nada; ni siquiera fantasmas".

El área que pertenecía a la tienda y en donde, durante el sandinismo, los Ramírez pensaron abrir una biblioteca pública, está oscura, sólo unos rayos de luz entran por la celosía y a pesar de la penumbra pareciera que ese cuarto, que algún día fue un alegre lugar de tertulias y un próspero comercio, ha padecido los estragos de una indolente orfandad.

Sobre anaqueles, una máquina de coser y destartaladas mesas que antes sirvieron para exhibir mercancías (granos, quesos, candelas, manteca, zapatos, una variedad de especias y artículos medicinales y de perfumería —como la brillantina "Para Mí" con la que Sergio engominaba en su juventud su cabello indómito—, y toda clase de telas: chifones, tafetanes, olanes, mantas y sedas que don Pedro Ramírez compraba al crédito en los comercios de los turcos y los chinos en Managua), hay ahora un revoltijo de libros, diplomas y fotografías familiares opacos y enmohecidos, cubiertos de una costra de polvo, el papel desmoronándose, un banquete para la polilla y los gusanos.

Se nota que alguien, hace tiempo, comenzó a ordenar: de Castro sigue Dostoievsky, pero la pila de libros se malgasta sobre montones de semillas que los murciélagos han ido desperdigando sobre los cuadros blancos y negros del piso de cemento pulido.

Teníamos la idea de abrir aquí una biblioteca pública. Trajimos parte de mis libros, la biblioteca de mi hermano Rogelio, la de Beltrán Morales —un poeta posterior a la generación de *Ventana* que era esposo de mi hermana Marcia—; la de mi madre, profesora de literatura; y la de mi cuñado Humberto, ingeniero agrónomo casado con Luisa, muerto en un accidente de aviación. Sin embargo, nunca tuvimos ni el dinero ni el respaldo para abrirla y todo se quedó en proyecto. Los libros siguen aquí esperando: hay desde literatura latinoamericana y europea, hasta colecciones de revistas antiguas nicaragüenses, previas a la revolución. Tal vez, algún día, conseguiré quien me dé recursos para abrir esta biblioteca.

La parte de la casa que la familia habitó, contigua a la tienda, está más ordenada porque aguarda algún cliente para ser rentada. En esas paredes descalichadas, que rematan en un techo de tejas de barro de dos aguas, Sergio penetró su pasado con impenetrable estoicismo. Observó el hermoso *chiffonnier* que estaba en la habitación de su padre, la pila de sillas de plástico trenzado y tapizadas en azul celeste que fueron fabricadas por su tío Ángel Mercado para el comedor, caminó con lentitud por la estrecha habitación que algún día ocuparon sus padres, recorrió silencioso una a una las habitaciones yermas, conectadas por un pasadizo, en donde vivió con sus cuatro hermanos en aquellos tiempos en los que los retretes eran bancos de madera que se alzaban sobre un hoyo excavado en la tierra, observó las plantas estropeadas en el pequeño patio central, y ya de refilón miró las paredes pelonas que aún conservan clavos herrumbrados y sombras de viejas fotografías familiares.

Esta casa la edificó mi padre cuando comenzó a prosperar como comerciante, y abandonó la que alquilaba a media cuadra de aquí, hacia abajo, donde yo nací. Compró el solar a medias con un íntimo amigo suyo, Cruz Mercado, y lanzando una moneda al aire decidieron quién se quedaba con la esquina; mi padre ganó. Levantó primero el cuarto de la tienda y un solo aposento, y luego fue agregando el resto, a medida que iba pudiendo, la sala, el comedor, los demás cuartos. Recuerdo el día en que trajeron el juego de sillones de mimbre de la sala desde el barrio de Veracruz, donde los habían fabricado, una procesión cargando las sillas en la cabeza.

En Masatepe, profundamente moncadista y somocista, Sergio camina por las calles vestido de playera y blujines y, como lo hace en el resto de Nicaragua, sin ningún tipo de escoltas *(Durante la época revolucionaria viajaba con una Uzi debajo del asiento del vehículo. La llevaba por si se me presentaba una situación de emergencia y, gracias a Dios, nunca tuve que sacarla. Ahora viajo con un revolver 38 que afortunadamente tampoco he tenido necesidad de usar).* La gente se le acerca cariñosa, le piden una moneda *(limosnas nunca doy)*, lo saludan, le acercan servilletas o libretas para que firme un autógrafo y hasta lo incitan a que vuelva al poder: "doctor, ya arréglese con Daniel Ortega, ya lo queremos ver de nuevo, ahora como presidente". *(Los sandinistas de hueso colorado creen que lo nuestro es una pugna personal. Son argumentos de personas bien intencionadas que no ven a Daniel con malos ojos).* En su paso por la política no dejó pendientes y, por ello, pasea libremente, sin temor de ser agredido.

Sus recuerdos fluyen con mayor naturalidad al entrar a la iglesia parroquial, ésa que está descrita en varias escenas de *Un baile de máscaras* y en la que hay un Cristo negro, el señor de la Santísima Trinidad tallado en Guatemala, que provocó una insurrección popular en Masatepe, cuando en 1918 a un cura español se le ocurrió la idea de despintarlo para convertirlo en blanco.

En las fiestas patronales la bajada de este santo era una gran ceremonia, la cofradía entraba al nicho, repicaban las campanas, lanzaban cohetes y mi abuelo y mis tíos tocaban entonces dos marchas pomposas y solemnes. Esas piezas se volvieron una tradición, y ni los músicos sabían qué era lo que tocaban. Luego las identifiqué: una era el Himno Nacional de Costa Rica, y la otra "La Granadera", el Himno de la Federación Centroamericana, disuelta en 1837.

Esa iglesia de principios del siglo XX, cuyos altos pilares rematan en hojas, ha sufrido serias modificaciones que a Sergio lo irritan: "Cuando era niño, esta iglesia parroquial era más linda y sencilla, tenía una sola torre, pero luego una comisión de católicos se propuso hacer una iglesia más pretenciosa, y de ello resultó esta cosa horrible con dos torres de cemento y ese grotesco color azul".

Recordó las procesiones de los jueves del santísimo en las que él cargaba el palio, la cruz de plata o el incensario, su participación disfrazado de apóstol los jueves santos y la parafernalia de las procesiones, que tanto le encantaban. Cuando fue vicepresidente, la comunidad católica le pidió a través de su hermana Luisa que cambiara el techo de la iglesia, cosa que mandó a hacer, con maderas muy finas. "Cuando la presidenta de las beatas me preguntó que quería como agradecimiento, pedí que me regalaran la Virgen de la Luz que mi abuela Petrona había donado a la iglesia. Es una talla preciosa y, por supuesto que no me la dieron", dice entre risas.

Desde las gradas de la iglesia, una recta hilera de palmeras conduce la mirada a un punto de fuga: de la plaza central al templo de El Calvario, y más atrás, al humilde cementerio en donde están sepultados los Ramírez y los Mercado, católicos y evangélicos, entre cruces y maleza. Al lado de la tumba de los padres de Sergio, donde yace también su hermano Rogelio, muerto en 1992, está enterrada Mercedes Alvarado, la mujer que cuidó de él y que en *Un baile de máscaras* es Mercedes Alborada, la enamorada de Camilo el volador, sacristán de la iglesia. Unos metros más allá, sobre el mismo callejón, está su hermana Luisa, muerta en 1989.

"En mi infancia los callejones del parque siempre estaban alfombrados de flores rojas de malinche, árboles que la mano modernizadora de algún alcalde mandó a cortar."

A un par de calles de ahí, está el *cottage* que los Ramírez se mandaron construir con parte del dinero que recibió Sergio del Premio Alfaguara, en una hectárea de terreno que le heredó su madre y que perteneció a la bisabuela Francisca Silva. En esa propiedad llamada San Pedro, con vista a La Quebrada, un arroyo con aguas de lluvia que desembocaba en la laguna de Masaya, es donde Sergio y Tulita pasan serenos los fines de semana. La acogedora casa de madera de pino, con tres recámaras, está rodeada por la plantación de árboles frutales que cultivaron sus antepasados. La exuberante vegetación lo envuelve todo y la sala, al aire libre, la conforman las hamacas tejidas en Masaya y las cómodas mecedoras de mimbre que recuerda haber visto conducir a la casa, sobre la cabeza de los cargadores *(me recuerdan la sencillez con la que vivíamos)*. En un poste de madera de los que sostienen la casa, Sergio amarró el violonchelo de su tío Alberto Ramírez, uno más de los miembros de aquella dinastía de músicos andariegos que gozarían de los halagos de la gloria provinciana, pero de muy poca fortuna *(Fue un siglo de músicos, hasta que llegamos nosotros. De cincuenta y dos primos, ni uno sólo siguió ese oficio)*.

Durante nuestros encuentros en Masatepe, en mayo del 2002, de la generación de sus padres sólo sobrevivían dos de sus tías Ramírez y a ambas las visitamos: la tía Luz (fallecida en enero del 2003) y la tía Laura, ambas vitales y nonagenarias, pero absolutamente contrastantes. La tía Luz, la menor de las mujeres de entre dieciséis hijos, solterona por decreto a pesar de haber sido la de rasgos más finos — blancos rizos, sonrisa amable y delgados labios hundidos en su boca desdentada—, mecía con su pie calzado con tobimedias rasgadas y chanclas de hule, sus días solitarios. Su silla de balancín era una de las pocas piezas de mobiliario en la humilde casa descalichada: también está allí la mesa de comedor de la casa hoy clausurada de la familia de Sergio, en la que de niño ocupó siempre el lado derecho al lado de la cabe-cera reservada al padre. En el techo cuelgan dos cables de luz amarrados a un foco fundido, y aún se cocina en un fogón de le-ña en esta casa en la que nació la familia de músicos y donde la tía Luz se vio obligada a cuidar de sus padres mientras vivieron.

"Mi mamá era horrorosa —recordó—. Le cerraba la puerta a mis enamorados. A Mundo Rocha y a otro joven de Managua que era contador y quería casarse conmigo, les gritaba: 'Largo, porque yo a mi Luz no la doy'."

Sonreía feliz de ver a Sergio, el único de sus casi sesenta sobrinos que, según dijo, cuidaba de ella. Ofreció rosquillas, que a la usanza familiar fueron horneadas en su horno de panal, y pidió a Sergio un perfume, un televisor o una grabadora para escuchar valses, quizá un sweater, porque el azul que entonces cubría su cuerpo enjuto estaba ya agujerado de los codos. Ya en-trada en plática, con voz suave, recordó jocosa como su madre, que era muy celosa, le quebró a su padre el violín en la cabeza: "Llegaron las chismosas: Petrona, vos matándote friendo pláta-nos, y Lisandro con la Rumalda, carne asada en el aposento".

Le insistió a Sergio que a su muerte, esa casa le pertenecería porque así lo había dispuesto ella en su testamento (*ahí quiero poner, vamos a ver, un museo dedicado a mi abuelo y a mis tíos, con sus instrumentos y partituras*). Asimismo le hizo jurar que la en-terraría junto a su hermano Pedro, como Sergio finalmente lo hizo. "A tu padre es a quien más quise y quiero que me sepul-ten a sus pies."

Si la tía Luz se sacrificó con mansedumbre y se dormía temprano como las gallinas, la tía Laura Ramírez viuda de Sán-chez, una mujerzota con manos y pies grandes, el cabello reco-gido en moño y carácter fuerte y enjundioso, se ha aferrado, hasta el día de hoy con sus noventa y dos años encima, a hacer su santa voluntad. Dice que a pesar de tener dos fracturas —en la canilla y en la nalga— y estar "crucificada" con platinos, ella no se detiene "ni de día ni de noche". Cocina, reza, riñe y se defiende, ve televisión y es capaz de leer sin anteojos muchos libros, las novelas de Sergio y también numerosas biografías: "Las he leído todas: la de Hitler, Stalin, Mussolini y Roosevelt".

Sergio no me pidió consejo para escribir. Si lo hubiera hecho, lo hubiera guiado para que escribiera mejor —sentencia ella—. Me puse brava cuando vi que a su papá lo puso de beduino en *Un baile de máscaras*. En *Castigo Divino* le fallan cositas, yo seguí el proceso en los periódicos de la época.

La casa donde vive acompañada de su hija Julia es cómoda, y la sala donde nos recibe, de paredes recubiertas con oscuras duelas de madera, tiene en el techo una modesta araña de cristal. Con orgullo señala que aprendió de su madre Petrona a ser muy brava:

Ella bebía a traguitos guaro con miel, se lo tomaba "para bajarse las flemas". Era muy alegre y bailaba con todo el mundo, aunque fueran desconocidos. Pásele señor —les decía— ésta es su casa, yo soy Petrona Gutiérrez de Ramírez. Crió sola, sin ayuda de nadie, a los dieciséis hijos que comenzó a tener desde que cumplió catorce años, y a todos ofrecía las rosquillas de maíz que ella misma horneaba. No había quien no la quisiera, pero ella no se dejaba de nadie. Era una mujer de ñeques, usaba naguas largas y en caso necesario sacaba la coyunda. Cuando nos tardábamos en regresar de la escuela decíamos: "Ay zopilotillo lindo, que hoy no nos pegue mi mamá", porque era capaz de dejarnos las canillas en sangre.

Esta tía de Sergio, germanófila aferrada, autoritaria y categórica, reconoce que sufrió mucho con su marido Alberto Sánchez: "Se iba por meses a la hacienda, no volvía, yo sabía que andaba en distracciones. Cuando volvía, yo muy digna le decía: 'Trabajé como macho, lavé y cosí ajeno, pero no putié'".

Quizá el momento más doloroso de su vida, fue cuando quedó en cenizas la casa de la hacienda en Tierra Azul porque un mozo enamorado, "por meter mano a una muchacha" la hizo que dejara caer sobre un barril de gasolina la antorcha que ella llevaba para alumbrarlo cuando lo enviaron a ponerle combustible al motor eléctrico.

Al ver entrar aquella medianoche a mi hijo Bayardo, viniendo desde tan lejos, y oírlo contar el cuento de la desgracia, el incendio, la manera en que se había expuesto a las llamas para rescatar a una de sus niñas atrapada en un aposento del segundo piso, me temblaba todo el cuerpo, caí muerta. Se perdieron millones. Café, arroz, frijol, azúcar, tabaco... en el primer piso había una bodega enorme del comisariato. Se quemaron también cien mil córdobas que Bayardo había llevado para pagar la planilla.

Dichosa, columpiándose en bata en la mecedora ("en esta facha, no se te vaya a ocurrir retratarme"), recordó también las alegrías que vivió con su padre y sus hermanos músicos, "chileros" todos, burlones y ocurrentes, que sabían hacer fiesta de cualquier circunstancia.

Insistió que Pedro, el papá de Sergio y el único que no fue músico, fue el consentido de sus hermanas, y recordaba: "Él no buscó mujer hasta los treinta y cuatro años, cuando nos había casado a todas, menos a Luz. Gastaba su sueldo para comprarnos a cada una el ajuar, desde el vestido de novia hasta los camisones de dormir".

Insiste doña Laura que ella morirá siendo liberal, porque jamás apoyo a los sandinistas:

Una cosa fue la revolución, que le quitaran a los somocistas lo mucho que habían robado, y otra, que se pusieran a despojar a la gente honrada, a los que con trabajo y esfuerzo habían acumulado sus tierras. A mí la tropa guerrillera me dejó la hacienda saqueada, arrasaron con todo: catres, mesas, asientos, mercancía y hasta un jeep. Le tenían muchas ganas a la finca, pero eso sí, me iban a tener que matar para quedarse con ella. Vi con mis ojos lo que hicieron: destrozaron las fincas productivas y las convirtieron en cooperativas arruinadas.

A pesar de su rabia contra la revolución sandinista, exime a Sergio de culpas: "Yo nunca fui sandinista, pero sí 'sergista'. Para mi madre, admiradora de Darío, Sergio su nieto era su Rubén Darío, y ahora nos damos cuenta de que ella tuvo razón".

Sergio, en tu caso, pareciera evidente que el destino "jugó" contigo para arrastrarte y dejarte caer en el momento indicado, en los lugares precisos, para que finalmente trascendieras tu existencia como protagonista del sandinismo. Me gustaría remontarme a tu infancia y empezar por preguntarte si fue alguno de tus familiares cercanos —de quienes cuentas tantas anécdotas en Un baile de máscaras: *los Ramírez, alegres e ingeniosos músicos y compositores, o entre los Mercado, protestantes de raigambre—, quien despertó en ti la vocación política.*

No, porque en mi familia jamás viví la vocación revolucionaria, por el contrario, todos eran somocistas. Tuve que sufrir toda una metamorfosis en mi adolescencia para llegar a ver el mundo de otra manera, una manera opuesta. Por otro lado, creo que si no se hubiera tratado de "cambiar al mundo", tal como llegué a entenderlo, yo nunca me hubiera metido en una hazaña política como fue la revolución, de la manera en que me metí, porque no me atraía la política en el sentido de competir por puestos de elección, ni ser funcionario público, ni detentar el poder. Sólo una apuesta de ese tamaño pudo haberme seducido.

52

Mi padre, el único de los Ramírez que no fue músico, además de ser tendero fue político, aunque de ninguna manera un político agresivo: alcalde liberal a comienzo de los años cincuenta, durante la gestión del viejo Anastasio Somoza. Curiosamente ambas familias, los Ramírez y los Mercado, como una tradición que se transmitía de generación en generación desde el siglo XIX, eran fieles al partido liberal al que luego pertenecería Somoza y, durante mi infancia y adolescencia en Masatepe, nunca cuestioné esa lealtad.

Recuerdo que mi abuela Petrona, una mujer dicharachera y trabajadora que solía repetir la ristra de nombres con que fue bautizada: Petrona de la Concepción Simodosia Proserpina Auxiliadora Prosilapia del Carmen Gutiérrez Tiffer, hablaba de manera obsesiva de la maldad de los conservadores que, como en la vieja tradición latinoamericana, representaban a los oligarcas. Mientras cortaba el tabaco y enrollaba los puros chilcagre en la tabla que sostenía sobre sus piernas, o metía con la pala de largo brazo los sartenes de rosquillas de maíz en el horno de panal, recordaba con gran rencor sus angustias a causa de las levas forzosas que hacía el ejército conservador para mandar a los muchachos de familias liberales a morir como carne de cañón en sus enfrentamientos contra los liberales, el último de ellos la llamada guerra constitucionalista de 1925, cuando las tropas encabezadas por el general José María Moncada, en cuyas filas venía Sandino, avanzaban desde la costa del caribe.

Contaba que muchas veces escondió a sus hijos en los cofres de la ropa, pero que un día entró de sorpresa la milicia muy al alba, los halló dormidos, y los arreó a Masaya. Ella, que era mucho más enérgica que mi abuelo Lisandro, un músico pacífico, fue a suplicarle a su pariente Dolores Gutiérrez Sabino, intendente de la plaza y conservador a muerte, que le regresara a sus hijos. Él se negó y ella, en un descuido, se metió a una de las celdas de la cárcel y lo amenazó con no salir de ahí, para que todo el pueblo supiera que no sólo le había arrancado a sus hijos sino que la había encerrado a ella también. Así los logró liberar justo en el momento en que los estaban embarcando en el tren de Masaya con destino a Managua, de donde serían llevados para El Rama, que era el frente de guerra más sangriento. Mi abuela Petrona era una mujer de ideas firmes y, aunque Sandino —que era el hijastro de su hermana, América Tiffer de Sandino— se rebeló posteriormente (en 1927) contra Moncada, negándose a entregar las armas y decidió emprender su propia guerra contra los yanquis, ella se mantuvo orgullosamente moncadista y somocista hasta el final.

Su lealtad no se fracturó ni siquiera cuando Somoza asesinó el 21 de febrero de 1934 a Sandino —traicionándolo después de que había depuesto las armas— y a su hermano Sócrates, hijo de mi tía América.

Mi abuela contaba que se trasladó a Niquinohomo a acompañar a su hermana durante las dos semanas de duelo, antes de que partiera al exilio con don Gregorio Sandino a El Salvador, y que la situación había sido muy tensa, que la casa estuvo siempre rodeada por guardias que buscaban intimidarlas. A ella, sin embargo, eso no le hacía mella, tenía claras sus lealtades.

¿Llegaste a conocer a los Somoza?

Sí, conocí al viejo Anastasio, y a Luis, antecesores en el poder de Anastasio "el malo", al que nosotros derrocamos. A Luis Somoza lo recuerdo sentado en una de las sillas de mimbre de la sala de mi casa, en una de sus visitas a Masatepe, cuando mi padre era alcalde, y recuerdo haberle ofrecido en una bandeja "bocas" de carne del diablo, un paté picante que se decía que estaba hecho con carne de caballo y que se untaba en galletas de soda. Otra vez, mientras recibíamos clases en el instituto de secundaria que dirigía mi madre, apareció de manera sorpresiva en el aula con su séquito, y se sentó en uno de los pupitres a observar la clase; más tarde mi madre recibió de la casa presidencial un sobre con numerosas fotografías de esa visita. Era un gordo campechano que tendría entonces menos de treinta años de edad, muy simpático, aunque igual de duro que su hermano a la hora de las venganzas. Contaba chistes, tenía habilidad política y se sabía ganar a la gente. Mi padre se dirigía a él como "Coronel Somoza", porque aún no era presidente, y aquel es el grado que su padre le había dado en la Guardia Nacional después que regresó de Lousiana donde fracasó en ganarse el título de ingeniero agrónomo.

Al viejo Somoza, un personaje mítico, bien parecido, lo recuerdo claramente. La primera vez que lo vi, fue cuando vino a Masatepe en una gira de campaña, cuando se preparaba para reelegirse otra vez, allá por 1955, y subió al quiosco a hablar delante de un micrófono, vestido con su uniforme militar kaki. Gordo, de frente muy amplia y con pecas en las mejillas y en el dorso de las manos, tenía más de cincuenta años, yo apenas doce. Tal como entonces lo vi, lo retraté en *Margarita, está linda la mar*. Todo el pueblo estaba cubierto de banderillas de papel de la china caladas para recibirlo, no sólo por su investidura presidencial sino, sobre todo, porque en 1951 había decidido la apertura del instituto de secundaria en Masatepe.

Mi padre contaba que cuando solicitaba audiencias en la casa presidencial, como parte del rito del poder tenía que esperar horas en la sala de recibo antes de poder verlo. En una de esas ocasiones fue con una comisión del pueblo, entre ellos mi tío Francisco Luz Ramírez, que era dirigente del partido liberal y se conocía casa por casa a todos los votantes, y mi tío Napoleón Tapia, casado con mi tía Rosita Mercado, que era senador, para pedirle que autorizara la apertura del instituto. Tras muchos regateos, Somoza acabó aceptando, y decenas de muchachos y muchachas que ya habían perdido la esperanza de continuar la secundaria se inscribieron para estudiar en las aulas improvisadas en la casa municipal, en las que se colocaron como pupitres tablones sin cepillar, sostenidos por burros de carpintería. En mi casa este acontecimiento tuvo un impacto todavía mayor porque mi madre llegaría a ser la directora del colegio.

En 1956, pocos meses antes de que mataran al viejo Somoza, ella, a la cabeza de una comisión de notables del pueblo, donde iba mi padre, fue a ofrecerle a Somoza que la primera promoción de bachilleres llevara su nombre. Aunque el instituto aún no tenía un edificio propio, y sobrevivía en medio de una gran precariedad, finalmente se graduaba una primera promoción.

Esa vez acompañé a mi madre, tenía yo catorce años. Fuimos en un autobús a Montelimar, la hacienda azucarera en donde Somoza tenía una casona a orillas del mar. Entramos a una sala grande, con un enrejado de madera alrededor, en donde no había ni una sola silla; así, los visitantes tenían que marcharse pronto. No había asiento ni para él. Sin asistentes ni guardias en la sala, esperaba de pie detrás del escritorio; esta vez llevaba una bufanda de seda anudada al cuello, y vestía pantalón kaki y camisa manga larga de color pastel. Mi mamá le hizo su petición. Sobre el escritorio sólo había una agenda con enormes anillos de metal. Todos estábamos de pie alrededor de la sala, y él dijo: "Niñá, ¿qué día será esto?". Escuchó la fecha y respondió con pena: "Ese día no puedo, se me casa uno de mis muchachos, cadete de la academia militar, yo soy el padrino de la boda".

Le insistieron todos: mi padre, mi tío Pancho Luz, todos los miembros de la comisión que eran los liberales y somocistas del pueblo. Al final dijo: "Está bien, ¡qué se va a hacer! Voy a tener que dejar colgado a mi muchacho". Mi impresión fue que en realidad no tenía nada escrito en la agenda, pero así aparentaba dejar cosas muy importantes para que la gente se sintiera en deuda con él. Era muy hábil, por supuesto. Aún conservo esa foto de cuando vino a la ceremonia de graduación con doña Salvadora, y en la que posan, él con su cigarrillo en la boquilla de plata, ella vestida de tules, tal como los describo en *Margarita, está linda la mar*, rodeados por mis padres y por mis tíos.

¿Qué significó para tu madre y para la familia, que ella fuera directora de esa escuela?

Ella siempre vivió con la frustración de sentirse acorralada entre los muros invisibles de la cárcel provinciana. Fue educada para tener una vida más cosmopolita y ambicionaba mucho más de lo que podía tener en ese pequeño pueblo monótono. Por ello, como cuento en mis memorias inéditas *Retrato de familia con volcán*, que algún día publicaré, el hecho de ser directora del instituto fue una compensación de sus ansias de volar.

El camino no fue fácil. Don Crisanto Sacasa, ministro de Educación, se había opuesto de inicio a que mi madre ocupara el cargo de directora, porque desde su perspectiva una mujer era incapaz de dominar la disciplina. El voto femenino apenas se había establecido tres años antes, en 1950, al reformarse la constitución tras "el pacto de los generales", convenido entre el viejo Somoza y el caudillo del partido conservador Emiliano Chamorro. Don Crisanto había nombrado inicialmente a un viejo profesor de primaria, don Rigoberto García, como director. Sin embargo, resolvió destituirlo cuando llegó a sus oídos que, muchos años antes, había seducido a una alumna y que, como consecuencia de esos amores, había tenido un hijo con ella. El hijo heredó los ojos azul celeste de la madre, y cuando llegaba a la tienda de mi padre por alguna compra, mi hermana Luisa le preguntaba: "¿vos ves todo de color azul?" La alumna seduci-

57

da, que luego se ganaba la vida poniendo inyecciones a domicilio, era fumadora impenitente y murió abrasada cuando se durmió una noche con el cigarrillo encendido mientras aguardaba la hora de salir para poner una inyección a un enfermo, y las cobijas cogieron fuego. Este episodio está en *Un baile de máscaras*. A consecuencia de la terrible muerte de su madre, el muchacho perdió la razón, y su manía era enviarle cartas a todo el mundo, cobrando deudas inexistentes, con lo que se gastaba en estampillas de correo su magra pensión del seguro social.

Tras la destitución de don Rigoberto, vino el forcejeo, hasta que el ministro aceptó a mi madre como sustituta, y en la dirección del instituto se quedó veinticinco años. Formó a muchas generaciones, y fue feliz en ese empeño. Pero antes, había soñado con que nos fuéramos a vivir a California y luego, cuando empezó la explotación petrolera en Maracaibo, también quiso que emigráramos allá. Mi padre la escuchaba sin decir palabra, los ojos fijos en el periódico que leía, pero apenas mi madre daba la vuelta se burlaba de ella, diciendo que no iba a dejar su casa para ir a limpiar mierda ajena; para él no había mayor locura que proponerle marcharse de Masatepe donde quería morir. Nunca hablaba de "vivir" en el pueblo, sino de morir ahí.

Ella era producto de una educación protestante, ajena a la realidad masatepina. Háblame de tus abuelos Teófilo y Luisa Mercado, y de los valores que imperaban en su casa.

Ellos desafiaron a un pueblo conservador y pequeño como Masatepe, convirtiéndose a la iglesia protestante cuando, a comienzos del siglo XX, vino a Nicaragua una ola misionera de Louisiana y Alabama. La maledicencia repetía que se volvieron evangélicos porque querían que sus hijos, varones y mujeres, estudiaran en el Colegio Bautista de Managua, de muy alta calidad y con profesores norteamericanos, y en el que sólo admitían alumnos protestantes. No creo que la razón haya sido tan simple. Mi abuelo Teófilo era un hombre de ideas verdaderamente liberales. Masón y anti oscurantista, identificaba a la religión católica con el atraso. El protestantismo le parecía más abierto al progreso, y ayudó a fundar la Primera Iglesia Bautista de Masatepe a comienzos de 1920, soportando las pedreas que los católicos, encabezados por el cura, desataban contra su casa a los gritos de "hijo del demonio". Su visión pragmática y positivista le permitió ser uno de los hombres más ricos del pueblo. Su casa era tan grande que siendo yo niño, sentía que me perdía en la inmensa cocina. A pesar de que nació en la parte baja de Masatepe, en donde sólo vivían los pobres y los indígenas, aprendió a leer de manera autodidacta y se devoró todos los libros de medicina, agronomía, física y matemáticas que cayeron en sus manos. Fue tesonero e ingenioso. Sabía preparar medicinas en el mortero, manejaba el torno y las herramientas de carpintería, y como buen ebanista fabricaba muebles, la mesa de cedro sobre la que escribo cuando estoy en Masatepe fue hecha por él; inventó una carreta de volquete para descargar los granos de café, y una refrigeradora con un relleno de polvo de carbón entre el forro de zinc y la madera; instaló en su casa su propia planta de luz eléctrica, y también una bomba hidráulica y cañerías que proveían el agua corriente desde una inmensa pila alimentada con agua de lluvia, cuando nadie en el pueblo sabía de inodoros o duchas. Murió cuando yo tenía ocho años, pero lo recuerdo como un patriarca de puño firme, enérgico e intransigente, y a la vez cariñoso y bromista a su modo, con ese humor simplón y austero de los Mercado.

Supongo que dices esto del "puño firme", recordando la anécdota que cuentas en un Baile de máscaras, de la guerra que inició tu abuelo Teófilo para evitar que su hija, la primera mujer que obtuvo un título

59

de bachiller en ciencias y letras en la historia del pueblo, se fuera a casar con tu padre, "un pobretón" que provenía de una familia de músicos sin fortuna y que no tenía ni en que caerse muerto...

Esta escena del atrevimiento de mi padre de ir a pedirle a mi abuelo Teófilo la mano de su hija Luisa durante un sepelio me sigue fascinando, y por ello también la usé en *Margarita está linda la mar* cuando Anastasio Somoza solicitó al sabio Debayle la mano de su hija Salvadora, al momento en que Rubén Darío estaba siendo sepultado en la catedral de León.

Mi abuelo Teófilo se negaba a escuchar a mi padre y entonces, para evitar que lo despreciara o que le hiciera un escándalo, lo buscó en el funeral de unos gemelos, hijos del farmacéutico don Octaviano Sánchez, muertos cuando el automóvil en el que viajaban se despeñó en el bajadero de la laguna de Masaya. Su esfuerzo, sin embargo, fue infructuoso y, al día siguiente, mi orgulloso abuelo Teófilo citó a mi abuelo Lisandro para advertirle dos cosas: que mandaba a su hija a Managua para encerrarla en un internado "aunque ya nada tuviera que estudiar" y que su hijo tenía terminantemente prohibido abandonar los linderos de Masatepe. Te lo cuento como está en la novela...

Mi abuelo Lisandro sólo le respondió: "¿Usted es un hombre de fortuna, verdad?" Y sin esperar respuesta, prosiguió: "Sólo le recomiendo que aliste la bolsa porque es mucho lo que va a gastar en cercar el pueblo con alambre de púas para que mi hijo no salga, que es la única manera que usted se lo podrá impedir".

En el momento en que los dos abuelos peleaban, Pedro y Luisa estaban ya en la capilla del palacio arzobispal de Managua esperando ser casados por el arzobispo monseñor Lezcano y Ortega, el único que podía hacerlo por tratarse de un católico y una protestante. Al comenzar la ceremonia el arzobispo se empeñó en que la novia renunciara a su religión, pero ella se negó y mi padre le dio su apoyo. La ceremonia se frustró. Entonces, en un pasillo se encontraron al padre Quico Salazar, coadjutor del arzobispo, amigo de mi padre desde que se habían conocido en Diriamba donde el padre Quico era párroco y mi padre vigilante del depósito de tabaco, y así, sin más, al saber lo ocurrido les pidió que se arrodillaran y les echó una furtiva bendición, con lo que resultaron "casados por la iglesia".

De esa manera se unieron estas dos familias tan diferentes, en tiempos en que los evangélicos no se casaban con los católicos. Mi madre respetó el compromiso tácito de que todos sus hijos fueran bautizados y educados en la religión católica, y era la primera en levantarnos los domingos para que fuéramos a misa, algo que, paradójicamente, no le importaba a mi padre.

Seguramente para ella, enamorarse y casarse con un hombre que entonces era un comerciante de granos que compraba cosechas de futuro, sin bienes ni fortuna, era un acto más en busca de la libertad que a lo largo de su vida añoró.

En Un baile de máscaras *cuentas muchas historias de tu padre y su alegre familia de músicos, que tuvieron un gran impacto en tu formación. Sin embargo, poco sabemos de tu madre.*

Era el timón, la disciplina, la austeridad, la mano dura, y todo ello fue muy formativo para mí. Mi madre era una mujer valiente, a veces impenetrable, que sabía decir las cosas claras y en la cara de la gente; a algunos esto les resultaba odioso, pero era muy respetada en el pueblo. Mis tías las Ramírez, la admiraban, y la temían.

¿Y tú?

También. No puedo olvidar el recuerdo de un día, que regresando del Kindergarten de las monjas salesianas, vi en la acera a una niña jugando con unos trastecitos de barro negro de Jinotega y tomé uno de ellos sin que la niña me viera. Al volver a casa, mi madre no creyó en mi mentira de que la niña me lo había regalado y me obligó a devolverlo. Recuerdo como la cosa más terrorífica de mi infancia, regresar a ese lugar en donde yo había tomado lo ajeno y tener que confesarle mi pecado a la niña. No me atreví a enfrentarla. Aproveché un momento en que ella entró a su casa para reponer lo robado.

Mi madre era inflexible. No olvido las horribles clases de matemáticas de las dos de la tarde que un profesor privado, buscado por ella, me daba porque iba atrasado, o el aburrimiento de las clases de mecanografía que me obligaba a tomar, sin fortuna, porque nunca aprendí y escribo con dos dedos.

Mi padre, por el contrario, era un hombre con un enorme sentido del humor y participaba todas las tardes en esas tertulias con mi abuelo Lisandro y sus hermanos músicos, todos flacos y con porte de viejos castellanos, compositores de boleros, fox-trot y valses, que iban apareciendo en la tienda con sus instrumentos bajo el brazo, clarinete, violín, flauta, para tocar luego en la iglesia, o porque había procesiones o algún festejo. "Toques" llamaban ellos a cada uno de esos trabajos, que muchas veces los llevaban fuera del pueblo, como ocurría con mi abuelo Lisandro. Por eso siempre le digo a Tulita, cuando me toca salir a dar alguna lectura, o conferencia, o a presentar a un libro, "voy a un toque".

Sus ensayos en la casa de mi abuelo se iniciaban como veladas líricas y terminaban como fiestas danzantes. Todos ellos eran imprudentes y desenfadados. En sus conversaciones en la tienda, acompañadas de escandalosos aleteos de manos, se reían y burlaban de todos los que pasaban, de los defectos físicos, de las historias escabrosas, hasta de lo trágico; ni el Padre Fabio, cura de la parroquia con fama de homosexual, se libraba de sus mofas que mi abuelo Lisandro, en ese caso, reprobaba.

A todos les ponían motes que les quedaban planchados. Apodaron "Napoleón Conciencia" al prestamista usurero;

"Chimpancé" al carpintero con cara de mono; "Chupamiel" a un ebrio consuetudinario que un día le prendió fuego a la escuela pública en venganza porque lo habían expulsado cuando niño; "Chago Paloma" al dueño de un palomar; "Pascuala Barbera", una peluquera del pueblo que colocaba un huacal en la cabeza de sus clientes para rasurar sólo lo que quedaba por fuera; "Ireneo de la Oscurana" era el excavador de tumbas, pozos y excusados; "Inocencio Nada" un hombre que de tan blanco "parecía no existir"; "Tobías el Encuerado" porque no sólo trabajaba el cuero como zapatero, sino porque ya borracho y hastiado del jolgorio, salía desnudo, en cueros, a ahuyentar con el filoso cuchillo de cortar la baqueta a los convidados de las fiestas patronales cuando le tocaba ser mayordomo.

La convivencia con mis tíos, como te he dicho, fue una escuela de humor para mí. Entre ellos se hacían bromas pesadísimas, se remedaban hasta en la forma de caminar y nunca se ofendían. Aprendí de ellos que el humor verdadero es ése, cuando uno aprende a reírse de sí mismo.

Mi madre los oía con un espíritu crítico y distante. No es que ella fuera insensible al humor, pero repudiaba las impertinencias, el sentimentalismo, la lágrima fácil. Pero de acuerdo al canon de los Ramírez, el que es humorista es a la vez sentimental; de ellos también aprendí que el llanto y la risa, el humor y la melancolía suelen estar juntos. Mi madre criticaba mucho a mis tías paternas por lloronas, por hacer escándalos en los duelos. Mi tía Luz, por ejemplo, siempre tiene los ojos húmedos, cualquier cosa la impresiona. Para mi madre, uno debía tener la dignidad de saber comportarse. Era enemiga de la exageración y el ridículo. En cambio a mi padre, eso no le importaba. Ahora, en lo que tiene que ver con el llanto, ganó ella en mi carácter, porque me cuesta mostrar mis emociones, cuando se trata del dolor, sobre todo; aprendí a "tragar para adentro". Puedo contar con los dedos de la mano las veces en que he llorado en mi vida, a la muerte de mis padres, de mis hermanos Luisa y Rogelio, cuando perdimos las elecciones en 1990; breves estallidos, breves desahogos, de ninguna manera como solían llorar, de manera copiosa, mis tías las Ramírez.

¿De qué otra forma te marcó esta mezcla aparentemente irreconciliable?
Yo era un niño muy retraído, en parte quizá, por ser bizco, y grandote. Crecí todo lo que iba a crecer a los doce años, y por eso nunca aprendí a bailar, en las fiestas las muchachas me rechazaban "porque era muy alto". Además, mi madre insistió en depositar mi instrucción primaria en una sola maestra, la niña Esther Sánchez, enérgica, metódica y paciente, quien daba clases en la Escuela Superior de Niñas "Zoila". Te imaginás las burlas que trae ser alumno de una escuela de niñas.

Junto con otros dos niños que soportábamos mofas y rechiflas por estudiar con puras mujeres, conformábamos el selecto grupo de "escogidos". Adalberto Sánchez, sobrino de la niña Esther y mi mejor amigo de infancia, mi primo Mario Ramírez, a quien habían expulsado de la escuela de varones por díscolo, y yo, ocupábamos la primera fila de bancas, segregados de las niñas. Era una situación inaudita. Afuera, se burlaban de nosotros los muchachos de la misma edad, y adentro, durante los recreos, las niñas nos aislaban, no querían saber nada de nosotros. Éramos unos parias.

Cuando iba empezar el quinto grado, me rebelé, y mi madre aceptó que entrara, por fin, a la escuela superior de varones. Era como un adulto precoz, muy melancólico, exiliado de mi infancia, y mis amistades las buscaba entre muchachos mayores que yo, que son quienes me dieron a fumar el primer cigarrillo, me llevaron a un estanco en la ronda del pueblo a probar el primer trago de aguardiente, y a los burdeles del barrio Veracruz, el más concurrido de todos el de "Las Pringamozas", y otro, el de Mateo, un viejo homosexual de carnes flojas que vestía siempre de blanco.

El defecto congénito en mi ojo izquierdo me producía visión doble, y me hacía chocar con los obstáculos que se interponían en mi camino. Mis padres creían que me había quedado bizco como consecuencia de una diarrea que padecí al año de nacido, y no fue hasta que cumplí diez años cuando me llevaron a Managua a consultar al oculista, porque la Mercedes Alvarado les advirtió mis tropiezos al caminar. El doctor Fernando Agüero, quien luego llegaría a ser el más popular adversario de los Somoza, les dijo que mi ojo tenía de nacimiento una estructura diferente. Mandó que debía ponerme anteojos y un parche en el ojo bueno para obligar al ojo desviado a buscar el centro. Mi abuelo Teófilo también era estrábico, quizá tuvo el mismo defecto congénito y yo lo heredé de él.

Y ya te dije, igual que mi madre aprendí a tragármelo todo y a nunca mostrar mis emociones. Ella era así, jamás manifestaba ni la cólera ni el dolor, y eso me lo heredó. Sólo hasta que en 1981 mi padre murió a sus setenta y cinco años de cáncer gástrico, esa mujer fuerte que no la movía ni el viento, comenzó a desmoronarse.

Cuando él supo que iba a morir, lo único que me pidió es que no fuera a dejar a mi madre sola. Se lo prometí, pero eran los años de la revolución y la visitaba muy rara vez, no tenía tiempo tampoco para mi mujer y mis hijos. Me dolía verla derrumbarse y ese proceso prosiguió a medida que se sumaron más muertes cercanas, que ella ya no soportó. Mi hermana Luisa, que murió en 1989, también de cáncer gástrico. A los pocos meses, su marido, Humberto Tapia, que era como un hijo suyo más, murió en un accidente de aviación. En 1992, murió mi hermano Rogelio, diabético precoz, mientras estaba en una misión de la Asamblea Nacional en Corea.

Mi madre comenzó a no entender al destino y tomó una idea terrible de él. A mi hermana Marcia, menor que yo, le dijo una vez que quería morirse porque si ella seguía viva, estaba arriesgando mi vida. Creyó que sus hijos se iban a morir mientras ella estuviera viva. Murió en 1984, a los ochenta y dos años, el mismo día en que yo había salido para Costa Rica a cumplir un compromiso. Juanita Bermúdez, mi asistenta durante mis años en la casa de gobierno, me llamó esa noche al hotel, adonde acaba de llegar, para darme la noticia, y entonces lloré en el hombro de Tulita, y nos quedamos despiertos hasta el amanecer para tomar el primer avión de regreso a Managua.

Extrañamente, fue girando al final de su vida al rito católico, no porque se volviera santurrona, sino porque quizá el Dios de los católicos le parecía más cercano que el de los protestantes, o era un homenaje de lealtad que seguía pagando a mi padre, no sé. Por ello, decidimos a su muerte organizarle un doble rito. En nuestra casa en Managua dispusimos una ceremonia evangélica, presidida por el doctor Gustavo Parajón, el más respetado dirigente de la Iglesia Bautista de Nicaragua, y luego, ya en Masatepe, hubo una misa de réquiem en la iglesia parroquial.

Lolita, la esposa de mi tío Ángel, el menor de los Mercado, me entregó ese día la Biblia protestante que perteneció a mi abuela Luisa y que, en su primera página tiene la dedicatoria del pastor de Alabama, Mister Scott, que en 1920 llegó a evangelizar a los masatepinos, y la fecha del nacimiento y la muerte de todos los Mercado. La dedicatoria indica el Salmo 119:105, y yendo a él, dice: "Lámpara es a mi pies tu palabra, y lumbrera a mi camino". Ahora soy el legatario de esa herencia familiar.

Provienes de un matrimonio ecuménico y a mí me gustaría entender el peso que tuvo la religión en tu formación. Te lo pregunto, sobre todo, porque pienso que la revolución sandinista fue, en cierto modo, un laboratorio viviente para la teología de la liberación. Con respecto a mi convicción revolucionaria, la religión nunca tuvo nada que ver, yo no era un católico practicante. Una vez, cuando vivíamos en San José, Tulita se quejó delante del padre Álvaro Oyanguren, un jesuita muy amigo nuestro que nos visitaba en sus viajes a Costa Rica, de que yo no iba nunca a misa, y él, por respuesta, le dijo que me dejara en paz, que eso no agregaba ni quitaba nada; lo tomé como una dispensa de por vida que ya no puede ser variada porque Álvaro murió en un accidente de carretera. La verdad es que en cuestión de fe me sentía agnóstico, como sentía que habían sido mis padres; ninguno de los dos iba nunca a ningún oficio religioso, aunque mi madre nos mandara a misa, como te dije, porque ése era su compromiso.

Mi abuela Luisa me llevaba al rito evangélico en el enorme templo que ella, como un desafío, había mandado a construir en la calle real. Fue la primer construcción de cemento armado en Masatepe y se gastó en edificarlo gran parte de la fortuna de mi abuelo. Sin embargo, era una mujer muy respetuosa, callada y seria, dueña de sí misma. Nunca quiso imponerme nada, todo lo contrario de mi abuela Petrona, que era intolerante y categórica en asuntos de religión. Católica a muerte, me decía con su carácter dicharachero y gracioso, que no fuera al templo evangélico porque ahí me iba a salar y acabaría en el infierno.

A mí el rito católico me fascinaba. Me encantaban las procesiones, los cohetes, el humo del incienso, la música, los palios, las misas de revestidos, el silencio del momento de la elevación, los trapos morados con los que tapaban a los santos en Semana Santa, cargar la cruz en las procesiones. La iglesia evangélica estaba desprovista de ritos y, hasta hoy, el rito es lo que más me conmueve de la religión.

En Te dio miedo la sangre *y también en* Sombras nada más *aludes a una persecución desatada por Somoza que se vivió en la década de los cincuenta, en las zonas cercanas a Masatepe. ¿Viviste tú este episodio?*

Sí, fue la persecución de los alzados del 4 de abril de 1954 y es un hecho obsesivo en mi literatura. Un grupo de militares antiguos se rebeló contra Somoza, y tras fracasar el plan de tomarse el Palacio Presidencial, intentaron ponerle una emboscada en una carretera. La emboscada fracasó cuando casualmente pasó por ahí un jeep de la policía. Los alzados pensaron que los habían descubierto y comenzaron a dispararle. Se armó un tiroteo. Se dispersaron por los montes de la zona cercana a Masatepe y, a mis doce años, veía pasar las avionetas que arrojaban desde el cielo volantes con las fotos de todos los alzados, a quienes se reclamaba vivos o muertos. Las patrullas peinaban la zona en su búsqueda. Finalmente los capturaron a todos y los ejecutaron uno a uno. Somoza mismo, al que nosotros luego derrocamos, mató a varios prisioneros de su mano. A uno de ellos, Adolfo Báez Bone, le dio un balazo, mientras lo interrogaban esposado a una silla. Éstos fueron "los héroes del 4 de abril", y al padre de Alirio Martinica, mi personaje de *Sombras nada más*, lo identifico como uno de estos valientes.

Háblame de tu partida a León, la primera vez que sales de tu pueblo y que finalmente será el parte aguas de tu vida...

Déjame empezar por decirte que no fue la primera vez que salía de mi casa. Cuando estaba en sexto grado de primaria me expulsaron de la escuela de varones en Masatepe, a la que ya te conté que ingresé en quinto grado, y como consecuencia acabé viviendo en Managua.

El maestro, Iván García, un joven de diecinueve años, inexperto, recién casado y egresado de la Escuela Normal Franklin D. Roosevelt de Jinotepe, quiso desde el principio mostrarnos que sus métodos de enseñanza eran "modernos". Por eso nos ofreció darnos clases de educación sexual, a puerta cerrada. La única condición que puso fue el solemne compromiso de mantenerlo en secreto, bajo pena de expulsión. Nos hablaba del cuerpo, del placer sexual y de la continencia, de las zonas erógenas, de la masturbación, de las prostitutas y el riesgo de las enfermedades venéreas. Sin embargo, yo violé la prohibición.

Mi primo Mario y yo acostumbrábamos jugar *hand ball* en la calle frente al comando militar con otros muchachos, y en esos juegos participaba Wilson, un soldado negro de la costa atlántica. Una tarde, en un descanso del juego, ambos comenzamos a hablarle con cierta propiedad de asuntos sexuales. Él, asombrado de nuestros conocimientos, nos preguntó quién nos había enseñado todo eso. Mario guardó silencio, pero yo dije que había sido el maestro, y Wilson se mostró indignado de que nos estuvieran sometiendo a esa clase de enseñanzas.

Al otro día, mi primo se enojó conmigo por un lápiz que no quise prestarle y, para desquitarse, me acusó. El maestro se puso furioso y decretó mi expulsión. Justificó su decisión con el alegato de que yo era retrasado mental y que no estaba capacitado para asimilar las enseñanzas. En el pueblo se hizo un escándalo y, aunque el director de la escuela intentó tapar lo sucedido, todo el mundo se enteró que "el profesor Iván García impartía clases de vulgaridades".

Aunque éramos una familia de ingresos muy limitados, mis padres, porque su orgullo había sido herido con mi expulsión, quisieron demostrar que podían enviarme a un "colegio de ricos". Sin embargo, la apuesta era arriesgada. La tienda de abarrotes, y las tres hectáreas de tabaco que mi padre sembraba en sociedad con su hermano Alberto, apenas sustentaban la vida modesta que llevábamos; y el salario de mi madre como directora, también era limitado: quizá de unos doscientos dólares mensuales de hoy en día. Por ello, muy pronto se dieron cuenta que nunca iban a poder pagar las colegiaturas, útiles y uniformes del Colegio Centroamérica de los Jesuitas en Granada, que era a donde me querían mandar primero, y transaron entonces por el Instituto Pedagógico de los Hermanos Cristianos en Diriamba, que es donde estudiaban los muchachos de la clase media acomodada. Pero, por los azares del destino, ahí tampoco iba a poder quedarme.

El ministro de Educación, don Crisanto Sacasa, el mismo que había estado de por medio en el nombramiento de mi madre como directora, se molestó porque el hermano director de ese colegio no le consultó mi admisión, pues sólo el ministro podía autorizar los traslados, y se empeñó en hacer valer su autoridad para escarmentar a ese "cura desobediente". De nada sirvieron los ruegos de mis padres, don Crisanto se negó a que me quedara ahí. Hasta les ofreció una beca para que yo estudiara en el Instituto Nacional de Occidente que dirigía su hermano don Pepe en León. Finalmente aceptó que me matriculara en el Instituto Pedagógico de Managua, también de los hermanos cristianos, en donde estudiaban hijos de altos oficiales de la Guardia Nacional.

Como en Managua no había internado, mi padre arregló que viviera en casa de don Leopoldo Sánchez, casado con mi tía Chabelita Gutiérrez, hermana de crianza de mi abuela Petrona. A los doce años, me sentí de repente liberado, a merced de las calles de la gran ciudad, con sus peligros y tentaciones, y aprobé el sexto grado mal, de arrastrada.

Como en la escena con la que se abre Madame Bovary, cuando el muchacho nuevo, Charles Bovary, llega modoso y huraño

70

al salón de clases desconocido, vestido con su atuendo provinciano, yo entré de esa manera al aula, de la mano de mi padre. En lugar de hacer mis tareas por las tardes, me dedicaba a callejear. Iba a las galleras, a los billares, a los cines que tenían aire acondicionado, una verdadera novedad para mí, donde se vendían palomitas y hot dogs, y también a los cines de barrio, que olían a orines. Recuerdo un día que viendo *Julio César*, con Marlon Brando, James Mason, sir John Gieldgud y Greer Garson, en la matinée del nuevo Teatro González, comenzó un temblor tremendo a la hora del discurso de Bruto frente al cadáver de Julio César, y aunque la gente salió corriendo, yo no tuve ni la menor intención de moverme del asiento de felpa color corinto.

Otra vez, llegó una escuadrilla de aviones jet de la Fuerza Aérea de Estados Unidos, de los utilizados en la Guerra de Corea y que daban exhibiciones acrobáticas por América Latina, y me escapé del colegio para verlos. Quedé deslumbrado por los chorros de humo de colores que echaban por las turbinas y el estruendo con el que rompían la barrera del sonido para perderse sobre la sierra de Managua. Asistió una multitud y fue tal la cantidad de gente que invadió la pista del aeropuerto Las Mercedes, que el último avión no pudo aterrizar, y se estrelló. Comenzaron las llamas ante mis ojos, y el piloto, el Capitán Powell, quedó carbonizado.

Recuerdo también un desfile hípico por la calle 15 de septiembre, se celebraba una feria agropecuaria y montada en un caballo blanco venía Clara Parodi, que me pareció la mujer más bella del mundo, vestida así de negro, el cabello peinado al estilo de Eva Perón bajo las alas de un sombrero cordobés. Esa imagen inolvidable y muchas otras de esta Managua que viví en los años cincuenta, quedaron en mi novela *¿Te dio miedo la sangre?*

Lo peor fue que al finalizar el año, en la entrega de notas en el salón de actos del colegio, comenzaron a llamar a los muchachos, como lo hacían los curas para darles medallas de excelencia, de conducta, deportes, moral, civismo, y yo me quedé sentado en la oscuridad porque nunca me llamaron. A mí, y a un muchacho insoportable de apellido Barquero, tan insoportable que el profesor lo ponía aparte en la clase, muy cerca de él para poder vigilarlo. Mis padres se arrepintieron de haberme dejado solo, tan niño. Tuvieron que pasar cinco años más, hasta que me bachilleré en 1959, en el instituto que dirigía mi madre en Masatepe, ahora sí como el mejor estudiante, para que me dejaran volver a partir, y esa vez, sería de manera definitiva.

Sabemos que esa partida a León en 1959, transformará de tajo tu existencia, sobre todo en términos políticos.

Ya te dije que antes mi mundo se limitaba a conocer y aceptar al partido liberal en el poder y a la autoridad de la familia Somoza. Por eso el cambio fue abrupto, además de inevitable.

Salí de Masatepe nuevamente de la mano de mi padre. Tenía dieciséis años y él me matriculó en la Escuela de Derecho. Toda su vida trabajó para que yo y mis cuatro hermanos fuéramos a la universidad y nunca dudó que yo sería abogado. Yo sí. Tenía un amigo de Niquinohomo en la secundaria, Rolando Avendaña, que se fue a estudiar periodismo a Chile y yo hubiera querido seguir su camino, pero cuando se lo insinué a mi padre reaccionó airado, diciéndome que ésa no era ninguna profesión. Yo debía ser médico o abogado; como la medicina no me gustaba, sólo me quedaban las leyes. No estaba en capacidad de discutir y quizá fue el destino el que me llevó a la única puerta disponible para que yo la abriera: la Universidad de León, y así llegué a ser el primer Ramírez que obtenía un título universitario.

¿Qué fue exactamente lo que sucedió ese 23 de julio de 1959 en que tu vida daría un giro de 180 grados?

Acababa de triunfar la revolución cubana y en Nicaragua sólo se hablaba de la lucha armada contra Somoza. Cuando llegué a León en mayo, había una gran agitación política y la Junta Universitaria anunció que pospondría la entrada a clases "por precaución" porque se había dado el desembarco en Olama y Mollejones de un grupo de opositores a Somoza, encabezados por Pedro Joaquín Chamorro y Luis Cardenal, casi todos miembros de las familias tradicionales.

Aunque no eran marxistas, le habían pedido apoyo al Ché Guevara, comisionado por Fidel Castro para atender los movimientos revolucionarios de Latinoamérica que buscaban derrocar a los dictadores. El Ché les había dicho que él ya estaba apoyando a otro grupo nicaragüense, que sí era marxista, donde estaba Carlos Fonseca, que acababa de dejar las aulas universitarias. Sin embargo, les advirtió que si lograban poner el pie en Nicaragua, Cuba los apoyaría. Se entrenaron en Costa Rica con el apoyo de José Figueres en un lugar de la costa del Pacífico llamado Punta Llorona, y prepararon dos desembarcos en puntos diferentes, en dos viajes de un viejo avión de carga.

El avión desembarcó a un grupo de sesenta guerrilleros en Olama y a otro grupo similar en Mollejones, ambas opciones pésimas desde el punto de vista militar. En Nicaragua todo el mundo sabía de la invasión, la Guardia Nacional estaba preparada y, en el segundo desembarco, el avión ya no pudo volver a despegar porque lo ametrallaron los Mustang de la fuerza aérea. La operación fue un desastre. En *¿Te dio miedo la sangre?* narro la persecución de dos de los sobrevivientes que llegaron hasta el Río San Juan y ahí los mataron. A Pedro Joaquín Chamorro lo apresaron. El último Anastasio Somoza, que era entonces jefe del ejército, mientras su hermano Luis ocupaba la presidencia, llevó a todos los prisioneros a La Curva, que era su cuartel, y los formó de espaldas a él para insultarlos. Finalmente no los mató, como pudo hacerlo "en combate", porque le tenía miedo a la oligarquía.

Las clases finalmente se abrieron con quince días de retraso. A finales de junio, se dio el otro intento desde Honduras para invadir Nicaragua, el que contaba con el apoyo del Ché Guevara. En una operación combinada de la Guardia Nacional de Somoza y del ejército hondureño, cercaron el campamento que los guerrilleros tenían en El Chaparral y, antes de que pudieran entrar a Nicaragua, los masacraron. Hubo un montón de muertos y heridos, y Somoza hizo alarde de la hazaña. Carlos Fonseca, que en realidad había sido herido en un pulmón y llevado a un hospital de Tegucigalpa, se corrió por muerto.

En la universidad se levantaron los ánimos y empezó una etapa de grandes protestas callejeras, principalmente en protesta por la muerte de Carlos Fonseca. La masacre del Chaparral habrá sido el 29 de junio, y a partir de entonces todos los días había una manifestación. De repente y sin mayor conciencia, ni hacerme reflexiones, yo también estaba en las calles. Comencé a pertenecer a otro mundo, a una nueva realidad de protesta constante en la que los estudiantes somocistas eran pésimamente mal vistos. Humberto Obregón, que se había bachillerado en la primera promoción en el instituto de mi madre y que ahora era dirigente estudiantil en León, se me acercó un día y me dijo que tuviera mucho cuidado, que ahí no podía yo "seguir siendo liberal".

¿Ser antisomocista era entonces una forma de integrarte y buscar aceptación?

Así fue de inicio, pero de repente comencé a sentir una atracción. En el primer recuerdo sorpresivo de esos días que tengo de mi mismo, estoy subido en una balaustrada de la puerta de la iglesia de La Merced, arengando a los estudiantes, en imitación del discurso radical de mis compañeros. No tenía ninguna conciencia política, eso se acumuló después. En aquel momento era vivir la novedad de la vida: estar contra Somoza, ir por las calles, siempre protestando. Había misas en la iglesia del Calvario, el cura de esa iglesia, el padre Marcelino Areas, era simpatizante nuestro, de ahí salíamos en manifestación, y las verduleras y los marchantes de carne del mercado municipal se nos juntaban al paso. Levantábamos a la gente y a veces llegaban a sumar trescientas o cuatrocientas personas. Hasta que llegó el 23 de julio de 1959.

¿Y qué sucedió?

Ese día estaba programado "el desfile de pelones", una novatada que a mí ya no me tocó en la forma tradicional que tenía y que era como un carnaval; a los estudiantes primerizos, rapados por los veteranos desde el día en que llegaban a matricularse, les pegaban plumas de pollo en la cabeza, los vestían de mujer, los emborrachaban y los subían en carretones. Era denigrante pero ése era el bautizo.

Ese año la dirigencia estudiantil decretó que por la masacre del Chaparral, se haría un desfile de duelo en lugar de un carnaval. Se pidió que todo el mundo llegara con corbatas negras y las mujeres de luto. A las tres de la tarde nos concentramos como trescientos estudiantes en el Paraninfo, ahí donde se celebraban los actos solemnes. Quitamos de sus sitiales la bandera de Nicaragua y la bandera de la universidad, y con ellas por delante comenzamos a desfilar.

El cuartel departamental de la Guardia Nacional estaba a dos cuadras de la universidad, en una de las esquinas de la plaza central de León. En la esquina de la Casa Prío, cuando nosotros avanzábamos desde la calle real, nos esperaba un pelotón de soldados para cerrarnos el paso. En otras ocasiones, los dirigentes estudiantiles negociaban con el mayor Anastasio Ortiz y los dejaba pasar. Pero esa vez el pelotón con fusiles y cascos de baquelita, parecía de acero. La orden era infranqueable: teníamos que dar marcha atrás.

Al final se acordó con el mayor Ortiz que nosotros retrocederíamos un paso y ellos otro, y que cuando estuviéramos a una distancia de cien metros, nosotros regresaríamos a la universidad y ellos a su cuartel. Entonces, cuando íbamos llegando a la Iglesia de la Merced, que es en donde yo había arengado la primera vez, junto al edificio de la universidad, nos llegaron a decir que habían capturado a seis o siete dirigentes estudiantiles.

Por el parque de La Merced venía un guardita que andaba franco, desarmado pero vestido de militar. Fernando Gordillo, dirigente e íntimo amigo mío, lo agarró y se sumaron todos los demás para capturarlo como rehén. Era como una película muda, no teníamos conciencia de que algo muy grave empezaba a ocurrir. El guardia no sabía qué hacer y nosotros gritábamos que mientras no soltaran a los presos, no lo liberaríamos. Llegaron corriendo tres guardias armados con fusiles Garand disparando al aire, con el objetivo de rescatarlo. Cuando mis compañeros oyeron los balazos, lo soltaron.

Al volver a la calle que va desde la universidad a la esquina de la Casa Prío, cerrada por el pelotón ahora de ese lado, supimos que ya habían liberado a los estudiantes y, dándole la espalda al pelotón, comenzamos a caminar con las banderas por delante, de regreso otra vez a la universidad.

Yo iba por la banda izquierda y, pocos segundos después, escuché el estallido de una bomba lacrimógena. Vi correr por el pavimento otras latas rojas humeantes que estallaban y comencé a llorar por efecto del gas. Todo el mundo gritaba: "agua de limón", no sé ni por qué. Oí los primeros disparos de los fusiles

Garand y comencé a correr. A escasos metros me topé con la puerta de servicio del restaurante El Rodeo. Empujé la puerta y cedió. Oí el tableteo de una ametralladora y seguían las descargas de los fusiles. Subí a la segunda planta, donde vivía la familia Paniagua, dueños del restaurante. Había ahí tres niñas en una cama, acompañadas de una empleada. "Estamos solas aquí", me dijo la mujer con voz temblorosa. Las niñas estaban aterrorizadas.

En una absoluta inconsciencia, me asomé por el balcón y vi que los soldados estaban colocados en tres posiciones: de pie, de rodillas y otros acostados en el suelo, todos con los fusiles humeantes. El de la ametralladora de trípode estaba en la esquina de la Librería Recalde, en la banda izquierda. El aire otra vez se había vaciado para mí de sonidos, todo estaba en sordina. En la banda derecha había un montón de cuerpos tendidos y la sangre corría en las cunetas. Alguien gritaba: "¡una ambulancia!, ¡una ambulancia!".

Pregunté a la mujer que acompañaba a las niñas si había un teléfono, pero no tenían. Vi llegar a un cura que bendecía a un herido, era un cura norteamericano que de casualidad estaba en León, porque viajaba en un barco que había hecho estación en el puerto de Corinto, creo que se apellidaba Kaplan. En ese momento escuché la sirena de las ambulancias y, desde el balcón, vi que la guardia no las dejaba pasar. Fernando Gordillo, mi amigo, envuelto en la bandera de la universidad, comenzó a marchar sólo, de frente, ofreciéndole su pecho al pelotón de soldados.

Esto, que ahora recuerdo, Fernando caminando hacia los soldados envuelto en la bandera, pareciera un sueño. Bajé corriendo, le grité que se detuviera. No me hizo caso, no me oía. El pelotón en ese momento comenzó a retroceder de espaldas hacia el cuartel, dándole paso a las ambulancias. Erick Ramírez, "pelón" como yo, mi compañero de banca, originario de Chichigalpa, estaba tendido en el suelo. Tenía un orificio en la espalda. Le dije que lo llevaríamos al hospital. Cuando lo volteé para subirlo al coche vi que tenía el pecho desflorado por el balazo. Estaba muerto. La cuenta total fueron cerca de setenta heridos y cuatro muertos.

Empezamos a subir a los heridos y a los muertos para llevarlos al hospital en taxis y en vehículos particulares estacionados en la calle y que nosotros manipulamos para encenderlos. Era la primera vez que entraba a una morgue. Ahí descubrí sobre una de las losas a otro "pelón", también compañero de banca: Mauricio Martínez, de Chinandega. Los que se sentaban a mi lado, en la primera fila del aula, Erick y él, estaban muertos sobre las losas, esperando para ser lavados con una manguera. También José Rubí, el presidente de la Asociación de Estudiantes de Medicina, que era de El Viejo, y Erick Saldaña, de Masaya, otro estudiante de medicina. Ese fue el día que mi vida cambió para siempre.

¿Qué pasó después?

Para los hospitalizados se requería sangre. Me fui en un taxi con otros estudiantes a la Radio Atenas en busca de hacer un llamado en los micrófonos a la gente para que fuera a donar sangre. Entró al estudio una patrulla de la guardia encabezada por el teniente Villavicencio, un compañero mío de aula, y me dijo que tenía órdenes de impedir que se siguieran transmitiendo los llamados. Todo León, una ciudad de sesenta mil habitantes, estaba enterada de lo sucedido pero Villavicencio insistía que no se podía ni pedir sangre.

Regresé al hospital y en la avenida Debayle encontré una caravana de seis ambulancias del Hospital Militar de Managua que enviaba el presidente Luis Somoza. Venían desde Managua con plasma y con médicos especialistas y traumatólogos.

En la primera ambulancia, venía también monseñor González y Robleto, arzobispo de Managua. Cuando llegué al portón del patio del hospital, vi que comenzaban a bajarse las enfermeras vestidas de blanco y los médicos de gabacha. Los estudiantes estábamos concentrados en las puertas del hospital y ahí se armó un motín tremendo. Eran cuatrocientos o seiscientos estudiantes empujando las ambulancias para voltearlas y pegarles fuego. No olvido la cara de terror del arzobispo detrás del vidrio de la ventanilla, un viejito que era somocista a muerte, al punto de haber declarado al viejo Somoza "príncipe de la iglesia" a su muerte, menos de tres años atrás. Joaquín Solís Piura, el presidente de los estudiantes, un hombre muy sereno, ahora mi médico y gran amigo, fue quien nos hizo entrar en razón. Sabía que si quemábamos las ambulancias, la situación se agravaría. Al fin el personal médico volvió a subirse, y las ambulancias retrocedieron. A unos pasos de ahí, había una caseta de madera de la Guardia Nacional, de esas que controlaban el tráfico de los vehículos, y ésa sí fue quemada.

Más tarde de esa noche, Rolando Avendaña, el amigo que se había ido a Chile a estudiar periodismo pero había regresado para matricularse en derecho, me propuso que hiciéramos un periódico sobre la masacre, y fuimos a encerrarnos a una pieza de "La casa del estudioso", un dormitorio estudiantil donde él vivía, y amanecimos trabajando en la redacción de las notas. No recuerdo bien si fue *Extra* el nombre de ese periódico único que se imprimió de manera clandestina en un taller tipográfico de León, con titulares en rojo.

¿Fueron entonces el autoritarismo, la tiranía y los abusos del poder los que te radicalizaron?

Cuando ocurrió la masacre muchos éramos adolescentes, llegados de pueblos como el mío, y no sabíamos nada de radi-

79

calismos políticos, pero ahora habíamos abierto de golpe los ojos. Me di cuenta que vivíamos en una dictadura que me era totalmente desconocida. Mi padre había querido preservarme de la contaminación del mundo para que hiciera mi carrera de abogado sin tropiezos, pero la realidad lo rebasaba todo.

¿Sabían tus padres en lo que estabas metido?

Mi padre pensaba que, aunque me hubiera ido de Masatepe, su sombra protectora podía seguir envolviéndome. Él mismo había ido conmigo a León en marzo cuando me matriculé, como te dije, y bajo su sonrisa complaciente me metieron la tijera; juntos fuimos a la barbería para que terminaran de raparme, y juntos a una tienda de chinos donde me compró una boina para cubrirme la cabeza desnuda. Luego volvió conmigo en mayo para dejarme instalado en el Instituto Nacional de Occidente, que dirigía don Pepe Sacasa, aquel al que había querido enviarme desde antes su hermano de don Crisanto, y que funcionaba en el viejo convento de San Francisco, un edificio de manzana entera donde había estudiado Rubén Darío, y donde quedé en una especie de régimen de internado, viviendo en la misma pieza de los inspectores nocturnos, encargados de controlar la disciplina de los estudiantes en los dormitorios. Así pensaba él que podía librarme de los riesgos de la calle, y de que me entregara a una vida libertina.

Los mayores riesgos, sin embargo, estaban en la agitación política reinante, y el bueno de don Pepe, a quien casi nunca veía, era completamente ajeno a mis actividades. Además, con respecto a la vida libertina, todo lo que entonces aprendí, me lo enseñaron precisamente los inspectores con los que compartía la pieza en el instituto, estudiantes mayores que yo, y ya jugados, al grado que uno de ellos, Manuel Carballo, era chulo de una prostituta en el barrio de tolerancia, y tenia su propio ropero en el prostíbulo. Él me enseñó el "caliche", que es el lenguaje de las cárceles y del bajo mundo: camisa se dice cruz, pantalón se dice caballo, zapato se dice cacho, navaja se dice dalia...otro, Jairo Sacasa, burlesco y socarrón, se mofaba de todo el mundo, aun de su tío don Pepe, con el mejor de los aires de inocencia.

Todos ellos eran afiliados al partido de Somoza, a su modo, obligados como estaban a firmar el libro rojo de la militancia liberal, porque si no, corrían el riesgo de ser despedidos de sus puestos. Al final, ya no pudo ocultarse a los ojos de don Pepe que yo era un "radical", y me pidió que buscara otro sitio para alojarme, despidiéndome, además, del pequeño puesto que meses atrás me había dado como bibliotecario del instituto.

¿Piensas que fue el presidente Luis Somoza quien dio la orden de disparar?

Es posible que lo sucedido haya sido producto de equívocos que ocurrieron al calor de las circunstancias. El coronel Prado, comandante de la plaza, fue relevado del mando pocos días después. Una comisión militar investigadora nunca averiguó nada y nunca se abrió causa contra los responsables.

El día de los hechos, por casualidad, Luis Somoza estaba reunido en la casa presidencial en Managua con la Junta Universitaria, discutiendo asuntos de presupuesto. El rector Mariano Fiallos Gil, quien llegaría a ser una persona entrañable para mí, me contó que un edecán militar se acercó al oído del presidente, y que éste se puso pálido. Le recomendó al doctor Fiallos que se regresara de inmediato a León porque había problemas serios ahí, y luego decidió mandar el convoy médico que se topó con la turba de jóvenes enardecidos, entre los que estaba yo.

A los muertos los cargamos para velarlos en el Paraninfo pero, a medio camino, los dejamos en las bancas del parque San Juan, para que todo el mundo los viera. Como estaban dando por la radio la lista de los muertos y heridos, la oyó en Managua mi tío Gustavo Mercado, que era gerente de la compañía pasteurizadora de leche de la familia Somoza. Uno de los muertos era Sergio Saldaña y otro era Erick Ramírez, como ya te dije. Él creyó escuchar "Sergio Ramírez".

Sin avisar nada a mis padres, él y su esposa Lolita emprendieron el camino a León llevando una mortaja. La guardia no lo dejó pasar. Al día siguiente, cuando iba rumbo al funeral, se presentó en el Paraninfo Hugo Medrano, de una familia muy cercana a la mía, con un recado terminante: "Dice tu papá que te regreses inmediatamente para Masatepe".

¿Y te fuiste?

Obedecí y ya no me quedé al funeral. Comencé entonces a vivir situaciones muy encontradas. Llegué a Masatepe con una sensación de rencor hacia mis padres por haberme sacado de León en esos momentos, un rencor sordo que me impedía confrontarlos. En Masatepe me sentía un exiliado.

Al tercer día, ocurrió algo que tuvo que ser producto del destino. Apareció en su jeep un señor Aguilar, dueño de una heladería en León y amigo de mis tías, y a una de ellas le aseguró que al día siguiente se abriría nuevamente la universidad. No sé de dónde sacó esa noticia falsa pero, gracias a ella, mi padre, aunque preocupado, me mandó de regreso a León.

Cuando llegué, la situación era aún peor. No había clases y la ciudad estaba tomada por el ejército. Habían llegado refuerzos del temible Batallón Somoza. Las calles lucían vacías, obscuras, silenciosas, en estado de sitio. Pero me fui a la universidad apenas dejé la valija.

En la esquina frente a la facultad de odontología vivía el mayor Anastasio Ortiz, el militar al mando del pelotón la tarde de la masacre. Pertenecía a una familia tradicional de León, extraviado por su propio gusto en el ejército pues ni siquiera tenía un rango alto, a pesar de su edad. Estaba ahí porque le gustaba la milicia. Para su familia, todo aquello significó una enorme tragedia. Fue expulsado del club social, toda una afrenta, y aún una nieta suya, Beatriz, rompió su noviazgo con Eugenio, hijo del rector Fiallos Gil, por la enemistad provocada entre las dos familias, antes muy unidas.

Frente a la casa había una turba de estudiantes queriendo incendiarla. Cerca quedaba una gasolinera y estaban sacando baldes de gasolina para tirar chupones encendidos a la casa, que no cogía fuego porque era de adobe. La guardia, que estaba tendida en las calles, no intervino. Se retiró. Los Somoza calcularon que era mejor dejar que este hombre se convirtiera en el chivo expiatorio. Fue muy extraño porque la ciudad estaba tomada y, de repente, ya no había ni un sólo guardia. La casa al fin prendió y los hijos, desde adentro, comenzaron a disparar con armas de bajo calibre, 22 y revólveres. Al final huyeron por la casa de una hermana, que era vecina. Hasta que se elevaron las llamas, apareció la guardia con los bomberos.

¿Qué sucede cuando se reanudan las clases?

La dirigencia estudiantil pasó la consigna: si los estudiantes que eran militares se aparecían, o los profesores tildados de somocistas, nosotros debíamos salirnos de la clase. El primer día, los militares se presentaron puntualmente en su uniforme kaki de ordenanza, muy bien planchados y de corbata negra, y al verlos todos nos salimos. Día con día sucedía lo mismo y sus superiores los obligaban a seguir asistiendo a clases. Desde el cuartel los vigilaban con binoculares para que se quedaran. Comenzó una lucha. En cuanto a los maestros somocistas, dejábamos que comenzaran la clase y nos salíamos. No sé si fue justo o no, porque reconozco que eran somocistas como lo era mi padre, gente

83

que no le hacía mal a nadie. Nunca he visto a nadie sufrir tanto como a esos profesores y a esos muchachos oficiales que vivían la vergüenza de quedarse solos, como apestados, en el salón.

La situación se fue deteriorando hasta que nuestra demanda a las autoridades universitarias fue la expulsión de todos los militares. Julio y agosto fueron meses de lucha. Cuatro dirigentes se pusieron en huelga de hambre: Manolo Morales, estudiante de derecho, mi íntimo amigo, padrino de bautismo de mi hijo Sergio, un gordo descomunal y de gran estatura, de andar lento y modales pausados, que sin embargo bailaba con gran ligereza; Chico Buitrago, estudiante de odontología, que cayó después en la guerrilla del Bocay; dos estudiantes de medicina, Hernán Solórzano y Sergio Martínez, mi cardiólogo. Todos ellos, muy queridos para mí, están muertos ahora.

Como la huelga de hambre no era suficiente, se decidió tomar el edificio central de la universidad. Convocamos una asamblea de respaldo a la huelga de hambre y, ya adentro, anunciamos que no nos iríamos de ahí hasta que fueran expulsados los militares. Claveteamos las puertas y sólo dejamos salir a las mujeres para que, en un pueblo tan conservador como era León, no hubiera motivos que desprestigiaran nuestro acto.

El batallón Somoza rodeó la universidad. Éramos como trescientos, pero sólo quedamos sesenta porque muchos se fueron saliendo por las ventanas después que la guardia empezó a anunciar con megáfonos que todo el mundo tenía que abandonar el edificio con los brazos en alto y que sólo así les garantizarían su libertad. Afuera había también una turba con garrotes y cadenas, los famosos "Frentes Liberales Somocistas", jefeados por la Nicolasa Sevilla, una prostituta de Managua, fiel a la familia Somoza.

Ahí amanecimos, en medio de una enorme tensión. La gente nos apoyaba, nos hacía llegar comida y cigarrillos a como podía. Adentro, manteníamos el ánimo con actos musicales, que tenían también números cómicos. En el paraninfo había un piano, que Alejandro Serrano tocaba, y Jorge Navarro, "Navarrito", mi compañero de aula, caído también en la guerrilla de Bocay junto con Chico Buitrago, había llevado su acordeón con el que se acompañaba para cantar una canción compuesta por él, y dedicada a Terrabona, su pueblo natal, que empezaba: *Terrabona tierra de cebolla, de mujeres que cantan al sol...*

La Junta Universitaria estaba reunida en casa del vicerrector, el doctor José H. Montalván, porque el rector Fiallos Gil se hallaba en Buenos Aires asistiendo a una reunión de la UDUAL, la Unión de Universidades de América Latina. A Alejandro Serrano y a mí, nos designaron para que saliéramos a comunicarnos con las autoridades universitarias. Subimos al techo del convento de La Merced, que estaba pegado a la universidad, nos descolgamos al patio, y los curas, que eran amigos nuestros, nos abrieron la puerta que comunicaba con la iglesia y desde allí salimos sin novedad a la calle. Al llegar a la reunión, el vicerrector nos dijo que Somoza había decidido retirar a los estudiantes militares de la universidad y enviarlos becados a España. Corrimos a la universidad pero encontramos las puertas ya abiertas porque la noticia estaba ya en las radios y había llegado antes.

Alcanzamos a los demás en El Sesteo, donde ya festejaban, un restaurante frente a la catedral, en los bajos de la Facultad de Derecho, en ese mismo edificio donde yo estudié y donde se alojó el viejo Somoza en 1956, la noche que lo mataron. Ahí estábamos "los sesenta de la fama", un grupo que daría paso al movimiento de izquierda en la universidad, que no nació como consecuencia de un plan ideológico, sino producto de la violencia.

A partir de entonces, yo sería antisomocista a muerte y nunca más retrocedería en mi convicción. Sin haber estudiado

85

ni una sola línea de marxismo, me identifiqué con los que pensaban que en el país debía haber un cambio radical, no sólo quitar a Somoza sino derrocar por medio de la lucha armada al sistema, con todos sus cómplices: los conservadores y la oligarquía. Ese germen se incubó en nosotros, la generación de la autonomía, a partir de 1959.

Ahora, algo que quizás no viene al caso. El día después de la masacre el profesor Iván García, el que había decretado mi expulsión de la escuela primaria, se presentó a casa de mis padres a indagar por mí, si estaba ileso. Eso reconcilió a mis padres con él, y me sentí inmensamente feliz cuando me lo contaron, porque nunca le había guardado ningún rencor. "Con eso ya borró", dijo mi padre, que era su expresión para significar: cuentas nuevas en adelante.

MARIANO FIALLOS: LA VISIÓN CRÍTICA

El rector Mariano Fiallos Gil, según dices en la biografía que de él escribiste en 1966, fue un libre pensador que en tus años universitarios te enseñó a apropiarte de la "libertad crítica", imponiendo el juicio y el examen permanente ante cualquier verdad absoluta. Háblame del peso que tuvo en tu vida…

Fue entrañable para mí. Mariano Fiallos, un poeta de tono amable, enamorado de Nicaragua y de sus volcanes, era un lúcido humanista, dueño de una biblioteca en su casa como la de don Alfonso Reyes o la de Vasconcelos, liberal a fondo, volteriano, anticlerical; predicaba el pensamiento libre, la crítica. No aceptaba ninguna verdad absoluta, se oponía a cualquier dogma político o religioso y, para mi fortuna, en lugar de formarme solamente como abogado en la universidad, él me formó también como humanista.

Desde mis primeros días en la Universidad de León, que contaba con sólo mil alumnos, tuve cercanía con él; se sentaba en las bancas del corredor a platicar con los estudiantes, o en su oficina, rodeada de paneles de vidrio como una pecera, en donde tenía enmarcada en la pared detrás de su escritorio una frase de Terencio: "Nada de lo que es humano, me es ajeno".

Hasta 1957, la Universidad de León era una institución muy anquilosada y Luis Somoza, aconsejado de que era necesario renovarla, llamó a Mariano Fiallos Gil para pedirle que fuera rector. Sólo aceptó con la condición de que la universidad fuera autónoma, bajo su propia ley orgánica, y Luis Somoza al fin le dijo que sí.

Fui su colaborador cercano hasta 1964, cuando me fui a Costa Rica. Durante mis últimos años de estudiante trabajé como su secretario y lo acompañé en muchos viajes para visitar las facultades de la universidad en Managua. Íbamos en un taxi alquilado expresamente, y durante los trayectos, hablábamos de literatura, humanismo y filosofía. En su libro *Humanismo beligerante* está lo mejor de su pensamiento. Creó el lema de la universidad: "A la libertad por la universidad".

Él no veía en mí a un político, sino a un escritor, y me impulsaba a escribir. Prologó mi primer libro de cuentos, aparecido en 1963, y en una de las dedicatorias de sus libros para mí, *Crónicas de viaje*, escribió en enero de 1964, a pocos meses de su muerte: "Sergio: lo principal *escribir*, te lo dice uno que ha perdido mucho tiempo con la imaginación en marcha, pero con acción escasa…" En mi novela *Castigo divino* hablo de él porque fue el juez del proceso a Oliverio Castañeda.

En el prólogo que escribiste en la reedición de su biografía en 1997, tras haber abandonado la vida política, aceptas con mucha honestidad que en la revolución ustedes, sus discípulos, traicionaron el pensamiento crítico que él les legó…

Malversamos sus enseñanzas, aceptando un presupuesto ideológico dogmático. Inspirados en un enjambre de sueños, mística, lucha, devoción y sacrificio queríamos crear una sociedad más justa y trasladar el poder económico, político y militar, de las manos de unos cuantos a las manos del pueblo. Pero para lograrlo, pretendimos crear un aparato de poder que tuviera que ver con todo, dominarlo o influenciarlo todo.

El ideario de aquel cambio se había incubado en las aulas universitarias pero ya en el poder, nuestra visión ideológica se fue tornando incompatible con cualquier otra verdad. Luego sobrevino la guerra, y ni siquiera pudimos discutir si la aplicación de un modelo excluyente era correcta o incorrecta. Cerramos filas y cerramos puertas. Paradójicamente, terminamos oponiéndonos también a la gente humilde que se había adherido a las filas contrarias.

Nosotros los discípulos de Mariano Fiallos Gil, sepultamos su pensamiento en medio de la vorágine. Ni siquiera la universidad humanista, por la que él tanto luchó, sobrevivió. La universidad se convirtió en una pieza más del proyecto ideológico total, y durante el sandinismo hasta la vida académica se deterioró.

Durante los años universitarios, fundaste junto con Fernando Gordillo la revista literaria Ventana *que si bien impulsaba la creación, surgía también de una toma de conciencia crítica de una juventud militante que reclamaba un cambio revolucionario verdadero. ¿Cómo fue que decidieron iniciar este proyecto?*

Ventana surgió de la mano del movimiento estudiantil. En diciembre de 1959, en el primer Congreso Nacional de Estudiantes, planteamos el ideario de nuestra lucha, y luego apoyamos para presidente estudiantil a Luis Felipe Pérez, herido de la masacre del 23 de julio, y el primer candidato que ganaría por voto directo de los estudiantes. Fernando Gordillo también era candidato, y a pesar de ser mi amigo íntimo, yo voté por Luis Felipe, como habíamos acordado. Así comencé a ser un hombre de partido, sin que aún hubiera un partido.

Fernando Gordillo y yo añorábamos una literatura nueva, un país nuevo, y Mariano Fiallos Gil nos apoyó a crear una revista, diciéndonos que lo nuestro debía ser una escuela de pensamiento. Nuestro movimiento literario polemizaba con la Generación Traicionada que tenía el apoyo de Pablo Antonio Cuadra desde las páginas de la Prensa Literaria, y se inspiraba en la *Beat Generation* formada en Estados Unidos por Jack Kerouak, Lawrence Ferlinghetti y Allen Ginsberg. Nosotros no proponíamos ninguna clase de realismo socialista, pero sí que la literatura debía intentar transformar a la sociedad.

En los diecinueve números que llegaron a publicarse de *Ventana*, dimos cabida a autores de todas las corrientes, incluyendo a nuestros adversarios juveniles de la Generación Traicionada. Ellos planteaban el hastío por la civilización de cemento, la soledad de las grandes urbes; y cuando decían que "Dios debía bajar en Manhattan", nosotros respondíamos que mejor debía bajar en Acahualinca, donde están los basureros en Managua.

Éramos escritores y también dirigentes políticos. Queríamos romper con el pasado, con la enajenación y la realidad impuesta. Después fundaríamos en 1961 el Frente de Estudiantes Revolucionarios (FER), que sería el semillero de la guerrilla. Desde ese momento y hasta 1996 —cuando rompí definitivamente con la política— las dos vertientes, la literatura y la política, estarían conjugadas en mi vida.

En Ventana *publicaste tus primeros cuentos, y en ninguno de ellos percibo aún una voluntad de criticar frontalmente al sistema. Después de la traumática experiencia en la masacre de estudiantes, ¿sentías libertad de criticar los abusos del poder?*

No sé si la crítica fue frontal, pero desde el principio los temas recurrentes de mis cuentos fueron el autoritarismo y el llamado a la conciencia social. Vivía yo un ardor impaciente por escribir. Escribía en hojas largas de papel, las galeradas en donde se imprimían bajo el rodillo las pruebas tipográficas de *Ventana*. Lo hacía en hojas de galeradas porque no quería ni siquiera perder tiempo en cambiar el papel en la máquina. Corregía poco y eso se nota; es en la madurez que uno se da cuenta que el arte de escribir está en la corrección.

En el primer cuento que publiqué, *El estudiante*, cuento la historia de un muchacho que llega a estudiar derecho a León en 1959 y que, como su padre es apresado por haber formado parte del desembarco de Olama y Mollejones con Pedro Joaquín Chamorro, tiene que abandonar los estudios. Empeña sus libros y su anillo de bachillerato, y acaba regresando a su pequeño pueblo. La imagen inicial de este cuento salió de la realidad que yo vivía en León. Al empezar la carrera éramos ciento cincuenta estudiantes, hacinados en un aula calurosa, y sólo nos llegamos a graduar veinte, a lo más. Las condiciones económicas le impedían a la mayoría seguir. Me impresionaba mucho ver a mis compañeros que empeñaban sus libros de estudio, sus anillos de graduación o sus códigos que costaban un montón de plata, con una usurera sórdida que por casualidades del destino se llamaba Esmeralda Somoza.

Aunque algunos de los cuentos que publiqué en *Ventana* fueron mi arranque, no los incluí después en los *Cuentos completos* de Alfaguara porque pensé que carecían del rigor necesario, aunque se trate de "cuentos completos". Están en *Cuentos*, mi primer libro publicado en 1963 con una viñeta de Pablo Antonio Cuadra en la portada, con ilustraciones del pintor Leoncio Sáenz y prologado, como te dije, por Mariano Fiallos. La edición, que fue muy casera, impresa en Managua en la tipografía de mi amigo el poeta Mario Cajina Vega, a la que él llamaba pomposamente Editorial Nicaragüense, contó con quinientos ejemplares y la financié yo mismo.

Tulita, quien entonces era mi novia, trabajaba de mecanógrafa en la rectoría de la universidad y al final de la tarde se dedicaba a vender ejemplares del libro de puerta en puerta en las calles de León, algo que a mí me daba una vergüenza lindante en el pánico. Cada semana viajaba a Managua para ver cuántos ejemplares habían vendido las librerías donde lo había colocado en consignación y, en una de ellas, la Librería Selva, resultó una de esas veces, puedo jurarlo, que tenían más libros de los que yo había dejado.

En el primer manifiesto de Ventana *y en el último número publicado, transcriben una frase de Jean Paul Sartre que dice: "No nos haremos eternos corriendo tras la inmortalidad; no seremos absolutos por haber reflejado en nuestras obras algunos principios descarnados, lo suficientemente vacíos y nulos para pasar de un siglo a otro, sino por haber combatido apasionadamente en nuestra época, por haberla amado con pasión y haber aceptado morir totalmente por ella". ¿También tú adoptas entonces la vida guerrillera, aquella por la que se acepta morir?*

No. Cuando Carlos Fonseca, el fundador del Frente Sandinista, llegó a León en 1962, estando en la clandestinidad, me reuní con él en la casa de los hermanos Sergio y Octavio Martínez, y en el curso de la conversación me dijo que *Ventana* era muy importante para Nicaragua como instrumento de lucha, de cambio y transformación, que siguiera adelante con eso, pero nunca me propuso que me fuera a la clandestinidad.

Seguramente yo no hubiera aceptado si me lo ha propuesto. No tenía vocación militar ni gusto por la vida clandestina. Nunca acepté la militancia religiosa de aquellos que creían que lo más grande era morir por la causa para que su sacrificio sirviera de ejemplo, aunque me inspiran respeto y admiración. Cuando muchos años después entré al Frente Sandinista de Liberación Nacional, fue porque vi una alternativa real de derrocar a Somoza y una posibilidad de aportar a la causa desde el mundo de las ideas. Arriesgué mi vida, es cierto, pero nunca acepté el martirio por adelantado, como una premisa.

COSTA RICA Y BERLÍN: TIERRAS DE EXILIO

En 1964 partes a Costa Rica en un exilio de casi catorce años. ¿A qué obedeció?

Antes de graduarme, en 1963, Mariano Fiallos Gil me nombró jefe de relaciones públicas de la universidad y era yo, en una estructura burocrática muy pequeña, el segundo en importancia, abajo del secretario general. Desde aquel puesto actuaba como su secretario particular, como te dije.

Cuando iba a titularme, y me preparaba al mismo tiempo para casarme con Tulita, el doctor Fiallos Gil me dijo lo que todo maestro le dice alguna vez a su discípulo: que ya me había enseñado todo lo que él podía haberme enseñado; y que además debía alejarme del país, conocer mundo, para no terminar ahogado por el medio provinciano. Quería que me fuera a Costa Rica a trabajar al lado de Carlos Tünnermann, mi profesor en la facultad de derecho, que había sido secretario general de la Universidad de León, e íntimo colaborador suyo. Carlos dirigía ahora el Consejo Superior Universitario Centroamericano (CSUCA), y me proponía ser el jefe de relaciones públicas, según habían hablado durante un reciente viaje del doctor Fiallos Gil a San José.

El 26 de julio de 1964, día de nuestra boda en la catedral de León, salimos de Nicaragua, Tulita y yo rumbo a Costa Rica de luna de miel y ya con mi contrato de trabajo firmado. Me había graduado de abogado, según el sueño de mi padre, y como el mejor alumno de mi promoción, pero estaba destinado a no ejercer nunca esa carrera. Como tú lo señalas, nos quedaríamos durante catorce años en San José, hasta 1978, con un intermedio en Alemania.

Esta decisión de partir a San José fue trascendental en mi vida. Comencé a viajar mucho por Centroamérica, por razón de mi cargo, y me volví muy centroamericano, otro gran descubrimiento para mí; empecé a respirar por la herida de toda Centroamérica. Y me beneficié mucho de la vida de San José, que ofrecía ventajas nuevas para mí, representaciones teatrales, librerías, en un ambiente que si era más reservado que el de Nicaragua, me enseñaba un nuevo estilo de vida, y por primera vez podía respirar el aire de una democracia.

Unos cuantos meses después de haber llegado, en septiembre de 1964, falleció repentinamente el doctor Fiallos Gil y eso suscitaría cambios muy vertiginosos en mi carrera. Carlos Tünnermann, a pesar de su edad (sólo tenía treinta años entonces) era el candidato natural para sucederlo, y tras una intensa campaña a la que me sumé, pues me trasladé por varias semanas a León para apoyarlo, ganó las elecciones. En la estructura del CSUCA, ascendí entonces a jefe de Programas Internacionales, trabajando en relación con organismos como la Fundación Ford y la Agencia Internacional del Desarrollo de los Estados Unidos (AID) que apoyaban los proyectos de integración educativa. Nueve meses después, a los veinticuatro años, ya ocupaba la segunda posición como secretario general adjunto; para 1968, cuando el hondureño Edgardo Sevilla no logró el consenso para su reelección, quedé como secretario general interino; y a los veintiocho años, en 1970, fui electo titular por el voto de los rectores de las cinco universidades centroamericanas. No habían querido elegirme antes porque me consideraban demasiado joven.

Háblame de tu trabajo en Costa Rica durante esos años.

Fueron años muy ricos y provechosos. Centroamérica figuraba como un ghetto pobre, incomunicado, incluso en el sentido cultural, a pesar de que se vivía entonces la fiebre de la integración económica con el nacimiento del mercado común centroamericano, y estaba el trabajo del propio CSUCA, que era unificar los programas de enseñanza en la educación superior, crear proyectos académicos conjuntos, y escuelas regionales de postgrado. Fuera de estas tareas propias de mi cargo, quizá lo más satisfactorio fue haber fundado en 1968, con un préstamo del Banco Centroamericano de Integración Económica, la Editorial Universitaria Centroamericana (Educa) en la que publicamos a autores de todo Centroamérica: Rubén Darío, Miguel Ángel Asturias, Salarrué, Rafael Arévalo Martínez, Tito Monterroso, Fabián Dobles, Rogelio Sinán, Pablo Antonio Cuadra, Ernesto Cardenal, y también textos de sociología, historia y relatos de viajeros del siglo XIX que nunca habían sido traducidos. Fue una revolución cultural y la editorial llegó a ser tan rentable que en pocos años pagamos el préstamo. Los libros se vendían, circulaban en todos los seis países de la región, y hubo un sello de prestigio en Centroamérica. Para dirigir Educa, traje de El Salvador al poeta Ítalo López Vallecillos, que tenía una gran experiencia en ese campo.

En 1971, con motivo de los ciento cincuenta años de independencia de Costa Rica, el presidente José Figueres me brindó su apoyo para organizar un festival cultural centroamericano que también fue un hito. Formamos un comité organizador de tres miembros en el que estaban conmigo Alberto Cañas, ministro de Cultura, y Samuel Rovinski, presidente de la Asociación de Autores Costarricenses. Organizamos una bienal de pintura en las instalaciones de la Biblioteca Nacional que se estaba inaugurando, y como jurado invitamos a Fernando de Szyszlo, Martha Traba y José Luis Cuevas. Se premió el tríptico *Guatebala*, del pintor guatemalteco Luis Díaz. También hubo un festival de teatro centroamericano, cuyo jurado tuvo como presidente al director panameño José Quintero, de gran prestigio en Broadway por sus puestas en escena de O'Neill, y varios concursos de novela, el primero de ellos con Ángel Rama, Emmanuel Carballo y Guillermo Sucre como jurados.

Creamos también la Escuela Centroamericana de Sociología, un semillero de cuadros políticos de todo Centroamérica, dirigida por Edelberto Torres Rivas, hijo de don Edelberto Torres, biógrafo de Rubén Darío. Todo ello le otorgó a Centroamérica un lugar prominente en el mundo cultural y académico.

¿Qué significó este trabajo en términos personales?

A diferencia de Nicaragua, Costa Rica era una ciudad un poco europea, con buenas librerías, como te dije, de vieja tradición, y entré en esos años en contacto con la gran literatura latinoamericana: conocí a Juan Rulfo en San José en 1964; encontré la edición de tapas negras de *Rayuela*, de Julio Cortázar, en la vitrina de la Librería Lehmann de la Avenida Central y fue una gran revelación por su desenfado, su humor negro y anarquía lúdica. Leí también sus cuentos, que me deslumbraron. Y al mismo tiempo me encontré con los cuentos de Borges, que fueron también angulares en mi formación.

Durante mis primeros viajes a la ciudad de México, la librería El Sótano fue mi fuente de provisiones. Compraba los libros por el prestigio del sello: Letras Mexicanas, o los que editaban Era o Joaquín Mortiz, o la editorial de la Universidad Veracruzana, que dirigía Sergio Pitol, y que editó los primeros libros de

García Márquez. Así leí también a Juan José Arreola, Rosario Castellanos, Agustín Yáñez, Carlos Fuentes, José Agustín, Gustavo Sáinz, José Emilio Pacheco, Salvador Elizondo. La editorial argentina Sudamericana fue otra fuente vital. Su director, Fernando Vidal Buzzi, quien asesoró la creación de Educa, me enviaba paquetes postales con todas las novedades.

Dices que en 1964 conociste a Rulfo. Háblame de la relación con él y me gustaría saber si conociste en ese entonces a algún otro autor que te haya determinado.

Sólo a Rulfo. En 1964 llegó a San José, como te dije, presidiendo una delegación de escritores mexicanos, la mayoría muy mediocres. Me emocioné muchísimo cuando leí una notita en el periódico anunciando su visita. Lamentaba que en Centroamérica nadie lo conociera ni le hiciera gran caso. Algunos años antes yo había leído *El llano en llamas* y *Pedro Páramo* en la edición de Letras Mexicanas, no recuerdo cuál de los dos con el grabado de unos perros en la portada, y la lectura había sido transformadora en mi visión de la literatura. Por eso, cuando llegó a Costa Rica, corrí como un adolescente en búsqueda de su ídolo. Averigüé que estaba en el Hotel Balmoral, lo invité a cenar y él tímidamente me dijo que sí. En la noche llegué muy impaciente a buscarlo, no tenía mi ejemplar original de *Pedro Páramo*, porque lo había extraviado, y compré otro de bolsillo del Fondo de Cultura Económica para que me lo dedicara. Cuando llegué, lo encontré en el lobby y me dijo que no podía venir conmigo porque tenía que asistir a una cena oficial. Fue una inmensa decepción. Ahí de pie, en el mostrador de la recepción del hotel, me firmó el libro que conservo entre mis tesoros.

Tiempo después, a través de Lisandro Chávez Alfaro, un escritor nicaragüense que vivía en México, retomé mi relación con él y en varias ocasiones fuimos a almorzar al Bellinghausen, que quedaba cerca del Instituto Indigenista, donde él trabajaba. Rulfo era un hombre muy callado, pero en la intimidad su plática era interesante y divertida. Me agradaba estar con él, era sosegado y decía cosas muy inteligentes sobre la lectura y los escritores. Cuando le recordaba la primera escena entre nosotros, se reía mucho. Luego, tiempo después, lo vi en 1976 en la Feria Internacional del Libro en Frankfurt, que estuvo dedicada a América Latina. Nunca había habido tantas lumbreras de la literatura latinoamericana juntas: Rulfo, Cortázar, Pepe Donoso, Vargas Llosa, Manuel Puig, Roa Bastos, Ernesto Cardenal. Rulfo se la pasó borrachísimo y no pude disfrutar tanto de su compañía como cuando conversábamos en México.

Costa Rica es también un edén para tu prolífica vida de escritor. En San José, entre 1965 y 1967, escribiste tu primera novela, Tiempo de fulgor, *publicada por la Editorial Universitaria de Guatemala en 1970.*

Cuando le llevé a mi padre mis *Cuentos*, me había dicho: "Ahora tenés que escribir una novela". Él creía que cuando uno se mete a hacer las cosas, hay que hacerlas completas y para él, que el único libro que había leído entero en su vida, según creo, era *Los hijos de Sánchez* de Oscar Lewis, el cuento necesariamente tenía que ser una preparación para la novela. Te menciono ese encuentro entre *Los hijos de Sánchez* y mi padre, además, porque fue extraño. Nunca he visto ha nadie leer de manera tan apasionada, sin abandonar el libro aún cuando debía despachar a algún comprador en la tienda, leyendo como un sonámbulo al entregar la mercancía, recibir el pago y dar el vuelto, y no te podría decir ni siquiera cómo ese libro llegó a sus manos.

En *Tiempo de fulgor,* cuento el tránsito de un estudiante, Andrés Rosales, de un pequeño poblado como Masatepe a una ciudad como León, algo basado en mi propia experiencia, sólo que la novela está ambientada en el siglo XIX y se trata de un

97

estudiante de medicina, no de derecho. El escenario principal es la casa de veraneo de los Guerrero, la familia de Tulita, en el balneario de Poneloya. Es una historia escrita en tonos oscuros, una historia de amores incestuosos, locura y tragedia, y que tiene como trasfondo las guerras civiles, y lo sitios, los incendios, los saqueos, las hambrunas que padece la ciudad de León; con esa novela instalo a León, además, como un eje recurrente de mi universo narrativo.

Andrés Rosales se hace amante de Aurora Contreras, la dueña de la casa donde es recibido como pensionista, y termina ahogándose en el mar, igual que se ha ahogado antes su hijo José Rosendo, con quien tiene aparentemente una relación incestuosa. La influencia de Rulfo es palpable en este libro primerizo, y también la de García Márquez, tras mi primera lectura de *Cien años de soledad*, sobre todo hacia el final, porque cayó en mis manos ya avanzada la escritura; luego tomé conciencia de los peligros de esa influencia y llegué a considerarla como un veneno, al grado que ese libro no volví a leerlo sino más de treinta años después, cuando preparaba un seminario sobre novela latinoamericana del siglo xx en la Universidad de Maryland. Para entonces me consideraba ya a salvo, y volví a disfrutarlo tanto como la primera vez, pero con la serenidad de espíritu con que se vuelve a un clásico.

Creo que *Tiempo de fulgor*, pese a esas influencias que te digo, es un libro auténtico, en el que pruebo mi propio lenguaje, y una buena lectora como lo es Antonina Vivas, me ha dicho que allí están las semillas de todo mi universo narrativo, un núcleo de temas a los cuales he regreso una y otra vez en mis siguientes libros. Si eso es cierto, por sólo esa razón *Tiempo de fulgor* vale la pena.

Y mi punto de partida en las imágenes, también está allí. Unos hombres que alumbrados con antorchas de ocote, buscan por la costa de Poneloya el cadáver de un ahogado. Una imagen parecida vi, años después, en un cuadro de Armando Morales, "Las mujeres de Puerto Cabezas", donde retrata a las prostitutas que, alumbradas por antorchas, le ayudaron a Sandino a rescatar de las aguas las armas que los marines habían arrojado a un estero después de quitarlas a las tropas liberales insurgentes. La casa de los Guerrero sobre las rocas y la imagen de las antorchas en la noche, me dieron pie para iniciar la novela.

En 1971, publicaste Tropeles y tropelías, *en el que a través de cortas y sencillas fábulas haces una crítica a los gobiernos decadentes y autoritarios. En "El hedor de los cadáveres" cuentas, por ejemplo, que se murió la madre de S.E. (su excelencia) pero que se tomó la decisión de no enterrarla para que ella siguiera acompañando al mandatario en todos los actos públicos. Describes desde cómo vestir el cadáver hasta las dificultades para soportar el hedor, que comenzó a ser terrible. La gente optó por callarse para no herir al mandatario y terminó acostumbrándose "al olor de la carroña y a los gusanos que tranquilamente se arrastraban por sus platos y subían por sus copas". ¿Lograste con ello herir a Somoza o hubo alguna respuesta a este descarnado libro de cuentos?*

No creo haber herido a Somoza porque él no leía, pero este libro, que recibió en Caracas el premio de la revista *Imagen* que dirigía Guillermo Sucre, tuvo que correr su propia suerte. En El Salvador, en 1972, cuando los militares invadieron la universidad, la primera edición acababa de salir de la imprenta universitaria y fue quemada entera entre otros libros subversivos. Luego se reeditó, y de manera clandestina se introdujo a Nicaragua; pero antes de que pudiera comenzar a distribuirse, quedó sepultada entre los escombros del terremoto que destruyó Managua.

Fue un libro que me resultó muy divertido escribir. Sobre todo me fascinó incluir una ley final, basada en los viejos códigos de policía, donde se regula absolutamente todo, desde el trino de las aves canoras hasta la profundidad de las letrinas, se prohibía voltear los orines de las bacinicas en la vía pública y se reglamentaba de manera parca y meticulosa la tortura.

En esa misma vocación crítica siguió Nuevos cuentos, *varios de los cuales se publican en 1976 con el título* Charles Atlas *también muere bajo el sello de Joaquín Mortiz y que denuncian la tragedia de la gente que añora el modelo impuesto, ser como el gringo, y en el que haces una crítica a la burguesía y al poder. Háblame del origen y fuentes de inspiración para crear estos cuentos, tus verdaderos cuentos de oficio que te concederían muy pronto un nombre en el ámbito literario.*

Cuando escribí *Charles Atlas*, recordé mi infancia en Masatepe. Yo también quise ser musculoso como él, tal como lo veía en los anuncios de su curso de tensión dinámica por correspondencia que se publicaban en las revistas de historietas. Pedí los catálogos a la dirección en Nueva York que figuraba en los anuncios, pero había que mandar treinta dólares para recibir el curso en entregas y yo no podía ni soñar con esa cantidad de dinero. Durante semanas me enviaron notificaciones por correo para convencerme: "Última oportunidad" insistían, pero mi oportunidad de ser un fortachón pasó.

Charles Atlas era un mito en América Latina, no sólo un mito de mi propia infancia. Estaba guardado en mi memoria y despertó cuando volando una vez en 1972 de Miami a Houston, con Tulita, a quien acompañaba a un chequeo médico de emergencia, que gracias a Dios no reveló nada grave, como creíamos, cayó en mis manos la edición dominical del *Miami Herald* donde venía un reportaje a plana completa sobre Charles Atlas, que vivía retirado, ya anciano, en una playa de Florida. Contaba su vida de inmigrante italiano, desde Calabria, revelaba su nombre de pila, Angelo Siciliano, hablaba de la invención del método de la tensión dinámica. Allí mismo supe que tenía ya

100

el cuento, en el que, además, me fueron muy útiles los recuerdos de mi primer viaje a Nueva York en 1962, el único que había hecho para entonces, cuando regresaba de un congreso mundial de estudiantes en Quebec. En 1974 se hizo una representación teatral en la ciudad de México.

En ese libro de cuentos, también incluí "El centerfielder" que narra el asesinato de un viejo beisbolista capturado porque su hijo es guerrillero, y "Nicaragua es blanca" en el que intenté crear arquetipos humorísticos de la identidad de la burguesía nicaragüense, dispuesta a hacer lo inimaginable, hasta solazarse en la inminencia de una nevada sobre Nicaragua, para parecerse a los norteamericanos. O "A Jackie con nuestro corazón", que trata de los preparativos para recibir a Jackeline Kennedy en Nicaragua. En estos cuentos busqué desde entonces hacer una crítica al poder y sus usos, y al desprecio de la identidad cultural. Alvaro Mutis me ha dicho, sin embargo, que el mejor de los cuentos de esa colección es "El Asedio", que trata de una pareja de viejos homosexuales que viven solitarios en una antigua quinta, todo el tiempo hostigados por unos adolescentes.

En tu vida, la literatura y la política siempre fueron "oficios compartidos". ¿Me gustaría saber si desde Costa Rica tuviste algún contacto con los grupos guerrilleros o con los líderes del FSLN?

Costa Rica siempre ha sido una tierra de exilio; entraba y salía gente. A Carlos Fonseca, fundador del FSLN, lo conocía —como ya te conté— desde mis años universitarios cuando volvió clandestino a León. Tiempo después, en 1966, cuando empezó a llegar de manera subrepticia a San José, me visitaba en mis oficinas del CSUCA, cercanas a la ciudad universitaria en San Pedro de Montes de Oca. Platicábamos en tardes lluviosas del futuro de Nicaragua y sobre las inciertas perspectivas para derrocar a Somoza.

María Haydée Terán, su esposa leonesa, era además muy amiga de Tulita, y en secreto venían a cenar a nuestra casa de Residencial Los Colegios. Era un hombre de ideas fijas, y muy intransigente. Una noche que lo esperábamos a cenar, teníamos de huésped a Manolo Morales, que era dirigente socialcristiano, y cuando a la hora anunciada el vehículo que traía a Carlos y María Haydée dio la vuelta preventiva a la manzana, salí a esperarlos a la acera, pero el que se bajó fue Julio Buitrago, quien manejaba, uno de los héroes de la resistencia sandinista caído luego en combate en Managua. Me preguntó si había alguien más, y cuando le informé que estaba Manolo, fue a consultar por la ventanilla del vehículo, y Carlos se negó a bajarse, a pesar de que Manolo y él eran amigos; Fernando Gordillo, que creía en las virtudes personales, y en la amistad, le dedicó un poema a ambos. Pero más tarde, cuando Carlos estaba preso en la Penitenciaría Central de San José, Manolo fue a visitarlo, y lo recibió; Tulita le envió unas rosquillas nicaragüenses, y yo la edición del libro de viajes de Squier, *Nicaragua, sus gentes y paisajes*, que acababa de sacar Educa. Pero se negó a recibir a Pedro Joaquín Chamorro, que también quiso visitarlo en la cárcel.

¿Qué opinión guardabas de él y del FSLN, movimiento que él fundó?
¿Tuviste entonces alguna participación en el Frente?

Carlos era un monje de una honradez absoluta, un hombre congruente que murió por lo que pensaba, lleno de una gran dignidad. Intransigente, como te dije, y sus ideas duras y obsoletas. El Frente Sandinista me parecía entonces aislado de la sociedad, sin posibilidades políticas ni futuro; sus militantes clandestinos eran valientes pero dogmáticos, una guerrilla entregada al sacrificio, pero ajena a la realidad del país.

Habían acogido de manera religiosa la tesis foquista del Ché (el foco de montaña, hasta que no estuviera totalmente desarrollado, no debería de multiplicarse) y consideraban que la guerra popular debía ser prolongada con el objetivo de ir acumulando fuerzas, construir redes y prepararse largamente para dar combate. Carlos Fonseca no estaba dispuesto a reconocer que esa estrategia, que ya se sabía ineficaz porque había significado el desastre del Ché Guevara en Bolivia, no llevarían nunca a nada en Nicaragua.

Lo dejé de ver en 1969, no recuerdo si fue porque lo metieron preso o porque se fue para Cuba. Para mí el Frente Sandinista no era entonces una alternativa. Los admiraba y los ayudaba desde Costa Rica como podía, pero no tenía ninguna esperanza en ellos.

¿Hubo alguna otra alternativa en la que sí creyeras?

La que urdimos con Edén Pastora, Carlos Coronel, el menor de los hijos del poeta José Coronel Urtecho, Harold Martínez, viejo guerrillero de campañas pasadas, exiliado en Costa Rica, Raúl Cordón, un estudiante universitario de Rivas, y Ernesto Cardenal, con la intención de crear un frente paralelo de lucha.

Edén Pastora había regresado recientemente de la montaña donde acabó chocando con Tomás Borge. Llegó a San José con la nariz comida por la lesmaniasis, una especie de lepra, expulsado del Frente Sandinista porque no lo habían considerado "lo suficientemente marxista". Como Edén reclamaba que era necesario enfrentarse a la Guardia Nacional y no huir de ella, Borge criticó su "actitud aventurera" y lo marginó.

Ernesto Cardenal mantenía entonces una comunidad en Solentiname, en el Gran Lago de Nicaragua y lo visitaba a menudo. En un avión DC3 de la Línea Lacsa, que volaba por milagro divino, llegaba yo al poblado de Los Chiles, en los llanos de la ribera costarricense del Río San Juan, ese río que en mis años de exilio era "mi Nicaragua". Muy cerca de ahí, en la hacienda

Las Brisas, en la ribera del río Medioqueso, afluente del San Juan, vivía en un retiro monástico el poeta José Coronel Urtecho con sus hijos, agricultores y ganaderos, y con su mujer, doña María Kautz, una matriarca de ascendencia alemana que era la única capaz de reparar las máquinas aserradoras y los motores eléctricos (tal como aparece descrita en el magistral poema de Coronel "Pequeña biografía de mi mujer").

A veces coincidíamos allí Pablo Antonio Cuadra, que viajaba desde Managua; Ernesto Cardenal que navegaba desde Solentiname, el poeta Fernando Silva, y yo, que llegaba de San José, y juntos todos pasábamos el día entregados a la conversación —de literatura y política— en la que Coronel llevaba la voz cantante siempre. Es el mejor conversador que he conocido en mi vida.

Fue en una de esas visitas que Ernesto Cardenal, Carlos Coronel y yo comenzamos a fraguar la idea de crear una organización armada de apertura democrática, como lo que algunos años después haríamos al fundar la tendencia tercerista del FSLN y al promover la creación del Grupo de los Doce. Luego siguieron algunas reuniones conspirativas en San José a bordo de mi Volvo, que tenía placas de Misión Internacional, en el que dábamos vueltas, conversando, por el Parque de la Sábana. En esas rondas, todos los conspiradores apretados como pasajeros y yo al volante, acordamos organizar el frente de montaña que encabezaría Edén. Comisionamos a Ernesto Cardenal para que hablara con Fidel Castro, a quien ya conocía a raíz de una reciente visita a Cuba, para explicarle que no pretendíamos oponernos al FSLN sino que nuestra intención era crear un movimiento distinto. Todo me parece ahora bastante loco, pero así fue.

¿Y qué pasó? ¿Te involucraste de lleno en esto?

No. No tenía duda que la lucha armada era la única forma de derrocar a la dictadura y generar un cambio social, pero el momento no había madurado, y no estuve dispuesto a abandonar mis planes de irme a Alemania. Sin embargo, cuando me fui, en junio de 1973, vendí mi Volvo, y les entregué la mitad del dinero como muestra de solidaridad.

Desde 1960 me hallaba convencido de que la dictadura nunca iba a caer por medio de una elección o por un movimiento de resistencia civil. Estaba demasiado enraizada en la Guardia Nacional corrupta y en el poder económico de la familia Somoza, que gozaba además del respaldo norteamericano. Participaba de la convicción de que había que arrancar de cuajo no sólo a Somoza sino también al sistema. Hasta el último momento temimos la existencia de un somocismo sin Somoza y, por eso, cuando me tocó negociar en 1978 y en 1979 con los representantes de Carter, ya en la etapa decisiva de la lucha, siempre argumenté que nunca aceptaríamos a la Guardia Nacional como eje de poder.

¿Por qué partes a Alemania en el verano de 1973?

Porque quería ser escritor. En el CSUCA tenía un cargo diplomático y ganaba muy bien, mis hijos iban a los mejores colegios, vivíamos ahora en Los Yoses, un barrio elegante, pero eso no me dejaba plenamente satisfecho. Cuando a mitad de mi periodo, les anuncie a los rectores que partía a Alemania con una limitada beca de escritor, todos pensaron que estaba loco. Creo que a lo mejor ni Tulita me entendió.

Para entonces, haciendo un recuento, había ya publicado *Cuentos* y *Nuevos cuentos*, *Tiempo de fulgor*, la biografía del doctor Mariano Fiallos Gil y *De tropeles y tropelías*. Peter Schultze-Kraft, funcionario entonces de las Naciones Unidas en El Salvador, fue quien me ayudó a hacer posible este viaje para dedicarme sólo a la literatura.

A Peter lo conocí en un viaje que hizo a San José en 1965, cuando preparaba una antología del cuento centroamericano en alemán, y él mismo tradujo un cuento mío para incluirlo en esa antología. Fue él, pues, quien me habló del programa de artistas residentes en Berlín, auspiciado por el Servicio de Intercambio Académico Alemán (*Deutscher Akademischer Austauschdienst*-DAAD). Me advirtió que era muy difícil la competencia para conseguir ahí una beca de escritor, con candidatos de todo el mundo, pero que valía la pena intentarlo. Prometió empujar mi candidatura, y a finales de 1972 recibí la invitación. Me habían concedido la beca.

Unos meses antes, el representante de la Fundación Ford en México, con el que tenía relaciones en función de mi trabajo, me había propuesto que pidiera una licencia de mi cargo y me fuera a la Universidad de Stanford para seguir una maestría en administración pública de dos años, con una beca de la propia fundación. Con esa maestría, me aseguraba, tendría garantizado "un futuro luminoso" como estrella de los organismos internacionales.

Escéptico, pero abierto a las oportunidades, decidí enviar los formularios. Stanford me aceptó de inmediato y la Fundación Ford nos concedió la beca a mí, y a otros dos jóvenes: Jorge Serrano, quien llegaría a ser presidente de Guatemala, y Alejandro Toledo, ahora presidente de Perú, quienes lograron egresar. Cuando tuve sobre mi escritorio las dos opciones, Berlín y Stanford, tomé una decisión fundamental en mi vida: quería ser escritor, no burócrata internacional. Renuncié a todo, vendimos el auto, desmontamos la casa, y cargando con nuestros hijos, Sergio, María, y Dorel que sólo tenía tres años, Tulita y yo emprendimos la aventura. No teníamos ni un real ahorrado, sólo la mitad del dinero de la venta del Volvo.

¿Te fue fácil tomar esa osada decisión?
No, pero ya tomada, me dediqué a preparar el viaje sin reflexionar más. Napoleón Chow, quien había sido mi compañero

de pieza en León, y es ahora director del Instituto de Cultura de Nicaragua, vivía entonces en Nueva York con su esposa norteamericana y nos invitó a pasar unos días con ellos cuando íbamos rumbo a Berlín. Nos consiguió un alojamiento barato en la Sexta Avenida, para religiosos en tránsito, y nos organizó un programa de visitas muy intenso, que debido a los niños se volvía muy complicado. Por las noches, los dejábamos con las monjas del alojamiento y en el día paseábamos con ellos.

Sólo al llegar a Berlín, después de un largo viaje, y de dormir como piedras desde la tarde hasta el día siguiente en el apartamento del número 27 de la Helmstedterstrasse, en el barrio de la burguesía judía de Wilmersdorf, a dos cuadras de donde había vivido Einstein, comencé a dudar si había hecho bien en lanzarme a aquellas aguas tan desconocidas. Amanecimos lejos de Nicaragua, lejos de Centroamérica, en un departamento extraño y viejo, con muebles ajenos; un departamento en cuya sala había una vieja caja de hierro, que ni los nazis habían sido capaces de mover. Al pie del portal de cristales emplomados del edificio, podía verse aún en el umbral, incrustada en mosaicos, una estrella de David desgastada, apagándose en su propio olvido, y no podía más que pensar con inquietud y escalofrío en los judíos que ahí vivieron, en las pisadas tímidas de niños o de adultos temerosos que seguramente fueron conducidos por los agentes de la SS a algún campo de concentración. Sin embargo, poco a poco, comenzó la rutina y, a medida que nos adaptamos, me confirmé en la idea de que aquello era una enorme oportunidad.

Hablas de la segunda Guerra Mundial con desconsuelo. Naciste en 1942 y a ti ya no te tocó vivir esa experiencia desoladora. Me gustaría entender el contexto familiar en el que creciste con respecto al nazismo porque, por un lado, sé que tu tía Laura Sánchez y su marido eran ger-

manófilos aferrados y, por otra parte, en Un baile de máscaras *haces alusión a que tu padre decoró su tienda con una foto de Winston Churchill, a quien él admiraba...*

Mi padre, que siempre apoyó a los aliados, se burlaba de Alberto Sánchez por ponerse al lado de los alemanes en la guerra; este tío era de los únicos en el pueblo con esa devoción germana. Siempre lo escuchaba repetir la frase: "Lo que es Bayer, es bueno". Años después cumplió su sueño de mandar al menor de sus hijos, mi primo Fernando, a estudiar ingeniería a Hamburgo.

Quizá entre mis primeros recuerdos de niño está esa foto de Churchill, que desconozco cómo llegó a nuestra casa. En *Un baile de máscaras* cuento que mi padre la pidió a Inglaterra, pero en realidad no fue así, ahí mezcle dos historias. La anécdota verdadera es que Clarita Flores, la segunda esposa de mi tío Francisco Luz Ramírez, una mujer muy graciosa, escribió a Inglaterra en 1953, cuando coronaron a la Reina Isabel, para pedir que le enviaran la foto de la reina, dedicada. Mis tíos, incluido su propio esposo, se reían de ella, ya parecía que la reina se iba a dignar a mandar su foto a Masatepe a la Clarita Flores. Pero un día llegó la foto de la Reina Isabel y del Príncipe Felipe, dedicada a la señora Clara Flores de Ramírez. Todos se quedaron boquiabiertos y esa historia la retomé para justificar el enorme retrato de Churchill con su puro, que estaba en el sitio principal de la tienda de abarrotes de mi padre.

¿En qué consistía la rutina en Berlín?

Los primeros meses, los dividía entre las clases diarias de alemán que me daba en mi apartamento un profesor pagado por el DAAD, y llevar a las niñas al Kindergarten, las dos con caritas de desconsuelo, desesperación y, al fin y al cabo, de resignación al verme que las dejaba entre desconocidos. Sergio, que tenía ocho años, fue directamente a la escuela pública, y muy pronto los tres eran capaces de discutir y pelearse con los demás niños en alemán; Tulita, mientras tanto iba todas las mañanas a su curso en el Instituto Goethe. Uno de mis primeros logros fue poder descifrar a Kafka en su idioma durante las largas tardes que, pegado a mi diccionario, pasé sentado leyendo *La metamorfosis* en una banca del hermoso remanso arbolado del Volkspark, a poca distancia de nuestro apartamento. A los seis meses de estadía, ya hablaba bastante alemán, ese idioma bello y endiablado a la vez.

Llegaste a un Berlín dividido que, con el muro de por medio, era un laboratorio vivo de la confrontación entre este y oeste. ¿Cómo vives esta realidad y hacia dónde se orientaban entonces tus afinidades ideológicas?

El programa al que fui invitado había sido creado por el DAAD, con una intención: atraer a Berlín occidental, que era la vitrina de occidente, frente al oriente soviético detrás del Muro, a escritores, artistas y músicos con el fin de engrandecer el ambiente cultural de la ciudad. Berlín occidental era entonces una isla rodeada por Alemania Democrática y tenía una vida de urbe artificial. El turismo y la economía eran forzados y quien vivía ahí no pagaba impuestos. No había ninguna razón para residir en Berlín, el único atractivo era el muro, que mantenía en un empate total los intereses militares, políticos y estratégicos de las dos superpotencias.

Como ahora, inspirado en la ideología de Sandino, yo era antiimperialista, pero no tenía afinidades ideológicas con el sistema soviético. Por ello, cuando viajaba al lado oriental, lo hacía arropado con la curiosidad del novelista que quiere descubrir algo distinto. La policía, sin embargo, lo hacía difícil. Cuando el tren llegaba a la estación de la Frederichstrasse los pasaportes eran retenidos, y uno se quedaba inquieto de dejar sus documentos secuestrados; había, además, que cambiar dinero a marcos orientales, y gastarlos a fuerza, lo que significaba pagar un elevado impuesto.

Berlín oriental era una ciudad llena aún de las ruinas y baldíos dejados por los bombardeos de los aliados que pulverizaron, aunque algunos edificios modernos comenzaban a ser levantados, pero eran feos, rascacielos de mal gusto con emplastes barrocos estalinistas, y el orgullo socialista que era la torre de televisión en Alexanderplatz, con su restaurante giratorio. Sólo valían la pena los viejos edificios de la cultura prusiana, la Humboldt Universität, en la Unter den Linden, por ejemplo, las moles neoclásicas de la isla de los museos, donde está el Pergamon Museum, y otros parajes urbanos muy hermosos como la plaza del Gendarmenmark, flanqueada por la Französchiche Dom y la Deutsche Dom, ambas iglesias entonces en reconstrucción junto con la Konzerthaus, en medio de ambas, un bello teatro barroco.

Ahí en Berlín Oriental, mi cicerone era el escritor colombiano Carlos Rincón. Con él iba a las funciones del teatro *brechtiano*, que aún estaba vivo y que contaba con viejos actores y directores que habían sido dirigidos por el propio Brecht tanto en el Berliner Ensemble, como en la Volksbühne. Allí vi actuar a Erich Maria Brandauer, como lo recuerdo en mi cuento "Vallejo".

¿Y cómo era la vida cultural del lado occidental?

Durante esos dos años espléndidos, pasé largas tardes en la pinacoteca del Museo de Dahlem frente a los cuadros de Lucas Cranach, disfruté matinés con entradas de cortesía en la Philarmonie, donde dirigía Von Karajan, e hice todo un curso intensivo en el Cine Arsenal, viéndome todas las películas que pude ver, hasta dos cada noche, así nevara, neorrealismo italiano, el expresionismo alemán, cine ruso, cine francés de posguerra, desde Renoir hasta Resnais, la *nouvelle vague*, Truffaut, Godard, Mallé, un posgrado que completaba mi enseñanza fundamental en la caseta del cine de mi tío en Masatepe.

Y siempre me mantuve activo en la solidaridad política. Cuando el golpe contra Allende en septiembre de 1973, recién llegado a Berlín, marché entre miles de manifestantes por toda la Kurfüstendamm, hasta Nollendorfsplatz. En nuestra casa fuimos recibiendo a amigos chilenos exiliados, Antonio Skármeta, Ariel Dorffman. Fueron años de verdad intensos. También había marchas contra la dictadura de los coroneles griegos, o para celebrar la revolución de los claveles en Portugal. No tardaría en morir Franco, terminó la guerra en Vietnam.

Háblame del origen de ¿Te dio miedo la sangre?, la novela que escribiste en Berlín.

Llevaba esa novela en la mente desde que partí de San José. Quería rescatar lo que fue la vida en Nicaragua en los años cincuenta bajo los Somoza, pero sobre todo la vida de los pequeños personajes: cantineros, borrachines, buhoneros, guitarristas de tríos callejeros, tahúres, prostitutas. Desde entonces llevaba en mí esa pasión que no me abandona, de ver lo que pasa con la vida de la gente común, la más indefensa, bajo el peso del poder, y cómo el poder se convierte en el destino implacable al cambiar a su antojo esas vidas. Fue, además, una búsqueda fundamental de estilo que se tornó sumamente compleja por la ambición que tenía de cambiar, línea tras línea, de historia y de momentos temporales, narrando en planos paralelos.

En aquel entonces, la influencia más determinante, en cuanto a la estructura, en mí era Vargas Llosa. *Conversación en la catedral* y *La casa verde* tenían esa asombrosa capacidad para combinar los planos. Esa comienza a ser mi gran ambición, saber combinar planos e ir tejiendo varias historias al mismo tiempo.

En *¿Te dio miedo la sangre?* rescaté además historias de mi infancia: la visión de Clarita Parodi a caballo por la calle 15 de septiembre, de que ya te hablé; o el fraude en las elecciones de Miss Nicaragua en 1953, cuando Somoza mandó a rellenar las urnas con votos falsos para que ganara su candidata: Rosa Argentina Lacayo, hija de un coronel de su estado mayor, y no la popular Carol Cabrales, hija de León Cabrales, un periodista opositor.

Pero quería también componer un friso que no se limitaba a los años cincuenta, desde la rebelión de abril de 1954 al desembarco de Olama y Mollejones de 1959, sino más atrás, las elecciones fraudulentas de 1947, la gesta de Sandino que empieza en 1927. Es en la época de la lucha contra Sandino en Las Segovias que surgen dos personajes fundamentales de la novela, ambos alistados en la Guardia Nacional: el Indio Larios y el coronel Catalino López, cuya hija Lorena López vuelve a aparecer en *Sombras nada más*. En *¿Te dio miedo la sangre?* el coronel se la saca en una rifa de huérfanas que hacen las monjitas de un orfanato un domingo de Kermesse, y es ella quien, ya hija adoptiva suya, recibe los votos falsos en la elección de Miss Nicaragua.

Esta novela fue publicada por primera vez en 1978 en Caracas por la editorial Monte Ávila, sin pena ni gloria; pero en 1980 vino el concurso Rómulo Gallegos y Carlos Barral, fundador de Seix Barral, que era jurado, peleó porque le dieran el premio. No ganó, pero Carlos se la llevó a Barcelona y la editó en la Biblioteca del Fénice. Carlos Vivas hizo una bellísima portada, y para mí ésa es la verdadera edición de *¿Te dio miedo la sangre?*. De mis libros es el que más traducciones ha tenido. Peter Schultze-Kraft lo tradujo al alemán e impulsó otras traducciones en Holanda y Noruega. Apareció también en inglés,

112

en portugués, en ruso, es eslovenio, en búlgaro. La mejor crítica que ha recibido está en el libro de Salman Rushdie *La sonrisa del jaguar*.

Nunca imaginé entonces, que después de *¿Te dio miedo la sangre?*, que terminé de escribir en 1975, no volvería a escribir ni una línea más en una década.

¿Escribiste algo más en Berlín?

Sí, cuando llegué a Berlín, se iba a publicar la versión alemana de *El pensamiento vivo de Sandino* que salió en Educa en 1973, y el editor Hermann Schulz me pidió que escribiera un prólogo para esa edición de Peter Hammer Verlag. Escribí entonces una sucinta biografía de Sandino titulada *El muchacho de Niquinohomo*, que se incorporó luego a las siguientes ediciones en español. También redacté algunas crónicas culturales de la vida en Alemania para mi columna "Ventana", que se publicaba en el periódico *La Nación* de Costa Rica y en *La Prensa Literaria* de Nicaragua.

Así mismo, al partir de San José, había adquirido un compromiso con don Armando Orfila Reynal, que dirigía la editorial Siglo XXI, para escribir un ensayo que formaría parte de un libro titulado *Centroamérica hoy*, cuya publicación estaba siendo coordinada por Edelberto Torres Rivas. Para mi sorpresa, en Berlín encontré un fondo de información espectacular para realizar este trabajo. El Instituto Iberoamericano, instalado en un palacete muy bello del suburbio de Steglitz, en donde se había filmado el año antes la película *Cabaret* de Bob Fosse, con Liza Minnelli, había recogido por décadas en su biblioteca todo lo que se editaba en América Latina, no sólo libros de todas las épocas, sino también desde el último folleto del más humilde escritor hasta las guías turísticas, almanaques, los directorios telefónicos de cada año, (lo que me sirvió, de paso, para ambientar las escenas guatemaltecas de *¿Te dio miedo la sangre?*). Hurgando en todo lo que se refería a Centroamérica, escribí así *Balcanes y volcanes*, una interpretación de la historia cultural de Centroamérica. El juego de palabras del título tiene que ver con que los países centroamericanos vivimos fragmentados como *balcanes* y explotamos de tiempo en tiempo como *volcanes*. Ese ensayo se publicó en 1985 en Managua y Buenos Aires en un libro junto con otros trabajos míos, también de interpretación cultural, bajo el mismo título *De balcanes y volcanes*. Mi idea básica es que Centroamérica se construyó en el siglo XIX con base en influencias culturales externas, y la nacionalidad y la identidad se fincaron sobre símbolos y modelos políticos y culturales europeos. En el escudo de armas de Nicaragua, por ejemplo, sin que nadie se pregunte el por qué, todavía sobrevive, sobre cinco volcanes, el gorro frigio de los *sans culotte* que pelearon en las barricadas durante la revolución francesa. Igualmente sucedió en la arquitectura y el diseño urbano de nuestras ciudades que adoptaron modelos neoclásicos bajo el auge económico del café en tiempos de los regímenes liberales.

Tienes un mismo cuento con dos nombres ("Primavera de ventanas encendidas" en la edición de cuentos de la UNAM y "Vallejo" en los Cuentos completos *de Alfaguara), en el que aludes a tu vida en Berlín y cuentas los ridículos avatares que trajo consigo la visita de un tal Vallejo que insistía en su fama y te obligó, con seducciones y trampas, a escribirle un libreto para un ballet, cuya música él había aparentemente ya escrito….*

Vallejo apareció a mediados de la primavera de 1974. Era un cholo nacido en el Cuzco y, según decía, recién egresado de la Accademia di Santa Cecilia de Roma. Se apareció en el DAAD, la institución que pagaba mi beca, preguntando por algún escritor latino en Berlín que pudiera escribir un libreto para ballet

114

sobre un tema indígena. Como yo era el único escritor latino becado ese año, le dieron mi dirección.

Yo de ballet no sabía nada, sentía, además, que me arrebataba mi tiempo para escribir y, desde que se apareció en mi casa, busqué la manera de deshacerme de él. Pero resultó imposible. En mi cuento abundo sobre eso: cómo desde el primer día buscó la manera de ganarse a Tulita; cómo llamó un día de urgencia para notificarme que había logrado concertar una entrevista con un asistente ejecutivo del director de la Deutsche Oper y para exigirme que llegara puntual al café del elegante Hotel Kempinski, una cita a la que el funcionario nunca llegó. En fin, cómo sus argucias continuaron por varias semanas y, no obstante mi reticencia, al final logró que le escribiera ese argumento para un ballet que nunca existió.

A veces un escritor se ve en apuros para explicar qué cosas de las que cuenta son ciertas, cuando acude a una historia real para elaborar una narración. Éste es uno de esos casos, y para mí, de los más difíciles. Mezclé la realidad de nuestra vida doméstica en Berlín con la ficción, y convertí al propio Vallejo en un personaje, aunque ya lo era por sí mismo. Y el libreto para ballet que me pidió escribir, y que realmente escribí entonces, lo rescaté de mis viejos papeles de aquel tiempo, guardados en una caja de cartón, para incluirlo al final del cuento. Es, pues, real, aunque sé que no pocos pensarán que lo escribí al momento de escribir el cuento, como parte del aparato de ficción y que todo, por tanto, es mentira. Ni modo.

También de ese tiempo es la historia que está en el cuento *Helige Nikolaus*, el estudiante venezolano fracasado que se disfraza de Santa Claus para divertir a los niños de familias ricas en la noche de Navidad. Lo que me fascinaba entonces, tanto en este caso como en el de Vallejo, es la tragedia de ribetes cómicos de los latinoamericanos extraviados en Berlín, muchas veces para siempre.

La decisión de dejar Alemania, según cuentas en Adiós muchachos, *quedó sellada frente al televisor, el 27 de diciembre de 1974 cuando en el noticiero "Tagesschau", Nicaragua entró en la pantalla. Los locutores informaron que un comando sandinista tomó por asalto la residencia en Managua del doctor José María Castillo — donde se celebraba una fiesta en honor del embajador de Estados Unidos, Turner B. Shelton—, y que éste mantenía como rehenes a los familiares y ministros de Somoza. ¿Qué fue exactamente lo que esta información movió en ti para decidir volver?*

En ese momento faltaba medio año para el final de mi estadía. Contaba con una oferta de Armand Gatty, un director de teatro francés de vanguardia que hacía montajes en una sala de la Küdamm, para ir a París con una beca de libretista de cine del Centro George Pompidou que estaba por abrirse, pero tomé otra decisión trascendental de mi vida: volver a Nicaragua; una resolución que, una vez más, fue producto del destino. Siempre repito que me aflige imaginar que si mi elección hubiera sido la contraria, me hubiera perdido una revolución, y quizás sería hoy un latinoamericano más de aquellos que salen a la calle para comprar *Le Monde* en el quiosco de la esquina, y enterarse lo que está ocurriendo del otro lado del océano.

Esa noche y las siguientes, tuve una vaga idea de que ahora sí se podía terminar con Somoza. La acción encabezada por el Comandante Cero (Eduardo Contreras) resultó exitosa porque supo aprovechar un momento en que crecía el descontento de todos los grupos sociales en contra del dictador, enemistado aún con la empresa privada por su voracidad en acaparar el negocio de la reconstrucción de Managua después del terremoto de 1972. El viejo Frente Sandinista era renuente a aceptar esta posibilidad de pasar a la ofensiva en las ciudades. Eduardo

Contreras, por el contrario, lo entendió, y en esa acción encabezó a guerrilleros fogueados como Germán Pomares, y a otros recién reclutados como Joaquín Cuadra hijo y Javier Carrión que conocían muy bien la casa por ser amigos de las hijas de Castillo. Ese golpe le dio por primera vez relevancia internacional al sandinismo y logró doblegar a Somoza.

Con el fin de liberar a los rehenes, Somoza accedió a todas las demandas: la difusión de una proclama del FSLN en los medios de comunicación, el pago de un rescate de cinco millones de dólares que al final quedó reducido a un millón, la liberación de presos sandinistas de las cárceles, entre ellos Daniel Ortega, y puso además a disposición de los miembros del comando un avión de Lanica, su línea aérea, para que volaran a Cuba junto con los prisioneros liberados. La única baja en esta acción, fue el propio Chema Castillo, dueño de la casa, quien corrió a su cuarto en busca de un arma para intentar repeler el asalto.

En Adiós muchachos *cuentas que en los últimos meses de tu estadía en Berlín, antes de regresar a Nicaragua, decidiste escribir un documento "De la A a la Z", con el fin de mantener a Nicaragua en las noticias y poder golpear más a Somoza. ¿Supo alguien que eras tú el autor intelectual de esa información que Jack Anderson, el columnista más famoso de Estados Unidos, publicó en los trescientos periódicos en los que él colaboraba, incluyendo el* Washington Post*?*

No. Si se hubiera sabido, me hubieran matado. Hice ahí un recuento de todas las propiedades de la familia Somoza, que se habían multiplicado desde el terremoto de 1972 en Managua, desde fábricas de adoquines hasta fábricas de zapatos, pasando por alcohol, aviación, azúcar, bancos, café, casas de alquiler, de juego, de empeño y de prostitución, cemento, cerdos, hoteles, jabonerías, madera, minas, periódicos, radiodifusoras, taxis, televisoras, tenerías, textiles y, aunque te suene inverosímil, hasta

117

sangre, porque a través de la Compañía Plasmaféresis de Nicaragua S. A., Somoza compraba sangre a los indigentes y borrachines de Managua para producir plasma de exportación. Las reiteradas denuncias de esta negocio vampiresco que hacía Pedro Joaquín Chamorro, fue una de las causas por las que Somoza mandó a asesinarlo. En todas las letras, pues, hasta en la X, donde puse propiedades ignoradas, había tela de dónde cortar.

Tino Pereira, exiliado en Ginebra y ex funcionario del Infonac, el banco de fomento donde Somoza financiaba todas sus empresas bajo condiciones de regalo, me hizo precisiones muy valiosas. Ya escrito el texto, se lo mandé a Carlos Tünnermann, que residía entonces en Washington, y él se lo hizo llegar a Anderson, quien aceptó divulgarlo en agosto de 1975, durante varias entregas en su columna "Merry go Round".

Somoza intentó demandar a Anderson por cien millones de dólares, pero al saber que el periodista contaba con pruebas, pues había mandado a un equipo de previo a Managua, para investigar, decidió retirar la demanda. En su libro autobiográfico *Traicionado*, Somoza escribió, como creyó hasta el final, que el complot se había urdido en la Embajada de Venezuela en Washington por instrucciones de Carlos Andrés Pérez.

¿Cómo comienzas a relacionarte con los sandinistas al regresar a Nicaragua?

En Nicaragua el ambiente estaba muy cargado y no encontré ni trabajo ni oportunidades de relación con el FSLN, el Frente Sandinista en que yo pensaba, y sólo estuve ahí un mes. Además, desde mi llegada, en el aeropuerto, me detuvieron frente a mis hijos. Me quitaron mis documentos, me desnudaron en un cuarto y examinaron con lupa mis valijas y papeles. En ese momento no entendíamos nada de lo que sucedía. Luego, atando cabos, pude atribuirlo a un coronel de la Guardia Nacional que cuando llegó a visitar a su hijo que estudiaba en Berlín, le quemó todos los libros que tenía en su apartamento y me acusó de ser su "mentor comunista".

Después de tres horas de detención me liberaron. Ahora me sabía en la lista negra selecta del régimen y esto influyó para que partiera otra vez a Costa Rica. Pero fíjate lo que es la vida; ese mismo coronel, para la ofensiva sandinista de octubre de 1977, al producirse un combate sobre la carretera a Masaya, cerca del lugar donde vivía ya retirado, arriesgó su vida para rescatar a los alumnos de una escuelita que él patrocinaba, sacándolos uno por uno hasta un lugar seguro, en medio de las balas.

En Costa Rica, el doctor Rafael Cuevas del Cid, que me había sustituido como secretario general del CSUCA, me invitó a hacerme cargo de la dirección de Educa, pues Ítalo López Vallecillos estaba regresando a El Salvador. Él pensaba que no era una buena oferta porque "bajaba de cura a sacristán", como me dijo, pero a los treinta y tres años, sin un centavo ni ninguna alternativa, esta opción no me disgustaba, sobre todo porque podía continuar con una obra que yo mismo había creado.

¿Y qué sucedió en San José?

Para mi sorpresa, ése era el escenario para conectarse con el sandinismo y no Managua, y ahí fue donde encontré los caminos que buscaba. Por eso insisto en mi creencia en el destino. Siempre he visto la vida como una caja de sorpresas. Y ya ves, como en el cuento de Borges, el tesoro que buscaba en otro lugar estaba enterrado en mi propio patio.

Esa presencia del destino, como un azar, repetida en cuentos orientales y en la concepción del propio Borges, la retomo en una de las novelas que más quiero, aunque no sea la más conocida, *Un baile de máscaras*. Para mí, la vida es como un caleidoscopio, donde la figura se forma con pequeños trozos de vidrio o papel al hacer girar el tubo, y esa figura jamás se vuelve a repetir.

A diferencia del San José que había dejado dos años atrás, ahora la ciudad estaba llena de sandinistas exiliados que estudiaban en la Escuela Centroamericana de Sociología que yo había fundado. Tanto los alumnos como los profesores eran militantes de izquierda y simpatizaban con el sandinismo. Había también mucha vida clandestina.

¿Pero cómo te involucras con el sandinismo?

En julio de 1975, apenas desembarcado, Blas Real Espinales, que estudiaba sociología en esa escuela centroamericana, me dijo que formaba parte de una célula sandinista, y tenía instrucciones de buscar como reclutarme. Poco años después, lo mataron en combate en Nicaragua. Fue él quien me contactó con Gladys Zalaquet, una muchacha chilena de ascendencia árabe que había sido compañera de Jaime Wheelock, y ella fue a partir de entonces mi contacto. Para agosto, ya estaba dentro del FSLN. Otra vez, no tenía la intención de entrar en la clandestinidad ni de ser revolucionario profesional. No poseía ninguna habilidad militar y quería colaborar con el Frente Sandinista desde la perspectiva intelectual, que era en lo que me sentía capacitado para aportar. En esos términos fui admitido.

Poco a poco, me fui metiendo no sólo en el trabajo revolucionario, sobre todo en la propaganda, sino también dentro de los problemas internos que la organización tenía y que para mí se presentaron como una terrible sorpresa. El FSLN era entonces una estructura precaria, con graves problemas de divisionismo. Los ortodoxos de Tomás Borge, alineados en la tendencia de la guerra popular prolongada, eran los únicos que gozaban del respaldo de Cuba. Por otra parte, los de la tendencia proletaria, encabezados por Jaime Wheelock, sostenían que era nece-

120

sario crear conciencia de clase en las masas trabajadoras para organizar un partido proletario, y sólo entonces, pasar a las acciones militares. Ambas me parecían ideas peregrinas, y ninguna de las dos facciones, consumidas en discusiones teóricas, estaba dispuesta a ceder.

Un buen día, a finales de 1975, Jaime Wheelock apareció en mi casa de Los Yoses. Los ortodoxos lo habían metido a punta de pistola a la embajada de Venezuela en Managua acusándolo de traidor, pero se había escapado. Doña María Coronel, la esposa del poeta Coronel Urtecho, lo trajo en avión a San José desde su finca en Los Chiles, hasta donde Jaime había llegado después de embarcarse en Granada en un lanchón que acarreaba ganado. Nos encerramos en mi estudio y me contó todo. Tomás Borge y Pedro Aráuz Palacio lo habían apresado a él, a Luis Carrión y a Roberto Huembes para juzgarlos. Estuvieron a punto de decidir su ejecución bajo el cargo de traidores, pero al final se decidieron por obligarlos a asilarse.

Me identifiqué con Jaime no por su teoría, que me parecía tan irreal como el planteamiento dogmático de los ortodoxos, sino porque lo conocía desde sus tiempos universitarios, primero amigo de mi hermano Rogelio, y luego mío, una amistad que se mantiene hoy inalterable.

Pocos días después apareció en mi oficina una muchacha costarricense que actuaba como "correo", con una carta para mí que Carlos Fonseca, a quien yo suponía en La Habana, le había entregado en Managua. Era una carta escrita a máquina en papel muy fino, y para que no dudara de su identidad me recordaba el libro de Squier que le había enviado a la cárcel con Manolo Morales; el objeto de la carta era advertirme que Jaime Wheelock era un traidor, a quien no debía yo escuchar. Esa carta la conservo en mi archivo. Jamás hablé de ella porque no quería ventilar enconos.

La muchacha, confundida hasta entonces por todos los conflictos internos, no tenía ahora dudas; estaría del lado que estuviera Carlos Fonseca. "Cuál no fue mi sorpresa al encontrar a Tomás Borge en la casa donde Carlos me citó", me dijo, "no hay más Frente Sandinista que ése". Me dijo también que Humberto Ortega, miembro de la vieja Dirección Nacional junto con Carlos y Tomás, estaba por llegar también de La Habana y que se quedaría en San José. De Humberto sólo sabía que había participado en un intento fallido por liberar a Carlos Fonseca de la cárcel de Alajuela, en la misma Costa Rica, y que había sido malherido en esa acción; le atravesaron el pulmón y quedó con una mano encarrujada. Después, tanto Carlos como él fueron al fin liberados cuando Carlos Agüero secuestró un avión de Lacsa. Para Humberto, volver a Costa Rica clandestino, con una condena pendiente de muchos años de prisión, era una osadía.

Me reuní con él poco tiempo después en una casa en el barrio Amón, y desde esa primera plática supe que no se plegaría a la autoridad de Carlos Fonseca, a la cabeza ahora de la tendencia ortodoxa. Humberto me pareció un personaje muy desvalido, mal informado y de pensamiento muy elemental. Pero nos hicimos buenos amigos, y desde entonces trabajamos estrechamente, hasta el día mismo del triunfo.

¿Mantuviste esa misma opinión de Humberto Ortega —como un "personaje desvalido, mal informado y de pensamiento elemental" —a lo largo del proceso revolucionario?

No. Humberto después se transformó en el gran estratega de la guerra contra Somoza, y en un hombre de enorme perspicacia y agudo sentido de las oportunidades. En aquel momento inicial no me reveló lo que luego lo distinguiría: su capacidad de maniobra para salir airoso en situaciones difíciles, sabiendo siempre ponerse adelante de lo que los otros estaban pensando.

Su virtud política era la desconfianza y la artimaña, ser más vivo que los otros; en eso, era maestro. Así fue que se hizo Jefe del Ejército, ofreciéndose él mismo mientras los demás callaron durante la primera reunión de la Dirección Nacional en Managua, en el búnker mismo de Somoza.

Al principio pensé que Jaime Wheelock, un intelectual, le llevaría la delantera, cuando ambos hicieron una alianza en contra de los de la línea ortodoxa, a comienzos de 1976. Entonces, creí que estaba ocurriendo lo mejor para el futuro del sandinismo. Tanto Humberto como Daniel, que se hallaba en Honduras, y yo, nos apuntábamos en la línea de Eduardo Contreras, de que botar a Somoza era un asunto de acción inmediata y que junto a esa estrategia militar debía seguirse otra política, abriéndonos a otros sectores de la sociedad: llamar a empresarios, sacerdotes e intelectuales para lograr un consenso viable. Nunca conocí a Eduardo Contreras, a quien tanto admiraba, y quien para entonces se hallaba en México, pero me mantenía en comunicación con él a través de su hermano Ramiro.

Cuando en noviembre de 1976 mataron en Managua a Eduardo, al mismo tiempo que caía también en la montaña Carlos Fonseca, nuestra tendencia tercerista ya había tomado cuerpo, y se hallaba en pugna tanto con los ortodoxos de la Guerra Popular Prolongada, como con los Proletarios, la tendencia más pequeña de las tres.

Una de las cosas que más me sorprenden de la revolución sandinista es ésa: que los guerrilleros marxistas lograron el apoyo de la Iglesia y de los ricos. ¿Cómo se logró esta mancuerna, aparentemente irreconciliable?

Como te dije, Somoza ya había sobrepasado todos los límites, se había adueñado del negocio de la reconstrucción de Managua y su voracidad había provocado la oposición de la iniciativa privada, que dejó de ser su aliada. Los terceristas decidimos aprovechar esta coyuntura para buscar la unidad nacional y derrocar a Somoza.

En marzo de 1977, Daniel Ortega vino a San José desde Tegucigalpa, y con él y con Humberto discutimos la iniciativa de organizar un gobierno provisional para cuando triunfara la ofensiva militar, que se llevaría a cabo ese mismo año. Fui comisionado para organizar ese gobierno y, al final, teníamos una lista selecta. Felipe Mántica, por ejemplo, un cristiano a fondo, un hombre muy sensible, ex presidente de la Cámara de la Industria, dueño la cadena de supermercados La Colonia, la más importante de Nicaragua. El doctor Joaquín Cuadra Chamorro, abogado del Banco de América y del grupo Pellas, el más poderoso del país, y quien por solidaridad con sus hijos, involucrados todos en el Frente, especialmente Joaquín, tenía buenas razones para apoyarnos. Don Emilio Baltodano, un cristiano comprometido, dueño de la fábrica de café soluble Presto y exportador de café. Fernando Cardenal, sacerdote jesuita, hermano de Ernesto Cardenal, quien unos meses antes había denunciado ante la Cámara de Representantes en Washington las atrocidades que cometía el gobierno de Somoza contra los campesinos en las montañas con el apoyo norteamericano, y presentó una lista detallada de los nombres de los asesinados, desaparecidos y torturados: prisioneros lanzados al vacío desde helicópteros en vuelo, mujeres violadas, niños ensartados en bayonetas, campesinos sepultados en zanjas. Estaban también el padre Miguel D'Escoto, de la orden Maryknoll, y quien vivía en Nueva York; Tito Castillo, socio de Carrión, Hueck, Castillo, Manzanares, la firma de abogados más importante de Managua, y Ricardo Coronel, ingeniero agrónomo e hijo del poeta Coronel Urtecho. Poco después, se agregarían Carlos Tünnermann, ex rector de la universidad, y Arturo Cruz, funcionario del BID. Juntos todos, conformábamos una mezcla explosiva para Somoza.

En mayo de 1977, convocamos a este grupo en el Apartotel San José para proponerles que fueran parte del gobierno provisional revolucionario. Recuerdo que fui al aeropuerto a recoger al padre Miguel D'Escoto, a quien no había informado a fondo sobre el objeto de la reunión, diciéndole nada más por teléfono que se trataba de algo muy importante, y cuando estuvimos solos en su habitación del Apartotel Los Yoses, muy cerca de mi casa, le conté sobre los planes militares, y se alarmó mucho. Me dijo que era un pacifista convencido, partidario de Mahatma Gandhi y de Martin Luther King, y que estaba en contra de la violencia. Tras discutir largo rato, le pedí que por lo menos viniera a la reunión del día siguiente a escuchar, y aceptó.

Humberto explicó que el Frente Sandinista derrocaría a Somoza mediante ataques simultáneos a distintos cuarteles y que la idea era tener un gobierno listo para asumir el control del país. Era un plan en gran parte fantasioso desde el punto de vista militar, pero muy atractivo y bien presentado. La mayoría de los asistentes se sorprendieron al principio de verse las caras allí, formando parte de la misma conspiración, pero cada uno aceptó su cargo en el futuro gobierno: Felipe Mántica iba a ser el presidente provisional; el padre Miguel D'Escoto, quien ahora, lleno e entusiasmo, había abandonado sus reticencias de la noche anterior, iba a ser el canciller; el doctor Joaquín Cuadra, ministro de Finanzas; Tito Castillo, ministro de Gobernación; don Emilio Baltodano, contralor general de la República; Carlos Tünnermann, ministro de Educación. Yo iba a ser el ministro de la Presidencia. La acción se llevaría a cabo en octubre.

Sin embargo, la ofensiva fracasó porque sólo se logró dominar el cuartel de San Carlos, en la rivera del Río San Juan. El planeado ataque a Rivas no se dio, el ataque al cuartel de Ocotal se frustró, aunque se libraron acciones cerca de la frontera con

Honduras, y el de Masaya sólo pudo efectuarse días después, y aunque no tuvo éxito, fue el de más impacto en la población, por la cercanía con Managua. Humberto había hablado de que teníamos un ejército de mil doscientos hombres y en la realidad sólo contábamos con setenta.

Y como alguna vez contaste, así como se ha convertido en un mito la masacre de trabajadores bananeros en Macondo que García Márquez relata que fueron miles, cuando se sabe que por las dimensiones de la plaza de Aracataca, donde realmente ocurrió, hubiera sido imposible que cupiera esa cantidad de personas, esto de los mil doscientos hombres también es leyenda.

Es cierto, los "mil doscientos hombres" sirvieron para entusiasmar a Carlos Andrés Pérez y conseguir su apoyo. Queríamos el respaldo de otras naciones una vez que derrocáramos a Somoza y pensamos, en primera instancia, en el presidente venezolano. Como ninguno de nosotros lo conocía, se nos ocurrió que la mejor puerta de entrada era Gabriel García Márquez, y me fui a buscarlo a Colombia con una carta de José Benito Escobar, uno de los dirigentes guerrilleros a quien había conocido en La Habana. Me recibió en Bogotá, en la RTI, la cadena de televisión colombiana, en una oficina llena de monitores, para el tiempo en que la RTI estaba filmando *La mala hora*. Le conté del plan, que lo llenó de entusiasmo, y tres días después estaba volando a Caracas en un jumbo, y era jumbo porque, según decía, a esos aviones les tenía "más confianza". Llevaba una carta para Carlos Andrés firmada por Felipe Mántica, el presidente del gobierno provisional. Vía telefónica y en lenguaje cifrado, me comunicó un par de días después a San José el resultado de su gestión: "el editor acepta publicar el libro, y firmará el contrato apenas esté escrito el primer capítulo". Eso nos llenó de esperanza.

Con ese ejército rudimentario de setenta hombres fracasaron en aquel primer intento. ¿Se sintieron los empresarios y los curas traicionados por el engaño?

No, todos dijeron que seguirían adelante. No pienso que hombres astutos como el doctor Joaquín Cuadra y don Emilio Baltodano, ambos ya muertos, hayan creído lo del "gran ejército guerrillero". Más bien el desmoralizado era Humberto Ortega, que quería relevarlos del compromiso, pero nadie aceptó, y fue así como se conformó el Grupo de los Doce. Fueron unánimes en decir que no se habían comprometido en una aventura, sino en un proyecto a largo plazo. Y sabían que a Nicaragua ya no podían volver porque a pesar de su posición relevante, seguramente acabarían en la cárcel.

La dictadura enfrentaba para entonces una situación muy precaria: Somoza había sido víctima de un infarto cardiaco, y la Guardia Nacional se hallaba fuera de balance resistiendo por primera vez ataques abiertos a cuarteles militares. La guerra comenzaría a librarse en el corazón de las ciudades, y ya no en la selva o en las montañas lejanas.

El Grupo de los Doce publicó entonces un manifiesto de respaldo al Frente Sandinista para despertar al pueblo nicaragüense. Cuando el 18 de octubre de 1977 se publicó en Managua este documento que yo escribí, fue como el estallido de una bomba. En él se decía que la situación en Nicaragua ya no tenía espacio para elecciones, que sólo la lucha armada sería capaz de resolver los problemas del país para alcanzar un régimen democrático, y que el único que podía llevar a cabo esta lucha era el Frente Sandinista de Liberación Nacional, formado por jóvenes honestos, valientes, íntegros y patriotas. Hasta entonces, Somoza se había empeñado en hacer aparecer al Frente Sandinista ante la opinión pública como un grupo aislado de terroristas. Después del manifiesto de los Doce, su peso político cambió dentro y fuera de Nicaragua.

Somoza decidió entonces procesarnos por asociación ilícita para delinquir, incitación a la violencia y terrorismo. El Procurador de Justicia interpuso una denuncia en los tribunales y se nos impuso auto de formal prisión. Poco después, en enero de 1978, fue que unos matones a sueldo de la dictadura, asesinaron a Pedro Joaquín Chamorro. El pueblo enardecido incendió varios negocios de Somoza en Managua, empezando por Plasmaféresis, la compañía que compraba sangre a los menesterosos. Y a comienzos de febrero, los pobladores del barrio de Monimbó, en Masaya, se cubrieron con sus máscaras festivas y las usaron como máscaras de guerra, iniciando la primera gran insurrección popular.

Nosotros, el Grupo de los Doce, aprovechamos que seguía creciendo el furor de la rebelión y decidimos no escondernos. Anunciamos que viajaríamos todos juntos en mayo a Nicaragua. Somoza declaró que si llegábamos nos apresaría en el mismo aeropuerto. No nos arredró. Las líneas aéreas se negaban a vendernos los pasajes y, por intervención de Omar Torrijos, la compañía Copa nos dio al fin los asientos. A las once de la mañana del 5 de julio de 1978 llegamos a Managua, nadie nos apresó, y fuimos recibidos tumultuosamente por cerca de doscientas mil personas que se congregaron en el aeropuerto y por todo el recorrido a través de Managua, hasta Monimbó, adonde llegamos ya avanzada la noche.

Sólo después supimos que Carter le había mandado una carta a Somoza, fechada el 23 de junio, en la que le decía que esperaba que fuera respetada nuestra integridad física. Esto, en buen nicaragüense, fue lo que "cagó" a Somoza.

¿Anuló el proceso judicial contra ustedes?

Sí, y ya no pudo hacer nada para evitar nuestra llegada. Pero para mí los peligros no habían terminado. Una noche antes de partir hacia Nicaragua supe que *el Chigüín*, el hijo de Somoza, me tenía en la mira. Perry Kretz, fotógrafo y periodista de la revista *Stern*, lo había entrevistado en Managua dos noches antes, y se atrevió a confesarle "off the record" que sólo a mí "me iban a joder" porque yo era un "terrorista disfrazado". Se lo conté a Tulita y quizá fue ésa la única vez que la recuerdo flaqueando. Lo único que me dijo fue: "admiro tu valor". No sé si era apoyo, o reproche.

A diferencia de la vida en las catacumbas, donde me parecía que los jóvenes iban a morir como lo hacían los primeros cristianos, ahora creía que debía asumir el peligro y que no me podía quedar tras las bambalinas en Costa Rica. El Grupo de los Doce estaba totalmente comprometido con el Frente Sandinista y el llamado de la revolución era para mí en ese momento una razón superior. Me vine de Berlín para ayudar a que cayera la dictadura y ahora sí estaba convencido de que había una posibilidad política real de derrocar a Somoza, de cambiar al sistema.

En otras circunstancias, nunca hubiera abandonado mi vida para entrar en un proyecto político ordinario, aunque se hubiera tratado de ser candidato a presidente. Ahora se trataba de una revolución y para ello valía la pena dejarlo todo porque era un llamado a filas. No era yo él único, todo el mundo abandonaba su profesión: albañiles, carpinteros, barberos, estudiantes, abogados, ingenieros, o médicos, todos se vestían de verde olivo y se dejaban las barbas.

¿Hablaste algo más con Tulita?

No. Al día siguiente fue a despedirme al aeropuerto. La dejé con los niños sin saber si volveríamos a vernos. No les dejaba sino mis libros acumulados a lo largo de mi vida de escritor y el nuevo Volvo que compramos a nuestro regreso a San José, y que estaba ya golpeado de tantos viajes a la frontera para llevar armas. Hasta que estuve en Nicaragua supe que el Frente Sandinista le pasaba a través de Cuta Castillo, esposa de Tito Castillo, una cantidad para que sobreviviera, y que ella al principio se había resistido a aceptar. Un año antes los rectores de las universidades centroamericanas habían vuelto a elegirme como secretario general del CSUCA, y lo que hice fue pedirme un permiso de ausencia sin goce de sueldo.

Tulita se entregó a la causa y nuestros hijos se acostumbraron a que nuestra casa en el barrio de Los Yoses, alquilada desde nuestro regreso de Berlín en 1975, se convirtiera en centro de conspiración, bodega de abastos, cuartel y refugio. Esta casa estaba siempre abierta a todos los sandinistas y, hasta que Tulita y los niños partieron en julio de 1979 a Nicaragua tras el triunfo de la revolución, fue una colmena sin tregua ni respiro, un hogar donde ni de noche se dormía. En esa casa, en lo alto de un closet, dentro de una valija vieja, yo guardaba el "tesoro" de la revolución de dónde sacábamos para gastos de urgencia y compras de armas, medicamentos, víveres, combustible y pasajes aéreos. En algún momento en esa valija llegó a haber cerca de un millón de dólares.

¿Dónde viviste en Managua durante esos meses?

Al llegar viví en Las Colinas, entonces el barrio más exclusivo de Managua, en casa de Edgard Chamorro, un publicista, y su esposa Linda González, ambos de familias muy tradicionales del país. Yo no tenía casa en Managua y esa noche, al regresar del acto en Monimbó, Ricardo Coronel, primo hermano de Edgard, me invitó a dormir ahí. Ricardo volvió al día siguiente a su hogar en Managua y me quedé con ellos cerca de un mes. Me tuve que ir por razones de seguridad, pues no podía permanecer durante largo tiempo en el mismo lugar, aunque ellos insistían en que no me fuera. Para el triunfo de la revolución, ambos se fueron al exilio y Edgard pasó a formar parte del directorio de la Contra en Miami; más tarde renunció, y denunció los vínculos de la Contra con la CIA.

Luego me dieron asilo el abogado Carlos Icaza y su esposa entonces, la escritora Vidaluz Meneses, en Colonial Los Robles, frente a la casa donde ahora vivo; y en el mismo barrio, una pareja muy joven, Guillermo y Elba Vélez, espléndidas personas como para correr riesgos conmigo sin conocerme, como digo en *Adiós muchachos*, sólo porque alguien se los había pedido. Elba era contadora en Lanica, la compañía área de la familia Somoza, y Guillermo ingeniero civil; me pusieron a dormir en el cuarto del único hijo que tenían, que me recordaba a mí mismo de niño por sus grandes lentes, y de noche le ayudaba a hacer sus tareas.

También viví en Belmonte, en la casa de un médico radiólogo, el doctor Gonzalo Ramírez, quien fue más tarde nuestro primer embajador en Venezuela, y su esposa Tita, quienes me trataron como a un hijo; siempre lamento que los visito tan poco.

Más tarde terminé refugiado en Los Altos de Santo Domingo en la casa de José Ramiro Reyes, uno de los principales accionistas de la Compañía Cervecera de Nicaragua, y su esposa Ruth Lacayo, una pareja muy bondadosa y muy cristiana; después ellos también terminaron enemistándose con la revolución, o la revolución se enemistó con ellos.

¿A qué riesgos te exponías entonces?

Los riesgos eran constantes porque con Somoza nunca podíamos saber a qué atenernos, sobre todo después del asesinato de Pedro Joaquín Chamorro, y como te dije, ignorábamos que Carter le hubiera enviado una carta que a fin de cuentas servía para proteger a los miembros del grupo. En situaciones como ésas, uno vive dentro del ojo del huracán, en un clima de tranquilidad artificial. Si uno se decide a correr riesgos, elimina el miedo de sus sentimientos, porque si no, no podría correrlos.

Cada vez que salía de una reunión clandestina de noche a encontrarme con Joaquín Cuadra o con otros jefes guerrilleros, antes de comenzar la reunión, acordábamos lo que se llama en el lenguaje clandestino "una leyenda": si nos sorprendían, yo debería decir que estaba ahí de casualidad visitando a otra persona; pero todo esto era al fin de cuentas inútil, porque si la seguridad de Somoza asaltaba una casa en medio de una reunión clandestina, no entraba preguntando, sino disparando.

De todas maneras, tomaba algunas precauciones elementales; por ejemplo, para ir de un lugar a otro en Managua, contaba con el respaldo de señoras insospechables que me servían de choferes, como doña Leonor Argüello de Hüpper, una corredora de seguros, o como doña Isolda Lacayo de Mayorga, las dos ya muertas, y como doña Virginia Cortés. Para el tiempo que viví en casa de Edgar y Linda, me prestaban su Mercedes Benz, conducido por un chofer uniformado; me sentaba en el asiento de atrás y de esa manera pasaba sin problemas los numerosos retenes de la Guardia Nacional porque me creían algún potentado.

Pero no se trata solamente de los riesgos que yo corría. Los corrían también quienes me transportaban, quienes me daban asilo, quienes prestaban sus casas para mis reuniones clandestinas, como los inolvidables personajes de mi vida, el doctor Eduardo Conrado Vado y su esposa doña Mariíta, que ponía su mano sobre mi frente con cariño maternal al verme recostar la cabeza sobre el espaldar de la silla en el corredor de su casa, derrotado por la fatiga.

¿En qué consistía específicamente tu labor?

A pesar de la oposición del gobierno somocista, y la de los ortodoxos del FSLN que buscaban como boicotearnos, nosotros no arredramos el paso y organizamos mítines en pueblos y ciudades buscando sumar ánimos para las insurrecciones que se avecinaban. En mis arengas repetía que la dictadura era un cadáver y que nosotros veníamos a sepultarlo. La gente salía a recibirnos, primero con justo temor, luego con decisión, porque a lo lugares donde entrábamos, Somoto, Estelí, Jinotega, León, Chinandega, Granada, Boaco, había fuerte vigilancia militar y los helicópteros sobrevolaban los techos, en afán de amedrentar.

Cuando los miembros del Grupo de los Doce entramos a Managua, los Ortega pensaban que era mejor integrarnos al MPU, el Movimiento Pueblo Unido, que aglutinaba a los grupos de izquierda, estudiantiles, comunales, de barrio y campesinos. Nosotros, sin embargo, tomamos la decisión política de integrarnos al Frente Amplio Opositor (FAO) que incluía, entre otros, a la Unión Nacional Opositora (UDEL) fundada por Pedro Joaquín Chamorro, al Partido Demócrata Cristiano, al Partido Conservador y al Movimiento Democrático Nicaragüense (MDN), formado por jóvenes empresarios encabezados por el ingeniero Alfonso Robelo. Fue una decisión clave. Apenas entramos al FAO, pasé a formar parte de la comisión política a nombre del Grupo de los Doce. Éramos tres en la comisión, Alfonso Robelo, el doctor Rafael Córdoba Rivas, sucesor de Pedro Joaquín en la presidencia de UDEL, y yo. El FAO apoyó la huelga general que se convocó para finales de agosto, en busca de empujar el derrocamiento de Somoza.

Por aparte, yo era el vínculo entre el Grupo de los Doce y el Frente Interno del FSLN en Managua, con cuyos dirigentes, Joaquín Cuadra hijo y Óscar Pérez Cassar, me reunía periódicamente en la casa del doctor Conrado Vado, y en la del doctor Óscar Cortés, un dentista, o en la de José Bárcenas y su esposa de entonces, Claudia Chamorro, hija de Pedro Joaquín.

¿Tú también pasaste a la clandestinidad?

A partir del 22 de agosto de 1978, cuando un comando guerrillero asaltó por sorpresa el Palacio Nacional donde sesionaba el Congreso, todos los miembros del Grupo de los Doce nos vimos obligados a pasar a la clandestinidad. Sabíamos que en cualquier momento nos podían asesinar. Ministros y diputados habían sido tomados como rehenes por guerrilleros disfrazados de soldados y Somoza, furibundo al ver que su dictadura comenzaba a fracturarse irremediablemente, se vio obligado nuevamente a negociar y a liberar presos, entre ellos, a Tomás Borge. La tensión fue creciendo y el olor de la guerra podía sentirse mientras ondeaban, ya por doquier, las banderas sandinistas.

La toma del palacio hizo que los planes insurreccionales fijados para septiembre se desbordaran, y antes de que terminara el mes de agosto centenares de muchachos estudiantes de secundaria salieron a levantar barricadas en las calles de Matagalpa, armados apenas con pistolas y rifles de cacería. La Guardia Nacional los reprimió sin piedad, y mientras tanto, se adelantó también la huelga nacional dirigida por el FAO. Vino por fin la ofensiva de septiembre, que comenzó con ataques a los cuarteles de Masaya, León, Chinandega y Estelí, y Somoza ordenó los sanguinarios "operativos limpieza", en los que cientos de jóvenes fueron ejecutados sin piedad, mientras las bombas caían indiscriminadamente sobre la población civil. La gente huía a los montes cercanos y a través de la frontera con Honduras, y bajo la ley marcial las embajadas se llenaban de asilados, entre ellos mi hermano Rogelio.

El diario Novedades nos acusó a los dos de ser parte de la "conjura criminal" y una patrulla al mando del capitán Lázaro García, uno de los esbirros de la OSN, llegó a buscarnos a Masatepe, creyendo que los dos nos hallábamos allí. Rogelio sí estaba, pero un primo nuestro, Francisco "Mordelón" Ramírez, hijo de mi tío Alberto, que andaba enrolado como paramilitar, escuchó en el cuartel las comunicaciones sobre la inminente llegada de la patrulla, y fingiendo que salía a comprar cigarrillos fue a darle la noticia a mi tía Luz, quien corrió a mi casa a prevenir a Rogelio. Dichosamente, logró salir a tiempo hacia Managua y llegar a salvo a la embajada de Panamá.

García mandó a apostar un francotirador en la torre norte de la iglesia, apuntando hacia nuestra casa, con órdenes de disparar apenas cualquiera de nosotros dos asomara la cabeza, según la noticia de mi primo. Como no aparecíamos, al rato entró a catear la casa, abriendo las puertas de los dormitorios a punta de culata. Encolerizado al no encontrarnos se llevó a mi padre a la finca San Luis, herencia de mi abuelo materno, rastreó el sitio y acabó poniéndolo de rodillas, con la pistola en la sien, amenazándolo con matarlo si no le revelaba nuestro paradero. A esas alturas ya ni siquiera le valía haber sido alcalde del partido liberal de Somoza. "Máteme si quiere", le dijo. "No sé dónde están mis hijos. Y si lo supiera, ¿cree que se lo iba a decir?"

Para ese entonces estaba escondido en la casa de José Ramiro y Ruth, en los Altos de Santo Domingo, y de allí salí hacia finales de septiembre cuando la OEA anunció la formación de una comisión mediadora formada por Estados Unidos, República Dominicana y Guatemala. La comisión política del FAO iba a ser la contraparte, y fuimos a reunirnos con el embajador Mauricio Solaún en la embajada norteamericana para discutir los términos de la negociación, en la que para mí lo más importante era detener los bombardeos y las masacres por medio de un alto al fuego.

Todo lo que vino después en el proceso de negociación que duró hasta mediados de diciembre, cuando los miembros del grupo de los Doce buscamos asilo en la embajada de México, porque la negociación tomaba un cariz favorable a Somoza, lo discutía con Joaquín Cuadra hijo en nuestras reuniones clandestinas, y con Pérez Cassar; ellos, y otros del estado mayor del Frente Interno, como Dora María Téllez, eran quienes se jugaban la vida y dirigían la guerra en el propio campo de batalla.

Por tanto conocían mejor la situación, y muchas veces se resistían a obedecer las instrucciones que les dictaban Humberto y Daniel desde Costa Rica. Eso abrió un flanco de conflictos dentro del tercerismo.

¿Qué líderes de otras naciones les brindaron inicialmente apoyo? ¿De dónde sacaron el armamento necesario para librar la batalla?

En un inicio, casi todos fueron gobernantes latinoamericanos. Don Pepe Figueres, que era anti somocista a muerte, entregó todo el arsenal que conservaba enterrado desde la guerra civil de 1948, incluida una ametralladora calibre 50 arrancada al ala de un avión de combate. Además nos permitió instalar los transmisores de Radio Sandino en su hacienda La Lucha. Su apoyo fue ilimitado. Siempre lo respeté mucho como político, y por ser un hombre valiente e íntegro, el gran estadista del siglo XX en Costa Rica.

También nos tendió la mano el general Torrijos, parrandero y simpático, a quien conocí en 1976 en su casa de Farallón en Panamá. Lo admiraba también por la habilidad que demostró para negociar con Estados Unidos hasta lograr la firma del Tratado del Canal, al grado que llegó a sumar entre los partidarios del tratado a John Wayne, con lo que se echó en la bolsa a no pocos senadores republicanos, de los más recalcitrantes. Fue una de las grandes figuras históricas de Centroamérica. En nuestras largas conversaciones se mostraba entusiasmado con la estrategia seguida por el Grupo de los Doce. "Eso es correcto, nada de radicalismos. A los yanquis, hay que enfrentarlos con cuidado. Se puede jugar con la cadena, pero no con el mono", me decía envuelto en el humo de su puro Cohiba.

Carlos Andrés Pérez, desde que recibió a Felipe Mántica en el Palacio de Miraflores, como presidente del gobierno provisional, nos entregó cien mil dólares mensuales que recogía cada vez el doctor Cuadra Chamorro en Caracas, y que luego siguió entregando su sucesor demócratacristiano, Luis Herrera Campins. Con Carlos Andrés establecí una amistad que dura hasta el día de hoy, cuando a sus ochenta años vive exiliado en la República Dominicana. Lo visité dos veces en Caracas, prisionero en su casa, y ahora siempre hablamos por teléfono.

Y otra figura clave, por supuesto, es la del presidente Rodrigo Carazo, que abrió las puertas de su país a todos los exiliados y refugiados, encabezó al frente diplomático para aislar a Somoza, permitió el trasiego de armas, y toleró que el territorio de Costa Rica sirviera de retaguardia al Frente Sur. Un hombre cálido, ecuánime y franco, que a la vez que buscaba convencer a Carter de que mientras más pronto se fuera Somoza, mejor, no ponía reparos en que las armas enviadas por Fidel Castro pasaran por territorio costarricense.

Y, por supuesto, Fidel Castro, que una vez establecida la unidad de las tres tendencias del FSLN, bajo su propio patrocinio, volcó toda la ayuda material y militar, recomendando siempre que se distribuyera por partes iguales entre las fuerzas pertenecientes a las antiguas tendencias. Pero esto no era realista, porque la tendencia tercerista era la más fuerte, y las armas más sofisticadas, cañones sin retroceso, ametralladoras de múltiples bocas, morteros, fueron a dar principalmente al Frente Sur, eminentemente tercerista, donde se libraba una verdadera guerra de posiciones.

Después, al triunfo de la revolución, fue la generosidad de José López Portillo, entonces presidente de México, la que siempre nos permitió agregar mucho más a las ya enormes listas con las que nos aparecíamos en su oficina: petróleo, medicamentos, materiales de construcción, embarques completos de alimentos de la Conasupo, y hasta una flotilla de helicópteros que estuvieron durante varios meses al servicio de la Campaña de Alfabetización. Y también nos brindó apoyo político y diplomático durante la lucha. Fue el primero en romper relaciones con Somoza, en un acto concertado con nosotros.

Me contó Gabo que efectivamente Carlos Andrés Pérez mandó un avión lleno de armas, después de que fue a solicitarle su ayuda, pero que al hacer éste escala en Panamá, Torrijos se quedó con la mitad del cargamento. "Pero lo pagó con creces —me dijo— porque luego compensó con lo doble". ¿Qué sabes tú de esto?

Alrededor de Torrijos había siempre gente que buscaba su propio provecho, y trataba de hacer negocio aún a costas de las necesidades de una guerra. No dudo que haya ocurrido algo parecido, o que Torrijos haya juzgado que era necesario guardar una parte de las armas por razones logísticas. Y si hubo algún dolo, y Torrijos se dio cuenta, lo reparó, efectivamente, y de qué manera. Panamá era el puente principal del abastecimiento de armas que venían de Venezuela, Cuba y otros lugares hacia Costa Rica, desde donde entraban a Nicaragua, y se transportaban principalmente en un avión al que llamábamos "la cajeta", por su extraña forma de cajón de lata.

El tinglado del teatro geopolítico

Me gustaría detenerme en el 20 de julio de 1979 cuando los cinco miembros de la Junta de Reconstrucción Nacional (Violeta Barrios viuda del asesinado periodista Pedro Joaquín Chamorro, Alfonso Robelo, Daniel Ortega, Moisés Hassan y tú), trepados en la cisterna de un camión de bomberos que dejaba oír hasta el aturdimiento su sirena, entraron triunfantes, entre aplausos y gritos, a la Plaza de la República en Managua, y tú creías "que sí se pudo voltear el mundo al revés".

Ese día está entre los más inolvidables de mi vida. La Guardia Nacional había huido el día antes en desbandada y el enviado de los Estados Unidos, William Bowdler, con quien yo había negociado por varias semanas en Costa Rica la salida de Somoza, y antes, desde septiembre de 1978, cuando llegó a Managua encabezando la misión mediadora de la OEA, me dijo muy sonriente al finalizar el acto: "Al fin en palacio". Luego, el arzobispo de Managua, monseñor Miguel Obando y Bravo, bendijo a los miembros de la Junta de Gobierno.

Nos sentíamos con el poder de barrer con el pasado, establecer el reino de la justicia, repartir la tierra, enseñar a leer a todos, abolir los viejos privilegios, expulsar a los mercaderes del templo, restablecer la independencia de Nicaragua y devolver a los humildes la dignidad que les había sido arrebatada por siglos. Era ése el primer día de la creación. El futuro era una esperanza, y el entusiasmo y la incredulidad se desbordaban como un magma hirviente que tardaría en aplacarse.

Ese día y los que siguieron, no dejaban espacio para la duda. Más de sesenta mil jóvenes, de todos los estratos, se volcaron a la Campaña de Alfabetización, una verdadera escuela de conciencia que logró mágicamente hacer descender el analfabetismo de 70% a 12%. Estos muchachos partieron a los parajes más recónditos de Nicaragua para enseñar a otros a leer y a escribir, para ayudar en las cosechas a los campesinos a los que al mismo tiempo alfabetizaban, para integrar al país en uno solo, y mis hijos iban entre ellos.

El entusiasmo de crear una nueva Nicaragua, más justa, más ética, era una fuerza centrífuga que nos envolvió a todos. Nuestro idealismo era tal que, como lo hicieron muchos otros, Rogelio mi hermano y yo le pedimos a mi madre que donara a la revolución las tierras de la finca San Luis, que heredó de mi abuelo Teófilo en Masatepe. Ella, con su fe puesta en nosotros, aceptó.

Hoy, con la perspectiva del tiempo, reconozco que ese 20 de julio fue el clímax del sandinismo, el punto más alto de nuestro idealismo. A partir de ese día, ajenos a las consecuencias de la enorme empresa que teníamos por delante, comenzaríamos a improvisar para alcanzar "un mundo nuevo", y al mismo tiempo, sin percibirlo, a emprender el camino que nos llevaría a la derrota de 1990. Pasternak dice en *Doctor Zhivago* que cuando los ideales se convierten en leyes, pierden algo de sí mismos, y cuando esas leyes se aplican, pierden aún más. Eso pasó con nosotros.

¿Cómo es que Daniel Ortega queda como cabeza de la Junta de Reconstrucción Nacional y luego como presidente de Nicaragua?

Cuando regresé de Cuba a comienzos de febrero de 1978, tras interrumpir mi participación como miembro del jurado del Concurso de la Casa de las Américas, seguía encendida la insurrección de Monimbó. Humberto Ortega me dijo que el candidato a Jefe de Gobierno iba a ser yo, que ésa era la decisión que los terceristas habían tomado tras el retiro de Felipe Mántica del Grupo de los Doce, que se produjo en diciembre, por razones familiares. Luego, a medida que la lucha crecía, y se sumaban fuerzas, se impuso la necesidad de una Junta de Gobierno, que tras un período de difíciles negociaciones, de modo que representara de manera balanceada a diversos sectores, se conformó en junio de 1979, y fui designado su vocero. Comparecimos en el acto de presentación de la Junta, en el Hotel Costa Rica, doña Violeta, Alfonso Robelo y yo, porque Moisés Hassan se hallaba combatiendo en los barrios orientales de Managua, y Daniel Ortega, aunque vivía en San José, oficialmente no podía reconocer su presencia allí.

Humberto, mediante una astuta maniobra política, metió a Daniel en la Junta, en franca oposición al acuerdo de la Dirección Nacional del FSLN, recién formada por las tres tendencias, que establecía que ninguno de sus miembros podía estar allí y que el representante del FSLN en la Junta era yo. Guardo la transcripción de una comunicación por radio donde Jaime Wheelock le hace a Humberto este reclamo.

Dos semanas después del triunfo, la revista *Time* publicó una nota con mi foto titulada "The most unlikely man to succeed Somoza". En el texto se establecía la distancia entre un dictador como Somoza, y un intelectual, académico y escritor, como yo. Lo más "unlikely" que podía ocurrir, pero es lo que se daba como un hecho; y quien persuadió al periodista de que yo era el mejor dotado para encabezar el gobierno, fue el padre Miguel D'Escoto, experto en comunicaciones graduado en la Universidad de Columbia, y que años después cambiaría radicalmente en contra mía, con toda ferocidad. Vueltas ingratas que da la vida.

Sin embargo, cuando al final se tomó el poder, habían pesado más los factores militares que los políticos, y mis posibilidades de ser cabeza de la Junta estaban perdidas, junto con las posibilidades reales de la propia Junta de ejercer el poder. Los nueve comandantes de la revolución decidieron asumirlo directamente, y sobreviví ahí simplemente porque me convertí en el intermediario entre ellos y el gobierno civil, pues yo era quien presidía las reuniones del gabinete las más de las veces, y me entendía con los ministros. Pero el poder era algo más complejo que eso, tenía que ver con las decisiones sobre los alineamientos geopolíticos, las relaciones con Cuba, que se llevaban en niveles secretos, el apoyo bélico a la guerrilla en El Salvador, los tratados militares con la Unión Soviética, la organización y crecimiento del nuevo ejército, el aparato de seguridad del estado… con todo eso, ni la Junta ni el gobierno civil tenían ninguna injerencia.

Daniel, como el único miembro de ambos órganos, se convirtió en el líder natural, aunque le costó mucho abrirse camino debido a los celos y reparos de otros comandantes de la revolución, principalmente quienes provenían de la tendencia de la guerra popular prolongada. Doña Violeta y Robelo renunciaron muy pronto a la Junta de Gobierno, sintiendo que se habían convertido en simples elementos decorativos.

¿Cómo se dio, al conquistar el poder, la unidad de las distintas facciones del Frente Sandinista, que estuvieron tan en pugna durante el proceso?

No había duda que la tendencia tercerista era no sólo la más numerosa, como te dije, sino también la mejor armada; además de contar con las mejores relaciones internacionales y alianzas políticas dentro del país. Esto era una consecuencia de la estrategia seguida a partir de la ofensiva de octubre de 1977 y de la aparición del Grupo de los Doce.

Como los terceristas no exigían credenciales estrictas de pureza ideológica para ingresar a las filas insurreccionales, estas filas se habían ido nutriendo rápidamente. A pesar de esto, la unidad con las otras tendencias se veía como una necesidad ineludible, y en este asunto quien más presionaba era Fidel Castro. A comienzos de 1979, invitó a los dirigentes de las tres tendencias a una reunión en La Habana y ahí se acordó finalmente, la firma de un acuerdo de unidad, aunque esta firma se hizo en Panamá en los días siguientes, en el apartamento de Will y Mercedes Graham, en El Cangrejo.

La base para alcanzar este acuerdo fue que los terceristas aceptaran que en la conformación de una Dirección Nacional conjunta de nueve miembros, las tres tendencias debían estar representadas por partes iguales, y que en adelante, cualquier suministro militar o apoyo económico recibido, como te dije también, debía ser también repartido por partes iguales.

Es probable que los terceristas hubiéramos podido ganar la guerra contra Somoza por nosotros mismos, pero en ese caso, se hubiera abierto una lucha interna en el país, seguramente muy sangrienta. De modo que me parece que fue sabio solucionar las disputas de poder de antemano y crear un equilibrio político, que aunque sujeto a muchas dificultades, logró sobrevivir por toda una década.

La necesidad de conservar este equilibrio, es lo que hizo difícil para Daniel Ortega erigirse en caudillo; y lo que provocó, al final de cuentas, la deserción de Edén Pastora porque solamente eran nueve, y nadie podía romper ese equilibrio. Edén había quedado fuera al conformarse la Dirección Nacional, como quedó fuera nada menos que Germán Pomares, también del tercerismo, una de las figuras verdaderamente míticas de la revolución, comandante del Frente Norte, quien murió en combate poco tiempo antes del triunfo, en la toma de la ciudad de Jinotega. Su muerte fue ocultada para no causar desánimo en los combatientes, y ese episodio fue utilizado en la película *Under Fire* sobre la lucha sandinista, que se filmó pocos meses después.

¿Cuál fue la reacción del presidente Jimmy Carter ante el triunfo?
El 24 de septiembre de 1979 invitó a la Junta de Gobierno a la Casa Blanca, y fuimos Daniel, Alfonso Robelo y yo quienes concurrimos a la cita. Su preocupación mayor era que no interviniéramos en los asuntos de los países vecinos, principalmente en los de El Salvador. Insistió en el no alineamiento, en el respeto a los derechos humanos y en la democracia efectiva. Como prueba de su buena voluntad, nos ofreció un crédito de sesenta millones de dólares para la reconstrucción del país, que nunca fue totalmente desembolsado. Fue un encuentro cargado de desconfianza y escepticismo mutuo. Carter era directo y franco, uno de esos hombres que atiende a la voz de su conciencia y que, por eso, terminó derrotado por las paradojas del poder. Quizá tenía más buena fe que nosotros, empeñados en que

Estados Unidos era nuestro enemigo secular e inevitable, independientemente de quien fuera el presidente de turno. Cuando al comienzo de la reunión Daniel intentó un largo discurso retórico, enlistando los agravios de Nicaragua con Estados Unidos, Carter lo detuvo con un gesto de la mano, y dijo sonriendo: "Si usted me promete no achacarme la conducta de mis antecesores, yo le prometo no achacarle la de los suyos". Esa mañana, sentados a la mesa del salón de sesiones del gabinete de la Casa Blanca, no imaginábamos ni de lejos lo que significaría tratar con Reagan.

Y efectivamente, para 1981 ascendió Ronald Reagan y ya nunca más les daría tregua...

En un principio, el cambio no parecía que iba a ser tan abrupto, aunque habíamos leído su plataforma de gobierno, y sabíamos que se trataba de un fundamentalista intransigente. A través del subsecretario de Estado, Thomas Enders, que visitó Nicaragua en agosto de 1981, intentó que suspendiéramos los embarques de armas a El Salvador, y se cubrió imponiendo un castigo preventivo: suspendió la ayuda ofrecida por Carter a Nicaragua, aún a medio desembolsar. Nosotros respondimos de manera evasiva ante la propuesta de Enders porque no estábamos dispuestos a renunciar al apoyo militar al FMLN. A partir de entonces, pasamos a ser los malos de la película y Reagan creó a la Contra, con el pretexto de impedir los suministros a El Salvador.

En realidad, por una larga historia de intervencionismo norteamericano en Nicaragua, a lo largo de casi un siglo, nosotros también éramos fundamentalistas y profundamente antiyanquis. Más que por una cuestión geopolítica, por una postura idealista como la que tuvo Sandino. De modo que a la par que Reagan estaba convencido de que había que destruir el "cáncer" que estaba creciendo en el corazón de Centroamérica, nosotros,

El compositor Alejandro Ramírez, bisabuelo paterno.

El abuelo materno, Teófilo Mercado.

De un año, con su hermana Luisa.

Arriba: La casa familiar en Masatepe.
Abajo: En el balneario de La boquita, 1947.

Primera Comunión, con Luisa; al pie, Rogelio, 1949.

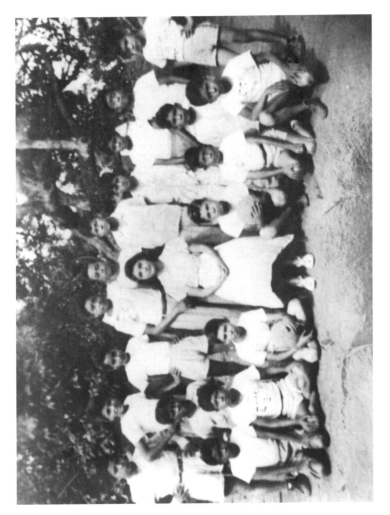

Equipo infantil de futbol, 1951.

Los Ramírez, 1954.

La generación de la autonomía, 1959.

Con Mariano Fiallos Gil, medalla de mejor alumno, 1962.

Arriba: Ceremonia de graduación de abogado,
con sus padres. León, 1964. *Abajo*: Con Gertrudis

Con sus hermanos Lisandro y Rogelio, Masatepe.

Con su madre, sus hermanos Luisa y Rogelio, sus hijas María y Dorel, y sus sobrinas Lolita, Luisa María, Beltrán y Luisa Carolina, en su casa de Managua, 1987.

Con Fernando de Syzslo y Marta Traba. San José, 1971.

Con Antonio Skarmeta, Juan Rulfo y Julio Cortázar. Frankfurt, 1976.

Con Julio Cortázar. Frankfurt,1976.

Llegada de los Doce a Managua, agosto de 1978.

La casa familiar en Masatepe.

Arriba: Con Telma Nava, Efraín Huerta y Gabriel García Márquez. Cuernavaca, 1979. *Abajo*: Con Fidel Castro, Daniel Ortega y Maurice Bishop. Managua, 1979.

Naciones Unidas, 1979. Con Kurt Waldheim, Secretario General, Alfonso Robelo y Daniel Ortega, miembros de la Junta de Gobierno.

En su casa de Managua, 1985, con Carlos Mejía Godoy, Vidaluz Meneses, Ernesto Mejía Sánchez, Lisandro Chávez, Carlos Martínez Rivas, José Coronel Urtecho, Daisy Zamora, Luisa Rocha, Ernesto Cardenal y Armando Morales.

Arriba: Con Nicolás Guillén. La Habana, 1985.
Abajo: Con Margaret Tatcher. Londres, 1986.

Arriba: Con Ernesto Cardenal.
Abajo: Con Günter Grass. Sttutgart, 1983.

Con Juan Pablo II. Ciudad del Vaticano,1986.

Campaña electoral de 1989. Con Daniel Ortega. Subtiava, León.

Arriba: Con Mario Benedetti.
Abajo: Con el presidente Vaclav Havel. Managua, 1990.

Con Carlos Fuentes, García Márquez y William Styron. México, 1992.

Arriba: Con Eliseo Alberto. Gijón, 1998.
Abajo: Con José y Pilar Saramago y Gertrudis. Madrid, 1999.

Con Willi y Mercedes Graham, Gertrudis, Antonia Vivas y Silvia Cherem. Managua, 2003.

por nuestra parte, estábamos convencidos que era necesario extender la revolución y apoyar a las guerrillas en Centroamérica. Pensábamos, de manera elemental, que extendiendo el teatro de guerra, estaríamos mejor protegidos frente a una invasión norteamericana, por aquel viejo mito de uno, *dos*, tres Vietnam...

Pero tú eras un intelectual, y también pensabas "de manera elemental"...

Es cierto, intelectual o no, no había espacio para las complejidades porque te arrastraban los alineamientos rotundos. Una revolución que no despertara la hostilidad de Estados Unidos, se volvía sospechosa de no ser una revolución verdadera. A mí me tocó ser el primero en reunirme con Enders cuando visitó Nicaragua y escuché lleno de escepticismo sus advertencias de que ellos nos respetarían sólo en la medida en que no nos metiéramos en El Salvador. Nunca creímos en la sinceridad de Reagan y actuamos en consecuencia. A partir de allí se abriría una década de guerra que destruyó al país.

Y hoy, con otra lectura, ¿crees que Enders era honesto, que Reagan hubiera actuado diferente sin el apoyo del FSLN al Salvador?

No sé, no puedo correr la historia hacia atrás ni responder por el Sergio del pasado. Era otra persona, con otra visión mucha más rotunda del mundo. Queríamos ser independientes a toda costa y no aceptábamos que nos dieran órdenes; el imperialismo era una palabra maldita. Si queríamos enviar armas a El Salvador, ése era asunto nuestro y era, además, nuestro deber. Hoy veo mucho de ingenuidad, de arrogancia, de improvisación, en esa conducta. Éramos inmaduros, bastante dogmáticos, y además, como te digo, desconfiábamos a muerte de Estados Unidos. En ese momento no había espacios para la reflexión, y ni Reagan, ni nosotros, estábamos dispuestos a ceder nada.

Llegó un momento en que ya no estábamos ni siquiera dispuestos a negociar. Cuando el presidente Miguel de la Madrid auspició una serie de conferencias en Manzanillo tendientes a la paz, nos sentábamos tanto ellos, como nosotros, sólo a ganar tiempo, pretendiendo que el conflicto iba a resolverse por la vía militar. Hoy, cuando recuerdo esos años de muertes, ausencias y pérdidas, pienso que Estados Unidos tiene una deuda histórica con Nicaragua y que debería de pagarla; y que nosotros tenemos también una deuda con nuestro propio pueblo.

Me cuesta trabajo creer que sólo había un interés "romántico" de apoyar a los salvadoreños y que ustedes no se habían ya aliado a Cuba o a la URSS...

Antes del triunfo de la revolución no habíamos tenido ni el menor acercamiento con la URSS, y hasta antes de la firma del acuerdo de unidad, Cuba desconfiaba de nosotros, los terceristas. En enero de 1978, cuando las posibilidades de derrocar a Somoza se iban acercando, fui a Cuba con Ernesto Cardenal con el pretexto de ser jurado del concurso Casa de las Américas, el viaje de que ya te hablé, e intentamos infructuosamente abrir comunicación con Fidel.

Los terceristas no teníamos canales con él, sólo el grupo tradicional de Tomás Borge. Desconfiaba de nosotros porque estábamos "aliados con la burguesía", y según el viejo catecismo eso era un pecado mortal. La URSS, por su parte, apoyaba al Partido Socialista, encabezado por los viejos dirigentes sindicales comunistas, que estaba por la lucha cívica y no por la lucha armada. El primer enviado de la URSS, de nombre Vladimir, me lo mandó Gabo a Managua desde México en 1979, y fue ese funcionario quien tramitó la apertura de relaciones diplomáticas. Antes, no habían asomado ni las narices. Hasta mayo de 1980, la primera misión oficial nicaragüense, encabezada por

146

Moisés Hassan como miembro de la Junta, y donde iban Tomás Borge y Henry Ruiz en representación de la Dirección Nacional, fue recibida en Moscú, y se firmaron entonces los primeros convenios de cooperación.

Pero es obvio que, en plena guerra fría, había una inevitable lucha de fuerzas en términos de poder político y geopolítico entre Estados Unidos y la URSS, y que ustedes tendrían necesariamente que responder a alguno de los dos lados de la balanza...

Reagan, soberbio y arrogante, destinó cientos de millones de dólares a financiar a la Contra para acabar con nosotros e intentó convencer a los gobiernos de Europa que el asunto de Nicaragua ponía en riesgo la seguridad de los Estados Unidos, cabeza de la OTAN. Lo mismo procuró hacer con los gobiernos latinoamericanos, y en las Naciones Unidas, presentando el asunto de Nicaragua como un problema de seguridad. Pero, en contra de esa prédica, Nicaragua resultó electa miembro del Consejo de Seguridad de la ONU.

Salvo los gobiernos centroamericanos, y aquellos como Chile y Argentina, regidos por dictaduras militares, América Latina no se plegó a la voluntad avasalladora de Reagan, y más bien buscó formas de mediación y entendimiento, que llevaran a la paz; de esa voluntad nació el grupo de Contadora, formado por México, Venezuela, Colombia y Panamá, y el grupo de apoyo a Contadora, al que se integraron luego Brasil, Ecuador, Perú, Uruguay y Argentina, ya bajo el gobierno de Alfonsín. Y en la última fase, aún los gobiernos de Centroamérica buscaron su propio camino contrario a la guerra, hasta la firma de los acuerdos de paz de Esquipulas.

Los gobiernos europeos con una perspectiva anticomunista, como el de Margaret Thatcher en la Gran Bretaña, se sumaron a Reagan sin cuestionamiento. En una ocasión, en 1986, que aceptó recibirme en Downing Street bajo las normas de un protocolo severo, la escuché recitar casi de memoria los informes suministrados por los servicios de información norteamericanos en los que se exponía nuestro alineamiento soviético, nuestros crímenes en contra de la democracia y los derechos humanos. Ante sus ojos, como ante los de Reagan, éramos los hijos predilectos de la maldad. Pero que estábamos recibiendo armas de la URSS desde 1980, no era ninguna mentira, la URSS nos armó a nosotros, y los Estados Unidos a la Contra.

Sin embargo, otros países europeos no se tragaron ese juicio simplista, y creyeron que era posible retener a Nicaragua dentro del campo occidental, ofreciendo un balance de apoyo frente al campo soviético. El presidente Mitterrand nos otorgó suministros militares, helicópteros y lanchas artilladas, Papandreu, el primer ministro socialista de Grecia, nos entregó fusiles. No nos veían como un peón de los intereses soviéticos en Latinoamérica, sino como a un país al que no se quería dejar escoger su destino y que por tanto, arriesgaba desplazarse hacia el otro campo. Y, por supuesto, querían que ese destino fuera democrático, un pensamiento del que también participaban Olof Palme, Willy Brandt, Bruno Kreisky, Felipe González, Mario Soares. Que este deseo de que nos mantuviéramos en un no alineamiento verdadero coincidiera con las miras de los pro soviéticos dentro de la Dirección Nacional del FSLN, es asunto aparte; algunos de ellos veían nuestra "salvación estratégica" en nuestro traslado al campo de la URSS.

Sin embargo, a medida que la guerra fue avanzando, Nicaragua se convirtió, por la fuerza de las circunstancias, en una pieza más del ajedrez geopolítico. Sin el apoyo de la URSS, no hubiera sido posible librar la guerra, pero no nos proveían de armas porque les interesara Nicaragua como una cabeza de playa en su confrontación global contra Estados Unidos. A sus ojos, aún antes de la llegada de Gorbachov, no éramos un aliado estratégico. La prueba está que cuando prometieron una escuadrilla de aviones Mig, a la menor señal de disgusto de los Estados Unidos abandonaron el compromiso, y el aeropuerto militar que se construyó para operarlos al lado del lago de Managua, a un costo inmenso, quedó inservible.

¿En qué medida sientes que doblegaste tus principios por un pragmatismo político?

Yo sentía que de alguna manera nos aprovechábamos de los gobiernos de Europa Occidental para afianzarnos con la URSS, pero esa era la triste decisión de la máquina de la que yo formaba parte, y detrás de ella estaba nada menos que la supervivencia. Armas y vituallas de guerra, materias primas, tractores, fertilizantes, petróleo, todo venía de la URSS. Fue Gorbachov quien entró a decirnos que aquello no podía continuar, que debíamos entendernos con Estados Unidos para dejar de ser una carga de los soviéticos.

Te lo pregunto, porque no tardó la revolución en convertirse en marxista y totalitaria; en darle la espalda a la iniciativa privada, a los empresarios que estuvieron de su lado. Humberto Ortega declaró que, en caso de una invasión de Estados Unidos, como tú mismo lo has recordado, "iban a faltar postes para colgar a todos los burgueses".

Todo fue muy cambiante, siempre había discursos conciliadores y discursos radicales, y gestos conciliadores, y gestos radicales también. Si es cierto que hubo empresarios privados perseguidos y expropiados, también es cierto que no pocos se aprovecharon de los créditos bancarios blandos, y de las ventajas de los tipos de cambio para comprar insumos y maquinarias a precios regalados. En aquella situación de guerra, la amenaza irreflexiva de Humberto fue su manera de echar al pueblo contra los empresarios, que habían emitido un manifiesto en el que apoyaban políticamente a la Contra. Y ninguno de los dos fue un acto de sabiduría política.

En mí mismo hubo una especie de esquizofrenia. Una parte de mí reconocía que la revolución se estaba desviando, que la guerra estaba desgarrando a Nicaragua y generando una sociedad sin matices —o se estaba a favor del sandinismo o se era un enemigo a muerte—, y que esto inevitablemente corroía las bases de la convivencia social en el país, liquidaba la posibilidad de un proyecto democrático y cerraba las puertas a muchos de los pobres que eran la base de nuestro ideario, pues no todos eran necesariamente sandinistas, y otros, aún siendo pobres, se hacían adversarios a muerte de la revolución.

Pero, por otra parte, con base en esa fidelidad absoluta que imperó entonces, pensaba que el Frente Sandinista representaba nuestra única posibilidad para democratizar al país e impulsar el cambio, y creía que las circunstancias nos obligaban a sumar fuerzas, no a dividirnos. Dividirnos, era la derrota. Los problemas de la democracia, de la apertura, de la tolerancia, iban a arreglarse cuando dejáramos atrás la guerra.

Me contentaba con creer que la revolución acabaría por moderarse. Quizá por ello, nunca me atreví a criticar públicamente los desmanes y las torpezas. Pensaba que ese silencio era parte del costo que debía pagar para lograr una salida en la que pudiera influir. Para que se adelantaran las elecciones de 1990, en busca de acabar con la guerra, yo intervine, creía que al ganar esas elecciones, con el país en paz, estaríamos obligados a abrir nuevos espacios de pluralismo. Además, no olvides que siempre pesa ser un hombre de partido, y yo, al fin y al cabo, fui un hombre de partido hasta que cayó la gota que derramó el vaso.

Según entendí al platicar con tus tías y con algunos familiares de Tulita, hasta en tu familia hubo serios desgarramientos entre quienes apoyaron a la revolución y quienes pensaron que había que huir cuanto antes de Nicaragua. Cuéntame cómo te afectaba que los bandos se radicalizaran de manera tan tajante, sobre todo cuando constatabas esta realidad también en tu micro cosmos, en tu familia misma.

Los Mercado ya para entonces estaban casi todos muertos, y arruinados los que quedaban, y no tenían por tanto nada que perder. Sólo quedaba Napoleón Tapia, esposo de mi tía Rosita, que había sido senador, y sus bienes fueron expropiados. Por el lado de los Ramírez, hubo escisión: una parte se fue con el sandinismo, pero muchos otros se quedaron siendo liberales somocistas. Mi tía Laura, que tenía bienes heredados de su marido, se volvió profundamente antisandinista, y no por somocista, porque su marido había sido siempre opositor a la dictadura. Un día me fue a buscar, temerosa de que los campesinos armados, que reclamaban tierras, le expropiaran su hacienda en Boaco. "Vos sabés que la familia de nosotros ha sido siempre proletaria, tu abuela hacía rosquillas", me dijo, y no dejó de darme risa su recurso de defensa. Se salvó de milagro mi tía Laura, porque si los campesinos hubieran tomado sus tierras, yo no hubiera tenido el poder para sacarlos.

Los problemas mayores vinieron con la familia de Tulita, en León. Algunos eran gente de dinero y fueron afectados. A don Ramiro Ortiz, a quien yo quería mucho y que para Tulita fue una persona entrañable, le hicieron tropelías. Le quitaron las fincas, que eran muy productivas, para desorganizar y destruir todo lo que ahí había. Era un agricultor eficiente y un buen hombre. Me venía a ver a mi casa y me sentía impotente de no poder ayudarlo. León era la cuna del radicalismo más exacerbado, y el alcalde de León, Luis Felipe Pérez, tampoco podía hacer nada.

¿Sentían que la revolución los rebasaba?

A ratos, así era, sobre todo al principio. Como sucede en cualquier alzamiento popular, la gente se hizo cargo de las armas y se sentía dueña del poder. Además, la propaganda misma insistía: "trabajadores al poder" y, para nosotros resultaba imposible ordenar que los campesinos se salieran de las fincas que invadían, aunque se tratara en algunos casos de oportunistas. La dirigencia de la revolución, por paternalismo, se comportaba a veces como rehén. Si unos campesinos se metían a una finca y reclamaban que la finca era suya, nosotros jamás íbamos a proceder a sacarlos, se volvía un asunto de principio dogmático, eran campesinos, y la revolución era de los campesinos. A productores como don Ramiro había que haberlos ayudado y protegido, eran los que sabían producir. Y había centenares como él.

Tulita me contó que, cuando al término del sandinismo, él quiso volver a comprar sus tierras, uno de los beneficiarios, que había sido trabajador suyo, le dijo: "Aquí esta su finca, don Ramiro, se la estamos guardando", porque él gozaba del afecto de sus empleados. Les pagaba bien, les daba medicinas, máquinas de coser a las mujeres para que tuvieran otro ingreso, maestros para los niños.

Sí, un caso curioso, los mismos trabajadores le devolvieron todo porque había sido un patrón honesto. Cuando invadieron su finca, Tulita había hablado con Jaime Wheelock, ministro de Reforma Agraria, y su respuesta fue que no podía sacarlos, porque "habían peleado". Es decir, les costaba la causa. Daniel también se apoyaba en ese tipo de argumentos, uno tenía que estar siempre del lado del pueblo, aunque los reclamos fueran injustos. Fue la razón de la sinrazón. Los de abajo se creían dueños de la razón y los de arriba carecíamos del poder, o de la voluntad, para hacerlos entrar en razón.

Y cuando la revolución dispuso, desde una perspectiva marxista, que las tierras estarían en manos del Estado y que los campesinos iban a conformar cooperativas para trabajarlas, vino la rebelión porque todo el mundo quería su título de propiedad que pudiera vender o heredar, hasta los que nunca habían sido campesinos. Estaba el derecho legítimo de los campesinos sin tierra, que era un derecho histórico, y esos campesinos desheredados se sintieron engañados al negárseles el título, y muchos fueron a dar a las filas de la Contra. La revolución rectificó ese error, aunque era ya tarde. Pero además, todo el que había peleado sentía que tenía que ser finquero, aunque nada supiera del cultivo de la tierra.

Pienso que la revolución fracasó en el momento en que no fue capaz de cumplir su promesa de entregar títulos de propiedad a los campesinos sin tierra, y en hacer, por otro lado, una alianza seria con los sectores productivos, gente como don Ramiro Ortiz. Pero era "burgués", y como en esa ideología primitiva los burgueses eran malos por naturaleza, no hubo ya nada más que hacer.

¿Tenías conciencia entonces del absurdo?

Me daba cuenta cómo, en los primeros meses, los campesinos tomaban unidades de producción totalmente organizadas, destazaban las vacas de raza y las carneaban. Pero la lógica estaba contra uno, sobre todo cuando el poder estaba aún disperso entre las unidades guerrilleras: "eso era del pueblo". Ni a Tomás Borge, ministro del Interior, le hacían el menor caso. Recuerdo una vez que al triunfo de la revolución, a finales de julio o principios de agosto, Tomás llegó a Matiguás, un poblado de Matagalpa, en donde había un montón de guardias presos. Una parte del pueblo decía que esos guardias habían sido buenos y quería liberarlos, y otra parte, alegaba que eran unos criminales. La autoridad local estaba conformada por los guerrilleros de esa zona.

Después de escuchar a las partes sentenció que esos guardias no habían cometido ningún crimen y dio órdenes de que los liberaran. Cuando salió de regresó a Managua, los guardias fueron apresados nuevamente. Al triunfo de la revolución no había ningún poder central capaz de ir a decirle a la gente lo que era justo y lo que era injusto.

En Adiós muchachos *cuentas que en 1983, cuando Olof Palme los visitó, les advirtió: "tengan cuidado, se están alejando del pueblo".*

Le ofrecimos una recepción en el antiguo Country Club y los dirigentes nos recluimos con él en un recinto cerrado, mientras todos los demás invitados se quedaban en los salones. Esto del aislamiento en las fiestas, que era una costumbre adoptada de Cuba, a Olof Palme no le gustó, lo vio como una muestra de arrogancia.

Y cuando la explosión de entusiasmo de los primeros momentos comenzó a asentarse, se impuso la burocratización y la espontaneidad se convirtió en un estorbo. Los dirigentes, colmados de intermediarios, dejamos de escuchar a la gente. El poder, con sus reglas, era como una máquina que se alimentaba a sí misma, un animal que comenzaba a comerse sus propios detritus.

En aquellos primeros años, también llegó el papa a Nicaragua y los reprendió severamente, ¿por qué?

Nicaragua se había convertido en un laboratorio para la teología de la liberación y el papa, que tenía una idea mucho más extrema de lo que en verdad estaba ocurriendo en Nicaragua, vino a aplastar con cañones de calibre exagerado lo que él consideraba "un intento de rebelión". Recién bajado del avión, me dijo antes de subir a la plataforma de ceremonias donde los miembros de la Junta de Gobierno escucharíamos con él los himnos de Nicaragua y El Vaticano: "Son jóvenes ustedes. Pero van a aprender, van a aprender". Él creía erróneamente que la teología de la liberación tenía un vasto poder en Nicaragua, lo que no era así, y no estaba dispuesto a aceptar una escisión de la iglesia. De todas maneras, la imagen de agresión contra el papa que se difundió a la hora de la misa televisada a todo el mundo, fue una derrota para nosotros, una de las más severas que pudimos haber sufrido. Las circunstancias de desentendimiento que llevaron a esa situación desgraciada quedaron ocultas, y lo que se vio fue a una masa vociferante que no dejaba hablar al papa; y de allí a creer que todo eso había sido el fruto de un montaje, no había ninguna distancia.

En realidad, la revolución nunca se peleó desde un marxismo ateo, sino desde el mundo de los creyentes, y al final, las mayorías siguieron siendo fieles a la iglesia tradicional. Sólo era una minoría la de los católicos ideologizados que, apoyados en el gobierno revolucionario, intentaban contradecir el liderazgo del arzobispo de Managua, Miguel Obando y Bravo. Muy pronto quedaría claro que la idea de una iglesia paralela a la iglesia tradicional sería un fracaso, y que no tendría forma de prosperar; sin embargo, el choque con la jerarquía de la iglesia católica, que se colocó en la derecha recalcitrante, resultó penoso, y también inevitable, con un costo enorme para la revolución.

Me gustaría preguntarte, qué sucedió en el ámbito cultural. ¿Hubo pluralidad o la cultura fue sólo un medio de propaganda? Y lo digo pensando en gentes como Pablo Antonio Cuadra que desde la disidencia se expresaron en contra del sandinismo.

Una cosa sería hablar de la cultura disidente y otra de cultura plural. Las condiciones para una cultura disidente en Nicaragua nunca se crearon, porque la revolución nunca se propuso un proyecto totalitario de cultura. Aunque se pintaron muchas efigies de Sandino y de Carlos Fonseca, y se compusieron

155

canciones en loa de la guerra revolucionaria, nunca prosperó la idea de un "realismo sandinista".

Sin embargo, si en 1979 me hubieras preguntado cómo creía que debía ser la cultura, te hubiera respondido que una cultura al servicio del pueblo, no una cultura elitista. Era parte del discurso global de la revolución, que se denominaba a sí misma una revolución popular. Pero eso no trajo nunca ninguna restricción a la libertad creadora, que quedó plasmada en la Constitución Política de 1967, según un artículo que propusimos Ernesto Cardenal y yo. Ninguna restricción, ni aún en el caso de los tan llevados y traídos "talleres de poesía" del Ministerio de Cultura, que fueron uno de tantos experimentos.

Recuerdo que en el primer aniversario de la revolución, en un espectáculo en el Teatro Nacional Rubén Darío en el que habían muchas banderas sandinistas empuñadas por una tropa de bailarines, Gabo, que estaba sentado junto a mí en un palco, me dijo: "Si esto va a ser el arte de la revolución, habrá que cuidarse". Le respondí que aquello era producto de una cuestión circunstancial, del entusiasmo del momento, como en efecto así era.

En Nicaragua se produjo una diversidad cultural auténtica, a pesar de la adhesión de la inmensa mayoría de los artistas o escritores a la revolución, como fue el caso de Ernesto Cardenal, Armando Morales y Gioconda Belli. Algunos otros, como Pablo Antonio Cuadra, se crearon una imagen de disidentes, y Octavio Paz le ayudó a afianzar esa imagen. No hubo escritores exiliados, no hubo libros prohibidos. Jamás se le impidió a nadie entrar o salir del país, aquí no era Cuba, hubo vuelos a Miami mientras se pudo. Y si faltaban los libros en los estantes, y lo que más se veía eran las ediciones cubanas y las de la Editorial Progreso, era porque faltaban las divisas. Lo mismo que faltaban para pagar los derechos de exhibición de las películas de Hollywood.

Pero seguramente, aquel que era crítico del sandinismo figuraba como enemigo y su margen de acción se veía seriamente limitado....

Sí, aquellos que estaban en contra de la revolución tenían un ámbito muy reducido. Se decía que el que estaba en contra de la revolución, le hacía el juego al imperialismo y a la burguesía, y ese discurso fue orillando a los que no estaban a favor. Y por ese camino, se cometían muchos abusos, injusticias y errores.

Uno de los actos de marginación más torpes se cometió cuando se entregó por primera vez la Orden de la Independencia Cultural "Rubén Darío" en una ceremonia de estado. Se le dio a José Coronel Urtecho, Ernesto Cardenal, Armando Morales, Carlos Martínez Rivas, Ernesto Mejía Sánchez, pero no a Pablo Antonio Cuadra. Esta discriminación, injusta en todo sentido, debe haberle dolido mucho. Años después, le pedí a Roberto Díaz Castillo, director de la Editorial Nueva Nicaragua que fuera a visitarlo y le ofreciera la publicación de sus libros de poesía. Dijo que sí, pero nunca envió los materiales.

Como te dije, cuando se aprobó la Constitución de 1997, empujamos la aprobación de ese artículo sobre la libertad creadora que allí sigue. Quisimos que no quedara ninguna sospecha de línea oficial en la cultura, y a la vez nos protegíamos de nosotros mismos y de quienes en el futuro pudieran tener esa tendencia.

En plena guerra convocaron ustedes a elecciones en 1984: Daniel, como presidente y tú como vicepresidente. ¿En qué medida estaban dispuestos a perder el poder?

En nuestras mentes no existía tal posibilidad de perder. Las elecciones eran parte de una estrategia para confirmar la revolución y debilitar la política de agresión de Reagan, ganando legitimidad, pero nuestro esfuerzo resultó infructuoso porque la guerra no se detuvo, y más bien recrudeció. El compromiso de Reagan con la Contra se había vuelto la pieza esencial de su política de seguridad nacional, y él se empeñaba a toda costa en el triunfo militar. En los años siguientes, la guerra destruiría de tajo toda la riqueza del país y su potencial, dieciocho mil millones de dólares según la tasación de reparaciones que sometimos nosotros a la Corte Internacional de Justicia, después que falló a nuestro favor la demanda contra Estados Unidos. En aquellos años, estábamos en quiebra y los recursos se volvían cruciales para sobrevivir. La Comunidad Económica Europea, Canadá, México, Argentina, Brasil, Venezuela y, por supuesto, Cuba, nos apoyaron con créditos blandos y suministros. Pero el peso mayor de nuestros abastecimientos, ya te dije, provenían de la URSS, así como de Alemania Democrática y Bulgaria. Sin embargo, a partir del ascenso de Gorbachov al poder en 1985, como ya te dije también, quedaría claro que los suministros irían disminuyendo, dejándonos en abandono frente al bloqueo comercial de los Estados Unidos y con reservas monetarias insuficientes ni siquiera para soportar una semana de importaciones.

Dices que la guerra destruyó de tajo la riqueza del país, ¿en qué medida piensas que el colapso económico de Nicaragua también estuvo determinado por el aniquilamiento de la clase económica?

Probablemente aún sin la guerra, el sandinismo hubiera fracasado de todas maneras en su proyecto económico de generar riqueza, porque el modelo que nos propusimos era equivocado. Creímos que era necesario absorber a las empresas claves, para luego poder repartir las ganancias; y el sistema económico mal administrado, con un aparato burocrático pesado, bajo un remedo de planificación centralizada, y lastrado por proyectos faraónicos y dispendiosos, era por sí mismo suficiente para la ruina.

Bajo la proclama de economía mixta, teníamos absoluto control sobre los instrumentos estratégicos del sistema: la tierra laborable, las empresas más importantes del sector industrial y de la agroindustria, la explotación minera, pesquera y forestal, la banca y el comercio exterior, las comunicaciones, la energía y el transporte público; y el modelo de acumulación, basado en la idea del estado como único dueño, que de todos modos aplicamos a medias, nunca fue viable. Desde el principio, fuimos incapaces de entender cómo generar una economía mixta real.

Recuerdo, por ejemplo, que para modernizar la agricultura importamos en 1983 cuatro mil tractores de la URSS. Fue un desastre pavoroso, se entregaron tractores a cooperativas y a productores medianos que nunca aprendieron a manejarlos, y a los dos ó tres años ya eran chatarra. Los campesinos les quitaban las piezas, y las pasaban de unos tractores a otros para intentar repararlos. Como una gran ironía, los empresarios privados que recibían también estos tractores y sabían cuidarlos, los compraban a precios irrisorios en córdobas, porque el tipo de cambio se hallaba ya muy deteriorado. El costo fue muy alto y Rusia, una vez desaparecida la URSS, acabó cobrando a Nicaragua todas las deudas, hasta los tractores que resultaron inútiles.

Las revoluciones, por naturaleza, son impacientes y no son capaces de resolver los problemas integrales de desarrollo, ni de transformar los hábitos culturales. El modelo centralizado fracasó siempre en la producción y distribución de alimentos, y en los suministros a la población. Buena parte de los empresarios del sector privado salió huyendo y muy pocas empresas del estado lograron ser rentables o competitivas. Y los empresarios que se quedaron, como te dije, se supeditaron al paternalismo estatal, recibieron suministros baratos como en el caso de los tractores, y el perdón de las deudas, lo que condenó a los bancos a la quiebra. Además la revolución coincidió con la crisis definitiva del algodón y, entre León y Chinandega, la inversión en infraestructura instalada a lo largo de tres décadas, era superior a los mil millones de dólares.

Hoy también criticas la incapacidad que tuvieron como gobierno para entender a los pobres que, en el campo ideológico, eran su razón de existir...

Supimos entender a los pobres desde la lucha, pero no desde el poder. Esto fue palpable sobre todo con los campesinos. Más de una vez, en las etapas más duras de la guerra, pensé que nuestro sueño de justicia y modernidad para los campesinos chocaba con sus propias ideas, encerradas en su mundo de miseria, aislamiento y atraso, y que había un hilo perdido entre nosotros y ellos. Desde los centros de poder de la revolución maquinábamos como reorganizar su vida, cómo devolverles la tierra que les habían arrebatado a sus antepasados, cómo entregarles conocimientos tecnológicos, semillas mejoradas, maquinaria, garantía de precios, escuelas, pero nuestro discurso era ajeno a su percepción de la realidad.

Los campesinos más pobres que se habían puesto del lado de la revolución, y arriesgaron su vida apoyando a la guerrilla en las montañas, esperaban recibir lo prometido: un pedazo de tierra. Sin embargo, una vez en el poder, como te dije, a la revolución se le olvidó cumplir. La propuesta de unidades estatales de producción era fruto de la ideología, no de lo que dictaba la realidad. Ellos querían títulos de propiedad libres y transferibles, y nosotros, para que la tierra no volviera a manos de los más voraces, nos negamos a dárselos. Siempre me pregunto qué hubiera pasado si desde el principio hubiéramos entregado la tierra a los campesinos. Estoy convencido de que hubiéramos creado una base social y económica formidable, y no los enfrentamientos que ocurrieron luego porque, finalmente, la mitad de los campesinos, por decepción, se unió a la Contra y le dio la espalda a la revolución. La guerra, tristemente, fue en lo fundamental una guerra campesina, entre aquellos que creían en las razones de la revolución y aquellos que, decepcionados, finalmente las rechazaron.

¿A qué atribuyes que Reagan no haya invadido Nicaragua como lo hizo en Granada o luego en Panamá?
Seguramente lo detuvieron las razones políticas y no las militares. No obstante su superioridad militar, sabía que Nicaragua contaba con un enorme respaldo político de América Latina y Europa y que, si nos invadía, el costo político podría ser inmenso. Sabía también que había miles de nicaragüenses que estaban decididos a batirse a muerte. Por ello, por más tentación de invadir que hubieran tenido los halcones en la Casa Blanca, como Eliot Abrams o el coronel North, hubo seguramente quien le recomendó que era mejor la opción de aguardar a que las consecuencias mismas de la guerra acabaran con los sandinistas.

En Adiós muchachos *cuentas que tu hijo Sergio te preguntó, antes de partir a la guerra, por qué no eras tú el candidato a presidente, a lo que respondiste con evasivas. Dime, con honestidad, ¿te hubiera gustado serlo?*
Venía el Congreso del FSLN donde iban a elegirse los candidatos para las elecciones de 1984, y una tarde de fin de semana, mientras leía recostado en la hamaca del corredor de la casa, se acercó Sergio, que siempre fue muy tímido y nunca emprendía conmigo conversaciones políticas, se sentó a mi lado, y tras un rato de silencio me preguntó porqué no era yo el candidato a presidente, si estaba mejor preparado que Daniel Ortega. Era la pregunta de un adolescente que se preparaba para irse a la guerra, pero que también se hacían muchos adultos, y la verdad es que yo no tenía ninguna respuesta.
No era una pregunta realista, porque bajo las premisas de la revolución, y las de la guerra, el país estaba sometido a un liderazgo militar, y Daniel, por fin, tras muchas pugnas en el seno de la Dirección Nacional, pasaba a expresar ese liderazgo. En esa fórmula presidencial, yo era el complemento civil, "el

rostro amable" que enseñar al país y al mundo en caso de necesidad, una designación que debía pasar también por las manos de la Dirección Nacional, y que tampoco había sido fácil. No todos allí cortaban flores conmigo. No es grato para mí hablar de un asunto como éste, ni aún a la distancia del tiempo, como no lo fue cuando me interrogó mi hijo. Es inevitable que no aparezca de por medio una apariencia de vanidad, y autosuficiencia, que en todo caso me disgustan.

Como te digo, hubo una difícil discusión entre los miembros de la Dirección Nacional para decidir quién iba a ser el candidato a vicepresidente. Algunos comandantes utilizaron el ardid de proponer que fuera alguien totalmente ajeno al Frente Sandinista para mostrar una imagen de apertura, pero al fin fueron Daniel y Humberto quienes impusieron que fuera yo el candidato, con el apoyo de Víctor Tirado, Jaime Wheelock, Luis Carrión y Henry Ruiz.

Háblame de tu relación con Daniel Ortega.

Durante los años en el poder fue una relación muy íntima, de total compenetración, de confianza, al grado que Daniel delegó en mí todas las funciones del gobierno. Difícilmente soportaba una reunión de gabinete de esas largas, de muchas horas, ni las exposiciones tediosas, o llenas de datos técnicos; primero dejaba su sitio y empezaba a pasearse, como enjaulado, y luego se retiraba, no en balde había pasado tantos años preso.

Entraba en cualquier momento a mi despacho, y yo al suyo, discutíamos con franqueza acerca del rumbo de la revolución, si debía o no ser más democrática, nos reíamos siempre de las críticas de aquellos de la vieja guardia que se quejaban de que los terceristas los habíamos marginado, que nos habíamos apoderado del gobierno y que nos habíamos aliado con la burguesía. Nos reíamos también de los malos de la película, de aquellos que no deberían de estar ahí, de los que llegaron por accidente u oportunismo, de los que no servían para nada pese a sus insignias de comandante, de las fatuidades y los excesos, de la hipocresía de quienes se disfrazaban de humildes siendo tan arrogantes en sus uniformes verde olivo. Y mientras viajábamos de un punto a otro del país, hablábamos de música —él me aficionó a los Tigres del Norte— y de literatura —yo le daba a leer libros, y él también a mí, *La conjura de los necios* de John Kennedy Toole, por ejemplo—. Buena literatura. Ahora me han dicho que lee a Paulo Coehlo.

Muy leal con sus amigos Daniel, sobre todo con aquellos que habían estado con él en la cárcel, y con quienes mantenía una especie de fraternidad secreta, entre ellos Lenín Cerna, el jefe de la seguridad del estado. Una lealtad al extremo de echar tierra sobre todos los errores de estos cófrades, con una ceguera infantil, como ocurría con Carlos Guadamuz, un hombre disparatado, a quien colocó a la cabeza de la radio del estado y donde cada día provocaba un conflicto. Hoy, Guadamuz, es su peor enemigo. Era también bastante impredecible, capaz, de pronto, de las mayores muestras de flexibilidad, y también, de pronto, de las más sorpresivas muestras de agresividad, sobre todo frente a los empresarios, como si nunca hubiera podido superar su conflicto con los ricos, o como si ese conflicto fuera personal. Pero también muy audaz en sus decisiones políticas, sobre todo a la hora de las negociaciones de paz con los presidentes centroamericanos, y con la Contra, que después tenía que saber vender en las reuniones de la Dirección Nacional, cada vez más recelosa de su independencia y de su poder personal.

No sólo te encargaste del gobierno, sino que también hiciste labor diplomática.

En esos diez años viajé mucho por Europa, Estados Unidos y América Latina, en una continua labor de persuasión y con-

163

vencimiento, y también en busca de recursos económicos. A veces me tocaba solucionar problemas. Daniel Ortega y Tomás Borge pensaban que podían hacer declaraciones compartimentadas y que lo que dijeran en un sitio no se iba a escuchar en otro. Eso acarreó más de un conflicto.

Una vez, en un banquete de Estado que le ofrecía Erich Hoenecker en Berlín Oriental, Daniel hizo alusiones muy duras y gratuitas contra Helmut Köhl, el jefe de gobierno de Alemania Occidental. Ya ves que te digo cómo era de impredecible. Hubo una fuerte protesta, y se generó una crisis diplomática muy seria con Nicaragua. Como yo estaba viajando en Europa, llegué a Bonn para entrevistarme con el ministro del Exterior, Hans Dietrich Genscher. Nuestra conversación fue tensa porque él insistía en una disculpa pública. Traté de persuadirlo de que eso no era tan importante, sino emitir un comunicado conjunto fijando los puntos en que estábamos de acuerdo, paz en Centroamérica, democracia, cooperación para la reconstrucción al terminar la guerra, pero se mostró cerrado. Al final salí a declarar a la prensa alemana que habíamos logrado superar nuestras diferencias, y di una disculpa que no pareciera indigna. Él aceptó, por su parte, que había recibido las satisfacciones adecuadas.

A mí me sorprende leer en Adiós muchachos *que por un pragmatismo a ultranza, visitaste ya como vicepresidente a líderes como Muammar Gadafi o Saddam Hussein, cuya inmoralidad, avaricia y deshonestidad como tiranos de sus propios pueblos es ampliamente conocida. ¿Cuestionaste alguna vez que te relacionabas con personajes indecentes para conseguir los apoyos necesarios para librar la guerra?*

Se trataba de una política de supervivencia, y yo no pensaba en aquel momento en la calidad de los dirigentes de los países que visitaba, sino en las posibilidades de obtener apoyo económico. Puede sonar oportunista, pero la necesidad es la peor consejera, y a veces suele anestesiar los principios. Hoy, no volvería a Libia ni a Irak por ninguna razón.

La vez que me tocó visitar Irak, invitado por el canciller Tarek Haziz, quien había venido a Managua a la celebración de uno de los aniversarios de la revolución, teníamos al mismo tiempo otra misión pidiendo dinero en Irán, que encabezaba Carlos Núñez, presidente de la Asamblea Nacional. Imagínate, y los dos países estaban en guerra. Era el colmo del desacierto, pero necesitábamos petróleo, dinero, recursos materiales y estábamos dispuestos a visitar a quien nos prometiera ayuda.

Estuve dos veces en Libia en busca de apoyo económico para la revolución, y la última de ellas, en 1986, mientras esperaba la entrevista con Gadafi, que nunca se sabía cuándo iba a ser, fui invitado a visitar las ruinas de su casa en Trípoli, recién ocurrido el ataque con cohetes por los aviones de Estados Unidos. La atracción principal del "tour" era el dormitorio que se conservaba tal como había quedado, con el piso lleno de cascajos, la cama partida a la mitad, y en la cabecera un póster de un paisaje marino, desgarrado por la explosión. Dos días después me llevaron en un jet a Bengasi, donde tuvo lugar la entrevista. En el camino atravesamos los barrios flamantes donde Gadafi trataba de asentar inútilmente a los beduinos, en casas dotadas de toda clase de electrodomésticos, con un Fiat a la puerta. Todo parecía surrealista. La entrevista, también. Se llevó a cabo en una tienda de beduinos.

La insistencia de Gadafi era saber si en Nicaragua estudiábamos *El libro verde*. Traté de responder con evasivas, pero él no estaba dispuesto a quitar el dedo del renglón. Finalmente le respondí que sí, y como pidió detalles que yo era incapaz de darle porque era una mentira, tuve que inventar, y él acabó por decirme que mandaría más ejemplares de *El libro verde* a Nicaragua. Después me dijo que cuando volviera a Trípoli, el primer ministro me buscaría en el hotel para convenir el paquete de ayuda que nos darían. Llegó el primer ministro con todo el gabinete económico, pero a cobrarme las cuentas vencidas. Y ante mis reclamos, me insistía que de nada valían las promesas de Gadafi de ayudarnos, porque "el Gran Líder no pertenecía al gobierno". Eso de que "el Gran Líder" no era parte del gobierno, es una de las mejores ficciones que ha llegado a mis oídos de escritor.

Esa fue mi experiencia con Gadafi, muy parecida a la que viví con Saddam Hussein, en términos de resultados económicos. Me había invitado Haziz, pero mi anfitrión oficial era el vicepresidente, quien siempre vestía de uniforme, correspondiente a su alto rango militar, miembro seguramente del Consejo Supremo del Mando de la Revolución, y era seguido a todas partes por una corte de ayudantes y escoltas, un hombre poderoso en toda apariencia. Pero la vez que me tocó la audiencia con Hussein en uno de sus numerosos palacios de Bagdad, el vicepresidente no vino a recogerme al hotel, y cuando traspuse los muros del palacio, tras atravesar múltiples salones, con puertas majestuosas que se abrían a mi paso, me llevaron a una pequeña oficina donde encontré a mi anfitrión esperándome, hundido en el fondo de una silla, azotándose la pierna con su boina roja, como si lo hubieran despojado de golpe de toda su majestad. Me acompañó a la entrevista, pero amedrentado y silencioso, como si hubiera dejado de ser nadie, mientras Hussein me alargaba un interminable discurso sobre la revolución iraquí y la misión imperecedera del partido Baas. Y al final regresé a Managua con las manos vacías, salvo por la recompensa de una visita a las ruinas de Babilonia.

Daniel Ortega mantuvo por muchos años su relación con Gadafi y con Saddam Hussein, y mantiene hasta hoy esa misma relación con Gadafi. Sigue yendo mucho a Libia, y en 1991 quiso volverse mediador entre Irak y occidente durante la Guerra del Golfo. Mientras andaba en esa misión, alguien le dijo que en las reuniones de la bancada sandinista yo me burlaba de su papel, lo que no era cierto; pero a mí me resultaban patéticos sus recorridos en un avión libio, acompañado de Miguel D'Escoto, buscando apoyos a su propuesta de paz en París, en Bonn, en Madrid. Lo recibían por el prestigio que todavía tenía la revolución sandinista, pero nadie lo tomaba en serio.

¿Sientes que en aquellos tiempos sacrificaste la visión crítica?

No pocas veces, pero nunca dejé de cuestionarme, y en muchas ocasiones me salvó el humor, que nunca me abandonó frente a las poses y las vanidades. Hoy lamento que el prejuicio ideológico nos haya dominado. La ideología triunfó sobre el sentido común y eso fue uno de los grandes errores de la revolución.

Al principio, por ejemplo, me reía de la rápida cubanización que se estaba dando en el país. La influencia de Cuba era tan envolvente que llevaba a la imitación. No había funcionario civil o militar que no tuviera un asesor cubano, como te dije, y eso era parte del prestigio, cada quien llegaba a las reuniones acompañado de su asesor cubano. Le hacía ver lo ridículo de semejante situación a aquellos con quienes tenía confianza, y me burlaba de ellos. A algunos comandantes les encantaba imitar la manera de hablar y los gestos de Fidel en sus discursos: las pausas, la forma de acariciar el micrófono, la manera de elevar el dedo, de tocarse el mentón, de alejarse del podio… y como los imitadores no habían sido bendecidos con características físicas atractivas, ni prestancia, resultaba cómico.

Había cubanos por todos lados: brigadas de maestros, de médicos, de constructores de viviendas y caminos, asesores en la agricultura, en la pesca, para el ejército, para la policía, para todo. Cuba nos adoptó de buena fe y nosotros nos dejamos adoptar. Y aún hoy, tras cada desastre natural, vuelven las brigadas de médicos cubanos que aceptan ser destacados en los lugares más lejanos y difíciles.

FIDEL, LAS RAZONES DE ESTADO

¿Cómo eran las relaciones personales de Fidel con la dirigencia sandinista, ya ustedes en el gobierno?

Conocí a Fidel en septiembre de 1979, poco después del triunfo. Daniel Ortega y yo asistimos en representación de la Junta de Gobierno a la VI Cumbre de los Países No Alineados, que se celebró en La Habana, y nos recibió en la rampa del aeropuerto con honores de Jefes de Estado. Recuerdo que muy discretamente advirtió a Daniel que no debía hacer ningún saludo militar cuando tocaran los himnos de Cuba y Nicaragua, porque no llevaba ni gorra ni quepis. Luego, una vez pasada la ceremonia, me habló con mucho cariño de Tulita, que había estado en Cuba en las celebraciones del 26 de julio ese año, como parte de una numerosa delegación oficial enviada desde Nicaragua; daba la impresión de que nos conocíamos de toda la vida, y ése es parte de su encanto personal.

Quería mucho a Daniel, como hasta hoy, a diferencia de otros personajes de la Dirección Nacional que le resultaban antipáticos, según yo podía intuir, aunque a uno de ellos, Tomás Borge, le concedió una larga entrevista, ya cuando el Frente Sandinista había perdido su poder, y Tomás decidió hacerse periodista. Esta entrevista se publicó en la Editorial Siglo XXI con el título *Un grano de maíz*, la misma editorial que publicó la entrevista de Tomás a Salinas de Gortari.

¿Cómo era la relación de Fidel con Humberto Ortega?

No tenía el mismo grado de relación cariñosa que con Daniel. Tras la derrota, Humberto regresó una que otra vez a Cuba, pero hasta donde entiendo ya nunca más pudo ver a Fidel. Había quedado, además, en desventaja, por su amistad con el general Arnaldo Ochoa, fusilado tras un juicio en que los hermanos Castro lo acusaron de corrupción, a mediados de 1989; Ochoa fue jefe de la misión militar cubana en Nicaragua, después que volvió de Angola cubierto de laureles. Era un hombre campechano, con mucho humor, y sin pelos en la lengua.

También había habido un incidente que involucró a Raúl Castro. En 1988, después que finalizó el periodo de Ochoa, llegó a Nicaragua una misión militar cubana, formada por altos generales, con el encargo de preparar un informe sobre el curso de la guerra, y sobre la fortaleza del ejército sandinista. Lo malo de todo es que la misión llegaba en secreto. El embajador de Cuba en Nicaragua, Julián López, advirtió a Raúl de la imprudencia de aquel paso, pero no fue escuchado y tomó entonces la arriesgada decisión de informarnos lo que pasaba. Humberto se enfureció y cerró las puertas a la misión, que se vio obligada a retornar a Cuba de inmediato.

Julián fue destituido, pero antes de partir la Dirección Sandinista acordó otorgarle en una ceremonia la Orden Carlos Fonseca, la máxima condecoración del partido. Desde La Habana pidieron que no se le entregara porque aquello iba a ser considerado "un acto no amistoso". Se le entregó, y las relaciones se enfriaron. Pero se deterioraron aún más, cuando Cuba envió como embajador sustituto al general Sergio Pérez Lezcano, un hombre muy cercano a Fidel y a Raúl, y le fue negado el placet; el alegato, muy razonable, fue que si nosotros estábamos buscando como consolidar una negociación de paz con la Contra,

169

la llegada de un alto militar cubano como embajador, iba a enviar a los Estados Unidos una señal equivocada.

Tardaron en nominar un nuevo embajador y mientras tanto, Julián López pasó al ostracismo más absoluto en Cuba, desterrado en la casa de su madre en La Habana, un castigo que no le fue levantado sino varios años después cuando le fue permitido regresar a Nicaragua para dedicarse a un negocio de explotación maderera en el que tienen parte empresas cubanas.

Y las relaciones tuyas con Fidel, ¿cómo eran?

Conmigo y con Tulita, Fidel tuvo siempre deferencias muy especiales. Cuando Tulita conoció a Fidel en ese primer viaje que te digo, la impresionó muy bien, es un hombre muy fino, un caballero de los viejos tiempos que sabe tratar a las mujeres con mucha galantería. Cuando al año siguiente vino a Nicaragua, al primer aniversario de la revolución, a media recepción oficial Tulita le dijo: "Comandante, ¿quiere venir a cenar a la casa de nosotros?". "Claro que sí", respondió, y los comandantes de la revolución se vinieron muy sorprendidos detrás. Todos ellos competían para andar con Fidel, y habían organizado un meticuloso programa con indicaciones puntuales de quién lo acompañaría en cada uno de los lugares que visitara. Por eso los dejó pasmados que Fidel aceptara sin más venir a nuestra casa, donde estuvo relajado y contento. Ahí conoció a Lula da Silva, cuando aún no fundaba el Partido de los Trabajadores, a Fray Beto, que escribió el libro Fidel y la religión, basado en entrevistas con él, y a mis amigos personales —alemanes y centroamericanos— que al triunfo de la revolución se vinieron a trabajar a Nicaragua. También estaban Gabo y Mercedes, alojados entonces en nuestra casa.

Después, las veces que yo llegaba a Cuba, se aparecía a visitarme a media noche en la casa de protocolo asignada en El Laguito a los dirigentes nicaragüenses, y amanecíamos conversando. Otras veces nos reuníamos en su despacho del Consejo de Estado y, en una ocasión, me llevó también a su departamento en la calle 30. Era un apartamento de pocas estancias, arreglado con gusto pero de manera sobria y sencilla, con unos pocos cuadros y fotos familiares; obviamente un departamento de soltero. Desde la sala, a través de una puerta, podía verse su cama arreglada para la noche por manos invisibles. Comimos él y yo solos a las tres de la mañana un plato de bacalao. Siempre conversábamos sobre libros, porque es un lector empedernido, además de los asuntos políticos. Una vez en El Cayito, donde él solía ir a pescar, nos dio su dormitorio a mi y a Tulita, y a la mañana siguiente, con mucha picardía nos preguntó cómo habíamos pasado la noche. Le gusta cocinar las langostas que él mismo pesca buceando, como lo hizo esa vez.

En aquellos tiempos yo era muy amigo de Osmani Cienfuegos, el hermano de Camilo, héroe de la revolución. Osmani presidía la parte cubana de la Comisión de Cooperación Económica Nicaragua-Cuba, y yo la parte nicaragüense. Había introducido en Cuba la idea de los mercados campesinos y una madrugada, en una de aquellas pláticas, Fidel empezó a quejarse de que Osmani estaba convirtiendo a los campesinos en burgueses que ganaban buen dinero vendiendo sus productos y no pagaban nada por los servicios médicos y la educación de sus hijos: "Ése tu amigo Osmani, es el inventor de todo eso… venden la malanga, los tomates, se echan el dinero al bolsillo y no pagan por la asistencia médica ni por las escuelas". "¿Por qué no les cobra impuestos", dije yo. Se me quedó viendo como que no supiera de lo que le estaba hablando: "Eso sería capitalismo", replicó al fin. En ese momento todavía no comenzaba el glasnost ni la perestroika, y el socialismo aún no reconocía la existencia de las leyes del mercado, que en Cuba siguen aún sin ser reconocidas, salvo para el área del turismo.

171

Tiempo después, cuando en 1988 publiqué *Castigo divino*, Fidel aparecía en las reuniones públicas con mi libro bajo el brazo, y se dedicaba a recomendarlo y regalarlo.

Cuando pasada la década revolucionaria vino mi rompimiento con el Frente Sandinista, mi amistad con él desapareció. No se enfrió, desapareció. Nunca volví a saber ni un palabra más de Fidel. Le mandé dedicados cada uno de los libros que fui publicando y nunca tuve noticia ni siquiera de que los hubiera recibido.

Hubo quizá un antecedente más. Durante la campaña en 1989, el director del semanario *Crónica* que se publicaba en Managua, Luis Humberto Guzmán, me hizo una entrevista en la que me preguntó mi opinión sobre Cuba. Respondí que Cuba debía tener un sistema electoral abierto como el de Nicaragua. Eso se transmitió por los cables, y García Márquez me contó que esa respuesta disgustó mucho a Fidel, pero que luego se le había pasado. A mí me pareció absurdo que se lo tomara tan a pecho; ni siquiera Daniel Ortega se había quejado de mis declaraciones y siempre he mantenido la misma postura en muchas otras entrevistas. Nunca podré decir que no quiero para otro país lo que los sandinistas hicimos en Nicaragua: someternos a unas elecciones libres, y aceptar el resultado, aún a costa de dejar el poder.

¿Lo volviste a ver?

La última vez que había visitado Cuba fue en 1988, mucho antes de mi ruptura definitiva en 1995 con el Frente Sandinista. Después, García Márquez me insistía durante todos esos años: "Dice Fidel que por qué no has vuelto". Y yo le respondía: "Pues que me inviten". Sin invitación yo no iba a ir a Cuba.

Me interesaba encontrarme con Fidel y sentarme a conversar con él como antes, sobre literatura, sobre los tiburones del

Gran Lago de Nicaragua, sobre los avances de la biomedicina en Cuba. Y por qué no, que oyera mi punto de vista sobre lo que había sido del Frente Sandinista, sobre la conducta de sus dirigentes, sobre el fracaso de la ética revolucionaria. Pero hay algo que no alcanzaba entonces a percibir, y es que nuestra amistad había estado ligada a las circunstancias del poder, y a las razones de estado.

En 1998, cuando gané el Premio Alfaguara por *Margarita está linda la mar* en un empate con Eliseo Alberto, como él estaba vetado por su libro *Informe contra mí mismo*, en Cuba no se publicó ni una sola línea acerca del premio en ningún medio. Yo bromeaba con Lichi diciéndole que había pagado justo por pecador.

En enero del 2000, recibí una sorpresiva llamada del poeta Roberto Fernández Retamar, presidente de la Casa de las Américas. Me dijo que se había creado el Premio José María Arguedas para reconocer una novela importante, y que habían decidido dármelo a mí ese año, la primera vez que iba a entregarse, por *Margarita está linda la mar*. Me preguntó si estaría dispuesto a aceptarlo, y le respondí que sería un honor recibirlo. La ceremonia sería en dos semanas más, y Tulita y yo nos preparamos con entusiasmo para viajar a Cuba después de doce años de ausencia.

No dejaba de preocuparme, sin embargo, que una vez en La Habana, me viera confrontado con el discurso oficial, y se lo dije a Tulita. Ante cualquier pregunta de algún periodista, iba a mantener mi posición crítica, la misma que sostendría en la Habana, en Managua o en México. No era, ni soy, enemigo de la revolución cubana, por el contrario, pero creo que Cuba debe cambiar, que el sistema ya está agotado.

¿Y cómo transcurrió la entrega del premio?

Me fue entregado en una ceremonia solemne en la Casa de las Américas, en la que también se anunció a los ganadores del concurso de ese año, que se abre siempre en distintas ramas de la literatura. Estuvieron presentes José Ramón Fernández, "el gallego", vicepresidente del gobierno, Armando Hart, antiguo ministro de Cultura, y Abel Prieto, el actual ministro, y miembro del buró político, muy cercano a Fidel.

Al día siguiente, hubo una conferencia de prensa en el Museo Mariano Rodríguez en El Vedado. Asistieron todos los medios oficiales: Juventud Rebelde, Granma, Radio Reloj, Prensa Latina. No podía esperar ninguna pregunta espontánea y pensé: "Aquí viene el toro". Comenzaron las preguntas y, para mi sorpresa, todas fueron estrictamente literarias. Era extrañísimo, más de una hora de sólo preguntas literarias. Pronto vi que la consigna era no hacer ni una sola pregunta política, ni hablar de nada que aludiera a mi participación en la revolución sandinista, ni a mi salida del FSLN, ni a mi conflicto con Daniel Ortega, huésped siempre bienvenido en La Habana. Al final le dije a Tulita: "¡Qué bien ha salido todo! Es como si nos hubiéramos puesto de acuerdo". Estaba feliz porque temía la confrontación en casa ajena. Y finalmente me gustó que en Cuba me reconocieran sólo como escritor, aunque omitieran mis antecedentes políticos, que era como borrarme media vida.

Esa noche, durante una cena criolla que me ofrecieron en el mismo museo, uno de los funcionarios culturales que compartía mi mesa, muy cercano a Abel Prieto, me contó que, un par de años atrás, Daniel Ortega había estado en Cuba en compañía de Miguel D'Escoto, y pidió explicar a los escritores las razones de mi salida del Frente Sandinista. El partido reunió a los afiliados a la Unión Nacional de Escritores y Artistas de Cuba (UNEAC), y Daniel les soltó su letanía de que yo era un traidor de la revolución, un pequeño burgués, un disidente. La reunión estaba presidida por Abel, presidente entonces de la UNEAC. Nadie le hizo ni una sola pregunta a Daniel porque, según me dijo mi interlocutor, los escritores, intelectuales, pintores, que estaba ahí reunidos más bien se sentían identificados conmigo. Me contó que al final, cuando terminó la reunión, Abel, dijo sarcástico: "Bueno, yo creo que yo sería el Sergio Ramírez de la revolución cubana".

Antes de volver a Nicaragua, Fernández Retamar me dijo que quería hacer una edición cubana de *Margarita*. Le dije que lo hablara con los directivos de Alfaguara. Sealtiel Alatriste autorizó la edición y fui invitado de nuevo para el lanzamiento en febrero del 2001. Fue un acontecimiento espectacular. En el patio del Museo Haydée Santamaría había quinientas o seiscientas personas, y a medida que el acto progresaba, crecía también un alboroto en el corredor del fondo: había comenzado la venta del libro. Los cubanos, ávidos de lectura, compran al apenas salir estas ediciones que son muy baratas.

Abel me llevó al día siguiente a ver el monumento que le mandó a hacer a John Lennon en un parque de La Habana. Paradójicamente, los Beatles estuvieron prohibidos en Cuba durante la década de los sesenta. Es una escultura sencilla y muy bella: Lennon descansa en una banca del parque, y cualquiera puede sentarse a su lado; varias veces le han robado los anteojos de metal.

La última noche, se me acercó Fernández Retamar para decirme que Fidel me invitaba a una cena en el Palacio de la Revolución. Asistieron los miembros del jurado del premio Casa de las Américas, entre ellos Mempo Giardinelli, Héctor Abad Faciolini, Silvia Iparraguirre, Adolfo Méndez Vides. Serían las dos de la madrugada cuando al fin apareció Fidel en la puerta del salón de recepciones para recibir a sus huéspedes.

Fidel es muy teatral. Delante mío, en la fila, venía mi mujer. De manera espontánea, muy nicaragüense y muy como es ella, le dijo: "Comandante, ¿se acuerda de mí?". Él respondió: "¡Ay mujer, no me pongas por favor en ese aprieto, yo veo tantas caras y tú me dices que si yo me acuerdo de ti…!" Mientras lo escuchaba, pensé que no era posible que no me hubiera visto ya, a pocos pasos de Tulita, y que no había manera de confundirse. Fernández Retamar, a su lado, le señaló: "Comandante, es la esposa de Sergio Ramírez". Volteó y me dijo: "Ah, tú escribiste aquel libro tan interesante sobre el envenenador, no lo podía yo abandonar. ¿Cómo se llamaba?". "Castigo divino", le respondí. "Ah, ese libro donde todo parecía que fuera verdad, lo disfruté mucho. ¿Has vuelto a escribir algo nuevo?" "Sí comandante, le he mandado todos mis libros", le respondí. "Pues no he recibido uno sólo." "¿Cómo es posible que Abel no le haya entregado mi libro Adiós muchachos, que es mi historia personal sobre la revolución sandinista?". "No" dijo, "Abel no me lo ha dado".

Abel estaba a pocos pasos, callado. Le dije que entonces se lo iba a volver a mandar, y también le iba a mandar mi libro premiado que se acababa de editar en Cuba. Fueron dos ó tres minutos mientras la fila esperaba. Habían pasado trece años, y noté las huellas de la vejez en su rostro; siempre locuaz, pero bastante más cansado. Los asistentes y guardaespaldas siempre al lado suyo, también habían envejecido, aunque ahora se rodeaba también de jovencitos que actuaban como sus secretarios, uno de ellos Carlitos, al que siempre estaba llamando para pedirle algo.

Jamás hice el menor intento de acercarme al remolino de gente que gira siempre alrededor suyo, ahora un tanto disminuido, y tampoco él mostró interés de hacer ningún aparte conmigo. Había allí varios dirigentes muy jóvenes, el secretario general de la Juventud Comunista, el presidente de la Federación de Estudiantes, el director de Juventud Rebelde, que se acercaron muy cordiales a conversar conmigo, y también se acercó Carlos Lage, a quien siempre se menciona entre los probables sucesores de Fidel.

Sin ser notados, mi mujer y yo abandonamos la recepción, y atravesando por los inmensos corredores vacíos salimos al atrio del Palacio para buscar nuestro vehículo, de regreso al hotel. Ahora para mí todo estaba claro: fue el comandante, o quienes interpretan fielmente su pensamiento omnímodo, quienes decidieron borrar mi pasado, que se eliminaran las preguntas enojosas. Yo era sólo escritor, no tenía pasado político.

Hay un pragmatismo político en esto. Con tu presencia en Cuba, quizá quiso validar al régimen. En ese juego de apariencias quiso mostrar que en Cuba no hay represión cultural, que auspician la apertura...

Creo que el responsable de haberme invitado, de haber promovido mi homenaje y la edición de mi libro, fue Abel Prieto. Dentro de los límites que impone la ortodoxia en Cuba, él defiende la libertad de los intelectuales. Hay un escrito suyo en La Gaceta de Cuba que lo define muy bien, donde retoma la fábula de Samaniego para hablar de las hormigas que critican a las cigarras por cantar: las hormigas ortodoxas, que se burlan de los artistas, los fieles al viejo leninismo del partido, contra los "hippies" peludos que escriben libros y montan piezas de teatro. Un artículo así, en contra de la burocracia adocenada, escrito por un miembro del buró político del partido, no es algo común. Su tesis, además, es que deberían de volver a Cuba todos los artistas y escritores que se han ido, que exista una sola comunidad literaria dentro y fuera de Cuba. No parece ministro ni miembro del buró político: usa el pelo largo y anda de blujines, utiliza un carrito Lada bastante viejo, en que me llevó a conocer la estatua de Lennon. Y Fidel lo escucha.

Como ejemplo te cuento que en uno de sus exabruptos papales, Fidel dijo por la televisión que la película Guantanamera era una basura. Le preguntaron que si la había visto y respondió que no, que él no veía basura. Abel, según dice, lo reprendió luego diciéndole que se trataba de una película de Tomás Gutiérrez Alea, el gran santón de los directores de cine de Cuba, que acababa de morir. Al día siguiente, durante una comparecencia, Fidel dijo que tenía que rectificar, que Tomás Gutiérrez Alea era una gloria para Cuba. Eso sólo Abel Prieto puede lograrlo.

¿Cómo interpretas estas actitudes de Fidel?
Ya no soy de ningún interés político para él. Como te dije, uno se equivoca pensando que las amistades políticas tienen una dimensión personal, íntima. Cuando salí del Frente Sandinista dejé de ser una ficha de su interés. Han pasado tantos años: rompí con Daniel, fundé un nuevo partido, y para él, que es un animal político, imperan las razones de Estado. Pero nada de eso borra mi memoria del pasado acerca de nuestra relación, grata y afectuosa.

Recientemente, en diciembre del 2002, como consecuencia de haber criticado el dogmatismo de una turba de jovencitos adoctrinados que bajo los gritos de "traidores a la patria" atropelló la presentación de la edición especial de la revista Letras Libres *dedicada a los futuros escenarios en Cuba, durante la Feria Internacional del Libro de Guadalajara, fuiste otra vez partícipe de la marginación y censura del aparato represor cubano. Cuéntame bien lo que aconteció y háblame de la reflexión que has hecho en torno a las mordazas de Fidel.*
Lo único que hice fue defender la libertad de expresión. La Feria estaba dedicada a Cuba, y Cuba tuvo una presencia impresionante, avasalladora, porque su cultura es muy rica. Llevaron a todas sus estrellas, desde Alicia Alonso a Silvio Rodríguez, los Van Van y los viejitos del Buena Vista Social Club; el premio Juan Rulfo, tan bien merecido, se lo daban a Cintio Vitier, además de un gran poeta, un santo, junto con su esposa Fina Marruz. Pero sentí que llegaban a imponer la ley y el or-

den, y que los actos que la Feria había programado con grupos o sectores independientes, o con los emigrados, no iban a ser tolerados, como en efecto empezó a ocurrir con el acto de presentación de la revista *Letras Libres*, que fue boicoteado de manera vergonzosa. El siguiente acto, que fue la presentación de la revista *Encuentro* que fundó Jesús Díaz, ante el escándalo anterior ya no fue boicoteado, pero como si lo hubiera sido, porque apareció un comunicado oficial de la delegación cubana acusando a *Encuentro* de estar financiada por la CIA, la más vieja de todas las cantilenas.

Estando en Guadalajara fui del criterio de que, cualquier que fuera la conducta intolerante de la delegación oficial cubana, había que buscar cómo preservar el prestigio de la Feria, que juega un papel crucial en Hispanoamérica en el ámbito de la cultura, y por eso firmé sin dilación el manifiesto que en este sentido me presentó Gonzalo Celorio. La feria había sido todo un éxito, y esos actos y actitudes no habían tenido ningún peso en su desarrollo, más que en el escándalo hacia afuera.

Pero cuando regresé a Managua, en mi artículo habitual de cada dos semanas, me sentí obligado a escribir sobre esas manifestaciones de intolerancia. Mi artículo apareció en Managua, en El Nuevo Diario, el mismo día en que me tocaba cerrar por la noche la jornada en homenaje al 150 aniversario del nacimiento de José Martí, con una conferencia, una jornada que se había organizado bajo la iniciativa de la embajada cubana. El encargado de negocios llamó a Luis Rocha, el coordinador del comité organizador para decirle que en protesta por mi artículo nadie de ellos asistiría a la conferencia, ni ningún cubano residente en Nicaragua tampoco, y luego, a la hora del almuerzo, me llamó a mí para quejarse, y discutimos muy fuertemente. Fui, y di la conferencia, con mucha asistencia. Luego hice pública mi protesta en otro artículo, "No tolerar la intolerancia".

Sobre todo esto sostuve un intercambio de mensajes electrónicos con Abel, que había estado presente en Guadalajara, discutimos con toda franqueza y cordialidad, y me propuso que mi conferencia, que versa sobre Martí y Darío, se publicara en *La Gaceta de Cuba*, o en la revista *Casa*. Le dije que por supuesto que sí, pero que le adelantaba que también se iba a publicar en *Encuentro*, que me la había pedido antes. Y eso puede darte la medida de mi posición: no veo esto como un asunto de bandos, sino de libertad de expresión, y de rechazo a toda forma de intolerancia.

JULIO CORTÁZAR EN NICARAGUA

Volvamos a los tiempos de la revolución. Siendo vicepresidente y después de diez años de haber abandonado la creación literaria, en 1985 volviste a escribir y publicaste primero Estás en Nicaragua *y, tres años después,* Castigo divino, *una novela multipremiada. ¿Por qué regresas a la escritura? ¿Te estabas cansando ya de las contradicciones de la política?*

Escribir se volvió a convertir para mí en una necesidad imperiosa. Desde que entré a la lucha en 1975, hasta que me eligieron vicepresidente en 1984, no había escrito ni una sola línea, y me sentía aterrorizado al pensar que estaba dejando de ser escritor. Diez años de silencio creativo es mucho. A partir de ese momento, comencé a levantarme a diario a las cinco de la mañana, para poder escribir durante cuatro o cinco horas. Y desentumecí la mano con *Estás en Nicaragua*, que es una memoria de todos los encuentros que viví con Julio Cortázar, contados a partir de mi visita a su tumba en el cementerio de Montparnasse. Es también una memoria de algunos episodios personales de los primeros años de la revolución, alternados con reflexiones en tono humorístico sobre la vieja dependencia de Centroamérica frente a Estados Unidos, y la arrogancia imperial de Reagan en el nuevo contexto de la revolución en Nicaragua.

Háblame de la relación con Cortázar, a quien admirabas según cuentas en Estás en Nicaragua, *desde 1964, cuando por primera vez leíste* Rayuela *en aquella edición de tapas negras que llegarías a prestarle a Carlos Fonseca cuando te visitaba clandestinamente en tu oficina en San José...*

A Julio lo conocí en 1976 en Costa Rica. Él era para mí un gran maestro desde mi lectura de sus cuentos, y de *Rayuela*, pero también un fantasma inasible al que desde dos años antes había querido conocer en Berlín Oriental. Lo había esperado largo rato en el lobby del hotel donde se alojaba, y acabé dejándole mis libros con el conserje, porque nunca apareció. En 1976, Carmen Naranjo, entonces Ministra de Cultura, una mujer excepcional que era una gran amiga y socia en la aventura de la productora de cine, Istmo Film, creó el Colegio de Costa Rica e invitó a Julio para inaugurarlo con un ciclo de conferencias. Entonces nos hicimos amigos, paseando por San José y conversando en el Hotel Europa, donde estaba hospedado.

Ernesto Cardenal y yo le propusimos, en esa ocasión, que visitara Solentiname. Aceptó y junto con Óscar Castillo, otro de los socios de Istmo Film, viajamos en una avioneta a Los Chiles, para quedarnos esa noche en Las Brisas, con el poeta Coronel Urtecho y doña María. Al día siguiente, atravesamos la frontera por el río San Juan, de manera clandestina hasta Solentiname, en el gran Lago de Nicaragua. Todo esto lo contó Julio en su cuento "Apocalipsis de Solentiname" (en donde recuerda el vuelo en la Piper Aztec "entre hipos y borborigmos ominosos", pensando que el rubio piloto lo llevaría "derechito a la pirámide del sacrificio"). En ese relato juntó de manera maestra la realidad con la imaginación: en lugar de los cuadros primitivos de los campesinos de Solentiname, que yo le había ayudado a sostener para que los fotografiara, al regresar a París y revelar los rollos lo que aparece son fotografías terribles de la represión en América Latina y del momento de la muerte de Roque Dalton, asesinado en la clandestinidad por sus propios compañeros de lucha en El Salvador.

Desde los años sesenta, Ernesto había organizado en la isla Mancarrón, una de las más grandes del archipiélago, una comunidad inicialmente contemplativa que luego se transformó en una comunidad campesina. Los campesinos trabajaban en artesanías, labraban la tierra, y había una iglesia donde Cardenal oficiaba su misa. Estuvimos en la misa del domingo y Julio, Óscar y yo, participamos en el comentario del evangelio que quedó transcrito en el libro de Ernesto *El evangelio en Solentiname*, que recoge los diálogos de cada domingo entre los campesinos acerca de las escrituras. Tocaba el prendimiento de Jesús en el huerto de los Olivos (Mateo 26: 36-56) y entre otras cosas hablamos de por qué Judas entregó a Jesús. Lo que dijimos entonces me resulta ahora muy gracioso. Escucha esto:

Jesús le dijo (a Judas): Amigo, ¿a qué vienes?
Teresita: ¿Por qué sería que le dijo "amigo"?
Sergio Ramírez: Porque eran compañeros.
Teresita: Yo pregunto...¿Será que él lo consideraba aún su amigo?
Sergio: Yo veo allí mucha ironía. Porque lo está traicionando, y eran compañeros.
Ernesto Cardenal: Hay pues dos posibilidades, que lo dijo con cariño, o que lo dijo con ironía...
Cortázar: Yo creo que se lo dijo con ironía, y que fue lo más duro que le podía decir. La prueba es que Judas muy pocas horas después se cuelga.
Manuelita: No le dijo: "hijueputa".
Cortázar: Sí, para que se diera cuenta de lo que había hecho. Era más duro decirle amigo que insultarlo. Era más duro.
Óscar Castillo: Claro, al decirle amigo le estaba diciendo traidor.

En ese mismo año, Tulita y yo asistimos a la Feria Internacional del Libro en Frankfurt dedicada a América Latina y, como ya te dije, nos encontramos de nuevo con Julio. Cardenal, Eduardo Galeano y yo, fuimos invitados por nuestra editorial, la Peter Hammer Verlag de Wuppertal. Hubo una mesa redonda en donde participamos todos los invitados, Juan Rulfo, Cortázar, Vargas Llosa, Manuel Puig, José Donoso, y hubo un contrapunto muy fuerte entre Cortázar y Vargas Llosa acerca del compromiso del escritor.

Al final de la estadía en Frankfurt, Tulita y yo quedamos de vernos en París con Julio. La noche que fuimos a su casa, junto con Óscar Castillo, que venía de Yugoslavia en busca de un amor perdido, Ugné Karvelis, su mujer entonces, le ofrecía una fiesta a Luisa Valenzuela. El departamento estaba llenísimo de gente y como a Cortázar le fastidiaba el alboroto, nos pidió que nos fuéramos con él. Así fue como acabamos conversando en un café.

Luego estaría muy cerca de ti durante los años de la revolución...

Sí, y Tulita tuvo una amistad íntima con él y con Carol Dunlop, su mujer. Yo le digo que cuando escriba sus memorias van a ser un *best seller*: Cortázar, Gabo, Fuentes, Monterroso, Mata, Leparc, Morales... Ella llevaba a los Cortázar a los mercados, a los restaurantes populares. Antes les gustaba pasar el verano en las playas de Martinica, pero dejaron de ir allá para venirse a Nicaragua en cualquier temporada del año. Aquí tenían a su disposición una cabaña en El Velero, un balneario de trabajadores del Seguro Social, y se sentían en su casa. En esa cabaña estaban cuando recibieron los resultados de las muestras de laboratorio que le habían hecho a Carol en París y que mostraban que tenía leucemia. Al día siguiente, tomaron el avión de regreso.

En su libro *Nicaragua, tan violentamente dulce* cuenta que estando en Panamá, en un barrio que se llama "Salsipuedes", le robaron a él y a Carol el pasaporte y el dinero y que se quedaron indocumentados; entonces desde Nicaragua les mandamos pasaportes nicaragüenses y el avión privado que había sido de Somoza, para traerlos a Managua.

Asistió conmigo a un acto de entrega de títulos de reforma agraria a los campesinos en El Astillero, el escenario de mi novela *Sombras nada más*, y también estuvo presente cuando en octubre de 1979 nacionalizamos las minas que estaban en poder de compañías canadienses y norteamericanas. Fue conmigo a Siuna en un avión militar y, al regreso, me escribió en una bolsa de mareo que aún hoy conservo: "Sergio: como habrás notado, en este avión viaja una escoba y, si no lo quieres creer, la escoba está al lado de Carol". En efecto, era cierto, sólo el ojo de Cortázar era capaz de encontrar esos detalles surrealistas.

En febrero de 1983, en el aniversario del nacimiento de Darío, lo condecoramos en un acto sobrio, sin retórica ni tramoya, con la Orden de la Independencia Cultural Rubén Darío. Esa noche, un año antes de su muerte, me dijo que nunca había recibido un homenaje tan grande y tan querido como esa medalla. Siempre recuerdo un pasaje de su discurso cuando dijo que la cultura es como una formación de pájaros en vuelo para largas travesías; los pájaros cambian de lugar, pero son los mismos pájaros.

El poeta salvadoreño Roberto Armijo me contó que en su cuarto del hospital, quedó sobre la mesa de noche un libro de poemas de Rubén Darío que estuvo leyendo antes de morir. Hasta el último día, se mantuvo cerca de Nicaragua. Aurora Bernárdez, su primera esposa y su albacea, nos mandó desde París su pipa, que Tulita y yo conservamos entre los objetos más queridos de nuestro museo personal en Managua. Los libros en español de su biblioteca, los legó a la Biblioteca Nacional de Nicaragua, donde hay una sala Julio Cortázar.

Le debo a Julio, entre muchas cosas, haber tomado conciencia de que en la vida yo tenía que ser siempre un cronopio, nunca un fama, ni un esperanza.

Influencias literarias:
Cine, tiras cómicas y radionovelas

Dices que Estás en Nicaragua *fue el ejercicio para volver a escribir. Antes de ir hacia adelante, me gustaría comprender tus raíces como escritor y las fuentes primarias de inspiración. Hablemos de la infancia.*

Aprendí a hablar antes de aprender a caminar, y la Mercedes Alvarado solía recordarme que parecía una cabeza parlante. Sabía leer antes de los cuatro años. Cuando mi padre me llevaba en sus viajes de compras a Managua para surtir la tienda de abarrotes, desde el taxi yo iba leyendo en voz alta los rótulos de los negocios en las calles por donde íbamos pasando. Quizá es desde entonces que tengo esa fascinación por las marcas y los anuncios comerciales de los viejos tiempos, que forman parte de la imaginería de mi escritura.

El primer libro que tuve de niño en mis manos fue *Genoveva de Brabantes*, en una edición ilustrada que me habrán regalado en un cumpleaños. Pero no fui un lector voraz en mi infancia. No leí *La isla del tesoro* de Stevenson, ni *Sandokán* de Emilio Salgari, libros que uno encuentra en las listas que los escritores hacen de sus primera lecturas antes de los diez años. Sandokán, el tigre de la Malasia, personaje que imitábamos en los juegos infantiles, fue más bien para mí un personaje de la radio, porque pasaban una serie con sus aventuras.

185

Más bien mis lecturas fundamentales de infancia fueron las historietas cómicas. Cuando el día no me alcanzaba para leer todas las que alquilaba o me prestaban, me las llevaba a la cama y cumplía mi oficio embozado bajo la sábana, alumbrando sus páginas coloridas con una lámpara de mano, para que mi madre no me recriminara mi desvelo.

Mi preferido era *El Fantasma*, en su trono de la cueva de la calavera en lo profundo de la selva, rodeado por su guardia de enanos Bandar, y también *Mandrake el Mago*, *El Llanero Solitario* y *El Capitán Marvel*, que volaba lo mismo que *Supermán* pero me resultaba más atractivo porque su otro yo no era un periodista tímido, sino un niño lisiado, voceador de periódicos en las calles de Buenos Aires, un "canillita" —porque esa historieta llegaba desde Argentina— que asumía su condición de héroe imbatible con sólo pronunciar la palabra mágica *Shazam*, formada por las iniciales de Sansón, Hércules, Atlas, Zeus, Apolo y Marte, si mal no recuerdo.

¿Podríamos entonces afirmar que las historietas cómicas son tus "primeras influencias literarias"?

Definitivamente. Empecé a leerlas desde los cinco años, y en el piso de la tienda de abarrotes de mi padre, con la tiza en la mano y la cara contra los ladrillos, yo dibujaba historias cinéticas interminables, como las de las historietas, un arte efímero porque la Mercedes Alvarado iba borrándoles tras de mí con el lampazo. Fue mi primera forma de contar, dibujando empecé a narrar.

A esa influencia, habría que agregar las radionovelas, de las que era un escucha devoto. Lo que más me fascinaba era el poder soberano de las voces, que se convertían en personajes por sí mismas, con autonomía de los rostros y las figuras de los actores que las encarnaban. Si a la hora de la transmisión de la radionovela se le ocurría a mi padre mandarme a hacer algún mandado, llevar unos zapatos viejos a remendar a casa del zapatero, por ejemplo, yo me enfurecía; pero mi rabia se disipaba pronto cuando descubría que podía seguir ininterrumpidamente la transmisión a medida que caminaba por el pueblo, porque todos los radios estaban sintonizados, de la una a las dos de la tarde, en alto volumen, en los 740 kilociclos de la YNW, Radio Mundial, que transmitía la radionovela más célebre de entonces, *El derecho de nacer* del muy prolífico escritor cubano Félix B. Caignet.

Los personajes de esta radionovela se volvieron reales y encarnaron en la conciencia popular. El aristócrata don Víctor del Junco había mandado a sacrificar con un caporal de su hacienda a su nieto recién nacido, fruto de los amores clandestinos de su hija, que va a parar a un convento, pero el verdugo se apiada del niño y lo entrega en manos de la negra mamá Dolores, que lo cría como propio. El niño, Albertico Limonta, se hace mientras tanto médico famoso, y atiende con todo esmero a su abuelo en su lecho de gravedad, pues le ha dado una apoplejía que le impide articular palabra, y revelar así el secreto de su negra acción, de la que está arrepentido. Sin su testimonio, Albertico no podrá casarse con la mujer rica a la que ama, porque no es más que el hijo de una negra. Fíjate que drama. Pero al fin don Víctor del Junco recupera el habla, y viene la boda memorable. Entonces ocurrió algo más memorable. Las humildes vendedoras del Mercado San Miguel de Managua llevaron regalos para los novios a la emisora. Esa fue la primera prueba que tuve del rotundo poder de la imaginación.

¿Cuándo comienzas a leer literatura?

Tenía mas de doce años, cuando doña Zoila Monterrey, una hermosa señora de risa franca y agradable, consintió en abrirme las puertas de la vitrina en que guardaba sus libros. Así entré en la lectura de *Los miserables*, *El conde de Montecristo*, y *Los tres mosqueteros*, impresos a dos columnas en las ediciones de clásicos de la Editorial Sopena Argentina.

Un primo lejano de mi madre, Marcos Guerrero, que vivía solitario en una casa desastrada después de que su hermano Telémaco se había pegado un tiro en la cabeza, conservaba debajo de su cama, en un cajón de pino de esos de embalar jabón, algunos libros prohibidos entre ellos *La condesa Gamiani*, en una copia mecanográfica forrada con papel manila. Me prestó esa copia que leí a escondidas a los trece años. En el libro, que sólo mucho después averigüé que había sido escrito por Alfred de Musset, se describían las lujurias y sodomías de la condesa, que se ayuntaba con hombres de diversas calañas, con mujeres, y hasta con perros de caza.

Pero fue hasta que llegué a León en 1959 que comencé a leer de manera sistemática. Emprendí aquel viaje con muy pocas lecturas, las que te he dicho, y las de los años de la secundaria que incluían *La piel* de Curzio Malaparte, *La madre* de Máximo Gorki, *Gog* de Giovanni Papini, pero de ninguna de ellas creo haber sacado ninguna influencia definitiva. Ni siquiera del libro que más me fascinó entonces que fue *El infierno* de Henri Barbousse, y que años después me decepcionó en una segunda lectura, así como me decepcionó una segunda lectura de *La madre*.

Luego, Juan Aburto, un amigo mayor que yo, escritor por afición, bohemio y a la vez correcto empleado del Banco Nacional en Managua, me llevó de la mano para conocer otros horizontes literarios. Frente a la mesa en que comía con su familia en su estrecha casa en Managua, caliente como un horno de cocer ladrillos, tenía un aparador con libros que me fue prestando: Poe, O'Henry, Chejov, Faulkner, Hemingway, Horacio Quiroga, André Gide, Maupassant.

¿Qué peso tuvo tu madre, una mujer culta, en tu vocación literaria y en el aliento a la lectura?

Fue mi maestra de literatura en la secundaria. Con ella leí a Federico García Lorca, Pablo Neruda, pero sobre todo a los clásicos españoles, de Garcilaso a Espronceda. Mi madre era una lectora empedernida que murió a sus ochenta y tres años con un libro en las manos. Recuerdo que a los catorce años llegó a mis manos *Los caminos de la libertad* de Sartre, y me dijo, después de leerlo ella misma, que ésa no era una "lectura apropiada", pero no me estableció ninguna prohibición sobre ese libro ni sobre ningún otro. Imagínate si hubiera sabido de mi temprana lectura de *La condesa Gamiani*.

Fue ella quien me motivó a escribir la crónica "Paseo al mar" que publicó en la revista *Poliedro*, del instituto de secundaria que ella dirigía, y donde yo estudiaba. Es lo primero que publiqué, un texto muy ingenuo que ella corrigió para dejarlo presentable.

¿Qué siguió?

Mi primer "éxito literario" fue cuando tenía doce años. En la Radio Mundial, Armando Soto Montoya, un exiliado costarricense, dirigía el famoso Cuadro Dramático que interpretaba las radionovelas, y convocaba al público a enviar ideas para sketchs humorísticos, que se pasaban al medio día. Mandé un *sketch* y no olvido el día que mi tío Alberto Ramírez, violinista, llegó corriendo a avisarme que lo estaban representando en la radio. Ahí anunciaron que debía presentarme para recibir mi premio. Mi padre, envanecido por el triunfo, me dio el dinero para el pasaje a Managua.

Me presenté a los estudios de la Radio Mundial, topándome en los pasillos con los míticos artistas del célebre Cuadro Dramático y me sentí en el *sancto sanctorum* rodeado de los héroes y las heroínas, cuyas voces admiraba todo el país. Cuando llegué a la oficina del director, se sorprendió mucho. Esperaba a un adulto y tenía enfrente a un niño. Soto Montoya me aduló: "Yo en este programa pido ideas, pero usted me mandó un guión. Lo felicito. Lo único que me apena" prosiguió, "es el premio: dos botellas de Ron Cañita". Me extendió entonces una orden para recogerlas en las oficinas de la fábrica de Licores Bell, patrocinadores del programa y fabricantes del ron más popular en las cantinas de Nicaragua. Así aparecí en Masatepe con mis dos botellas, el primer premio literario de mi vida.

Con una visión crítica, seguramente honesta, calificas de "ingenua" aquella primera crónica que viste publicada. ¿Cuál fue tu primer experimento literario real?

En 1956, a los catorce años. Pablo Antonio Cuadra publicaba en la Prensa Literaria cuentos vernáculos que le enviaban de diferentes lugares de Nicaragua. Escribí un cuento sobre la "carreta nagua" (náhuatl, seguramente), una recreación de la historia folclórica acerca de una carreta fantasma que va a media noche por los caminos, jalada por esqueletos de bueyes y cargada de almas en pena, y se lo mandé. Para mi sorpresa, se publicó con un gran despliegue, con ilustraciones; fue lo primero que firmaba como escritor.

Pablo Antonio puso como ante título: "Versión de Masatepe". Creyó que era un relato local transcrito por algún viejo guardador de tradiciones, cuando en realidad yo había inventado la historia a partir de lo que oía contar. Con ello me di cuenta, por primera vez, de la capacidad de engaño de la literatura.

A ello siguieron los cuentos que publicaste en la revista universitaria Ventana, *los libros de cuentos* (Cuentos, Tropeles y tropelías *y* Charles Atlas también muere), *la novela* Tiempo de fulgor *y los textos escritos en Alemania* (¿Te dio miedo la sangre?, *Balcanes y* volcanes y El muchacho de Niquinohomo) *de los que ya hemos hablado. ¿Hubo algún maestro, algún tutor que te haya servido de modelo?*

Reconozco a dos grandes maestros que dejaron una huella imborrable en mí: el poeta José Coronel Urtecho y el rector Mariano Fiallos Gil, dos hombres nacidos en el mismo año de 1906 y que, vistos a la distancia, eran polos diametralmente opuestos. De Mariano Fiallos ya te he contado que durante mis años universitarios, su biblioteca y sus consejos fueron mi aliento. No sólo me indujo a leer a Proust, sino que abrió mi cabeza al eterno cuestionamiento de las verdades absolutas, y al humanismo militante, en un afán por enseñarme a no sucumbir ante ningún tipo de dogma. Era un hombre profundamente anticlerical y burlón de las instituciones eclesiásticas. Aunque conservo la fascinación por los ritos católicos de mi infancia, por su influencia empecé a ver a la iglesia tradicional como una rémora frente a las ideas transformadoras. La llegada de Juan XXIII al papado, fue una revelación para mí, y sigo admirándolo.

Coronel Urtecho, por el contrario, admirador de Primo de Rivera, había apoyado a la derecha franquista, y al viejo Somoza, y aunque disipado y mujeriego, era profundamente católico. Luego cambio radicalmente, apoyó al sandinismo en su lucha por derrocar a la dictadura, y fue un entusiasta de la revolución. Lo admiraba desde mi adolescencia cuando leí *Rápido tránsito*, su libro en prosa sobre el Río San Juan que se convirtió para mí en un libro de cabecera. Cuando en 1960 supe que había regresado de España, lo busqué para conocerlo en la casa de su hermana en Managua, donde estaba hospedado. Luego estreché mi amistad con él cuando lo visitaba en Las Brisas. Aparte de sus escritos, lo más fascinante era su conversación. Era capaz de hablar de todos los temas con una enorme lucidez, ironía e ingenio, en un constante chisporroteo verbal. Gracias a sus traducciones y a las de Ernesto Cardenal, pude conocer

191

muy tempranamente la obra de William Carlos Williams, T. S. Eliot, Ezra Pound, Edna St. Vincent Millay, Vachel Lindsay o Emily Dickinson, que marcarían una influencia clave para sucesivas generaciones de poetas nicaragüenses a partir del movimiento de vanguardia.

También me reconozco en deuda con el magisterio riguroso de Pablo Antonio Cuadra. La Prensa Literaria, que él dirigía, era un filtro muy estricto, y cuando él te publicaba un cuento o un poema, significaba que había encontrado calidades en la pieza; si no lo hacía, es porque no le había parecido lo suficientemente buena.

Las imágenes detalladas y colmadas de acción de tus escritos, parecieran escenas cinematográficas que se detienen en los planos, los enfoques, los retrocesos y los paneos de la cámara. ¿En qué medida el cine ha influido tu escritura?

El cine es quizá la influencia más poderosa en mi formación como escritor; para escribir siempre parto de imágenes. Desde mis primeros recuerdos fulgura la pasión por el cine. Me veo en un patio, quizás antes de los cinco años, sentado en el suelo. En una sábana colgada entre los árboles se proyecta una película. Es un cine ambulante. Un asesino de gabán negro y sombrero, quizás mejor un ladrón, el pañuelo cubriéndole medio rostro, se acerca entre las sombras con una lámpara sorda en la mano, para abrir una caja fuerte. O recuerdo también la película en que el personaje principal era una mano cortada, que andaba sola, apoyándose en los dedos, y estrangulaba a sus víctimas.

En el Cine Darío, frente al parque y a media cuadra de mi casa, donde mi madre organizaba sus veladas de beneficencia cuando era presidenta de las Damas Leonas, siendo mi padre presidente del Club de Leones, empecé a fascinarme por los seriales de gángsters que nunca botaban el sombrero por muy ruda que fuera la pelea, en escenarios que siempre eran bodegas sórdidas y estaciones de ferrocarril abandonadas.

Cuando tenía nueve o diez años, ya cerrado el Cine Darío, mi tío Ángel Mercado adquirió el único cine que para entonces funcionaba en Masatepe, a media cuadra de mi casa. Don Juan Sánchez, el dueño, había vivido hasta su muerte con su familia en el cuerpo principal de la casa, y de la cumbrera surgía, como un palomar, la caseta de proyección; el corredor de mediagua era el palco, y el inmenso patio, donde había un corral de vacas, la luneta. Se llamaba Cine Triunfo y al comprárselo a la viuda, mi tío Ángel lo bautizó como Cine Club.

Pasaba mi vida dentro de esa caseta. El fulgor de la proyección iluminaba las palmeras, y sus penachos parecían arder en el temblor del reflejo de las imágenes. Arriba, en el espacio sereno, brillaban las constelaciones, y las voces cavernosas saltaban desde los parlantes ocultos tras la pantalla de madera, voces de gigantes sobrenaturales a los que se oía hablar y llorar aún en los linderos del pueblo.

Las películas llegaban en el autobús de la tarde a Masatepe, en latas metidas en cajoncitos de pino, y yo perseguía al proyeccionista para que me permitiera estar presente a la hora temprana de devanar los rollos, porque siempre llegaban corridos de Managua. El pago por mi ayuda eran pedazos sobrantes de película.

Cuando la cinta se trababa entre los dientes de la polea y el cuadro se quemaba en la pantalla, calcinado como si le hubiera caído una gota de lava, se alzaban gritos y silbidos, y se desataba una lluvia de piedras y semillas de mango disparadas a la caseta por un público insurrecto. Así empezó mi prueba de fuego. Instruido por el operador, aprendí a desmontar el rollo, llevarlo a la devanadora, cortar el cuadro quemado, pegar la película con acetato, instalar de nuevo el rollo metiendo en la oscuridad la película entre los dientes de la polea, ajustar los carbones, hacerlos chocar para crear la incandescencia y echar a andar el motor, todo en menos de un minuto, antes de que botaran la caseta a pedradas.

Tenía doce años cuando mi tío, que vivía en conflicto con el operador, por borracho, se presentó a mi casa para proponerle a mi padre que me dejara asumir el puesto. Mi padre se negó con horror porque yo no había nacido para operador de cine. Al final se dejó convencer por la argumentación de mi tío Ángel: podía estudiar y trabajar, así me haría una persona responsable desde niño; además, iba a ser como una distracción, si de todos modos yo vivía metido en la caseta. La única condición que mi padre puso es que yo no podía percibir un sólo centavo de sueldo. Era una distracción, no un trabajo. Y más que una distracción, pienso ahora, fue un vicio. Y los vicios no se recompensan.

Así me convertí en el dueño de ese universo que era la caseta de proyección y tuve ahí mi escuela de cine, y de escritor porque, como dices, la forma de narrar se emparentó desde entonces en mí con los encadenamientos, las disolvencias, los planos, los *flash-backs*. Muchas de esas técnicas ingenuas como la forma de indicar el retroceso o el adelanto en el tiempo con una lluvia de hojas de otoño o imágenes que se disuelven en el agua, o el vuelo apresurado de las páginas del calendario, las usé al escribir *Margarita, está linda la mar*.

Además, era la envidia de los niños de mi edad por tener la responsabilidad de producir la magia del cine en la pantalla. Era un puesto de enorme poder porque podía repartir los recortes de las tiras de película que el antiguo operador me daba a mí en pago por mi ayuda, tres o cuatro cuadros que se pierden cuando la película se quema, y que eran un tesoro para cualquiera de mi edad. Hice ese trabajo durante dos o tres años. Mi tío me pagaba con regalos: mi primer reloj me lo dio él. Llegué a ser, además, una especie de gerente del cine, de lo que yo alardeaba, porque mi tío, empedernido mujeriego, desaparecía en sus aventuras amorosas hasta por un mes. Instalaba a la boletera en la taquilla cada noche antes de la función, le entregaba los tickets, recogía al final el dinero de las entradas y al día siguiente lo depositaba en el banco.

Pareciera que Giusseppe Tornatore se inspiró en ti al filmar Cinema Paradiso, *en la que justamente un niño tierno pasa su infancia en la caseta de proyección.*

Es la película que a mí me hubiera gustado escribir y filmar, de haber sido director de cine. En esa época comencé también a desarrollar un arte que me acompañó siempre: el de dibujante, y que ya había practicado en el piso de la tienda. Aprendí a pintar los carteles de las películas que se colocaban en postes de luz frente al propio cine, en el parque central, y frente a la estación del ferrocarril. Cuando las películas traían sus carteles, cuidadosamente doblados en cuatro, los pegaba en el bastidor; si no, pintaba los rótulos yo mismo. Pegaba sobre el bramante del bastidor un pliego de papel periódico, y con pintura de agua dibujaba a mano las letras art-deco en negro, verde, rojo y azul de prusia. Luego, para hacer el siguiente cartel, pegaba el nuevo pliego con engrudo encima del anterior, y se iba haciendo así una capa muy gruesa de carteles. Recuerdo que cuando llegó *La llamada fatal* de Alfred Hitchcok, dibujé un enorme teléfono negro en el cartel.

¿Qué tipo de películas pasabas?

En el rango más amplio estaban las mexicanas. Recuerdo siempre las imágenes de *Enamorada*, la película del Indio Fernández con Pedro Armendáriz y María Félix, fotografiada por Gabriel Figueroa, las sombras de los soldados alargadas pasan-

195

do por la pared, la noche en que la tropa revolucionaria entra en el pueblo. Las de charros, Jorge Negrete, Pedro Infante y Luis Aguilar, las cabareteras de Juan Orol con Antonio Badú, Tito Junco, David Silva, López Moctezuma, Rosa Carmina, Tongolele, María Antonieta Pons y Ninón Sevilla; las cómicas de Cantinflas, Tin Tán y su carnal Marcelo; las lacrimógenas de Emilia Giú, Andrea Palma, Rosita Arenas, Ana Luisa Pelufo, Miroslava, y sus galanes Emilio Tuero, Abel Salazar, Arturo de Córdova. Y los espléndidos churros que Luis Buñuel rodaba en México en su exilio, desde *La ilusión viaja en tranvía* con Lilia Prado, hasta *El Bruto*, con Pedro Armendáriz y Katy Jurado, en donde hay un gallo fotografiado por Gabriel Figueroa que mira con su ojo fijo la escena de un crimen, un gallo que sólo puede ser de Buñuel. Y *Violetas imperiales* con Carmen Sevilla y Luis Mariano. Esa vez mi tío, en un alarde de galantería, de pie en la puerta, repartió violetas a cada una de las damas y damitas que entraban al cine.

Había también películas subtituladas. Muchos no sabían leer, pero siempre asistían a ver los musicales de vistosa utilería, los de Judy Garland, Gene Kelly, Fred Astaire, Ginger Rogers y Cid Charrise, o de vaqueros en las que Tim Holt sacaba la pistola provocando que los malos levantaran las manos: "¡Tikis maus!" (¡*Take it out!*), como repetíamos en los juegos en la calle, o las de Mickey Rooney, bajo su gorra de jockey, el huérfano rebelde de Boystown, Bing Crosby vestido de cura en *Las campanas de Santamaría*, u otras como *Ben Hur* o *El manto sagrado* cuando mi tío instaló la gran pantalla de Cinemascope.

Él tenía ideas curiosas para promover las películas, como ocurrió con *Lo que usted debe saber* que trataba sobre sexología. Dividió las tandas para hombres y mujeres por aparte, y eso creó una gran sensación. Esa vez, me prohibió el acceso a la caseta, pero luego pude revisar los rollos a trasluz, para encontrarme que no había nada de lo que yo esperaba, ni una sola mujer desnuda.

Curiosamente, también traía a Masatepe cine de arte. Por mis manos pasaron, entre otras, las latas de *Arroz amargo* de De Santis, *La fuente de la doncella* de Bergman, *Roma, ciudad abierta* de Rosellini, *Ladrón de bicicletas* de Vittorio de Sica, y *Rashomon* de Akira Kurosawa, desde mi perspectiva, el mejor ejemplo sobre "la falsedad de la verdad". He vuelto a verla muchas veces desde entonces. Al cometerse un crimen en el bosque, la violación de una mujer y el asesinato de su marido a manos de un salteador de caminos, los cuatro testimonios que se presentan ante la justicia, son cada uno de ellos versiones diferentes, sesgados todos por motivaciones propias. Esta revelación me ha sido siempre muy útil a la hora de discernir los instrumentos del oficio literario: "la verdad" es una deidad escurridiza, las más de las veces inaprensible y hay tantas verdades como testigos, o narradores.

¿Y esta prodigiosa escuela, confinado a la caseta de cine concluyó cuando partiste a León?

Quizá un poco antes. Mi tío era muy exagerado en sus operaciones comerciales. El cinemascope no fue rentable en un pequeño pueblo como Masatepe. Gastó una fortuna en una enorme estructura de acero para instalar la pantalla cóncava con un lienzo de nylon, gastó en parlantes de sonido estereofónico, compró lentes anamórficos de cinco mil dólares y se llenó de deudas. No tenía sentido de las proporciones. Quiso hacer un cine para dos mil personas en un pueblo de seis mil habitantes, dejando a medias los trabajos de techarlo, y estableció allí mismo una heladería para atender a una población diez veces mayor a la de Masatepe. Luego puso una carpintería industrial, con máquinas y herramientas eléctricas. Esta exageración lo arruinó y acabó por dilapidar la fortuna de mi abuela Luisa, que ya de por sí ella misma había mermado construyendo el enorme templo evangélico de cemento armado en la calle real. Cuando yo partía a la universidad en mayo de 1959, mi tío empezó a pedir prestado dinero con usureros y acabó perdiéndolo todo. Se apaciguó hasta sexualmente. Se casó con Lolita, una excelente muchacha que vivía en casa de mi tía Rosita Mercado, y de ser un hombre disipado, bromista y parrandero, se volvió un evangélico intransigente que hablaba de la Biblia en cualquier circunstancia.

A lo largo de esta entrevista te he escuchado hablar de Istmo Film, una productora de cine fundada en Costa Rica...

Fue una empresa de amigos. La fundamos Carmen Naranjo, Samuel Rovinski, Óscar Castillo, Antonio Iglesias, Nico Baker y yo, junto con la Sala Garbo, que todavía sigue exhibiendo películas muy escogidas, como era el propósito. La productora logró filmar un solo largo metraje que es de 1978, *Viva Sandino*, sobre la lucha del FSLN en el Frente Sur. Luego quisimos hacer otra sobre la vida de Sandino, escribí el guión, pero vino el triunfo y tuve que regresar a Nicaragua. Además nos endeudamos porque una productora de cine no era rentable en Costa Rica, la empresa quebró, y uno de los socios, Nico Baker, asumió la deuda con el banco y se quedó operando la Sala Garbo. Y yo que te he hablado de las exageraciones de mi tío Ángel Mercado.

La identidad: Sandino y Darío

Sandino parece ser un modelo recurrente en tu vida, ¿fue tu modelo a seguir durante la vida revolucionaria?

Sandino, pero también Darío. Para mí ambos representan el paradigma de la identidad nicaragüense. Me resulta asombroso que un hombre como Darío, sin caballo y sin espada, un poeta, se haya convertido en un héroe nacional, que le haya dado identidad a Nicaragua a través de la palabra. Por desgracia, esto mismo no pasa con Sandino. Fue un David que peleó contra Goliat en la defensa del país y, sin embargo, no todos los nicaragüenses lo reconocen como fuente de su identidad. El error fue que el nombre de Sandino pasara a encarnar un partido político. El Frente Sandinista de Liberación Nacional se debería de dejar de llamar así. Pienso que ya es hora que dejemos a Sandino sin la connotación de partido, que camine solo para que todo el mundo pueda reconocerse en él.

El pensamiento de Sandino lo conociste tardíamente, ya entrado en la adolescencia, no obstante que hubiera podido ser antes por el "parentesco" que te unía con él, como hijastro de tu tía abuela América Tiffer.
Mi tía América cuando terminó por recibirlo en su casa, como hijo natural de su marido, siempre lo mandó a comer a la cocina y hasta que se volvió una celebridad lo dejó sentarse a su mesa. Por ello, y porque como te he dicho, casi todos en Masatepe eran moncadistas primero y somocistas después, tuve que esperar hasta la universidad para deslumbrarme con el pensamiento de este hombre humilde, que por su fortaleza y tesón, nos legó una identidad y raíces netamente anti imperialistas. Además, Sandino era un nombre prohibido bajo la dictadura de Somoza. La única referencia oficial era el libro *Sandino, o el Calvario de las Segovias*, firmado por Somoza, y escrito por unos oficiales de la Guardia Nacional comisionados por él, en el afán de justificar su asesinato. Mutilaron y falsearon documentos y cartas para exhibirlo como un hombre cruel, ignorante y sin principios.
La vida y las hazañas de Sandino me conmueven siempre, y me llenan de orgullo, siento que Nicaragua no sería la misma sin su ejemplo, sin su gesta libertaria. A la hora de organizar la

resistencia contra la ocupación extranjera en 1927, en defensa de la soberanía, puso sus valores de renuncia y entrega por encima de todo. Era un convencido de que la muerte era un premio y no un castigo, el todo o nada, como lo expresaba en su frase definitiva: "yo quiero patria libre o morir".

¿Cuál fue la motivación para escribir El pensamiento vivo de Sandino*? ¿Tuviste acceso a archivos personales, quizá inéditos?*

Cuando llegué a la universidad pude leer *Sandino, general de hombres libres*, de Gregorio Selser, que circulaba clandestinamente en Nicaragua. Fue entonces cuando empecé a entender su pensamiento, y a interesarme en seguirlo. Pero todo lo que Sandino había dicho o escrito estaba disperso. En el libro de Selser, y en otros que también circulaban clandestinamente en Nicaragua había algunos fragmentos de sus cartas y manifiestos, pero faltaba un libro que sistematizara su pensamiento. En Costa Rica me dediqué a esa tarea durante dos años, juntando y completando documentos diseminados en muchas fuentes. De allí salió *El pensamiento vivo de Sandino*, que se publicó en 1975.

En 1973, antes de irme a Berlín, estuve en Tampico para recorrer los lugares donde había vivido y trabajado para la Huasteca Petroleum Company hasta 1925. Asistía a un seminario de la Unión de Universidades de América Latina en Ciudad Victoria, Tamaulipas, y desde allí viajé a través de los ejidos de caña con Jorge Serrano y Alejandro Toledo, que ya estaban estudiando en Stanford, como ya te conté.

Años más tarde, tras el triunfo de la revolución, fundamos el Instituto de Estudios Sandinistas y el presidente José López Portillo nos hizo una donación que enriqueció notablemente nuestro acervo sobre Sandino. En su visita de estado en 1981, trajo como regalo un cofre de madera labrada lleno de documentos que Sandino había dejado en México. Fue una sorpresa.

En 1929, en un momento de enormes dificultades en su lucha, Sandino viajó a México porque el presidente Emilio Portes Gil le había prometido recibirlo; pero en Yucatán tuvo que esperar durante seis meses, porque el gobierno de Estados Unidos presionaba en contra de ese encuentro. Sandino cargaba consigo su archivo; sin embargo, al regresar a Nicaragua se lo dejó encargado al doctor Pedro José Zepeda, un médico nicaragüense, viejo de residir en México, quien era su representante allá. Este tesoro pasó luego a manos de los hijos de Zepeda, uno de los cuales se casó con la actriz María Victoria. Fue a través de ella que el gobierno de López Portillo compró los documentos para regalárselos a Nicaragua, según entiendo. En la comitiva del presidente, venían también los hijos de Zepeda.

Me encerré tres días a examinar el contenido del cofre, y fui entregando los documentos en manos del equipo del Instituto de Estudios Sandinistas. Con esto, y con otros expedientes que yo conocía y que estaban en los archivos de la marina norteamericana en Indianápolis, y algunos más que fueron apareciendo, se hizo la segunda edición de *El pensamiento de Sandino*, ahora en dos tomos, que se publicó en 1985 en el centenario de su nacimiento.

Aún pienso escribir, algún día, una novela sobre Sandino. Toda mi vida adulta me he dedicado a estudiar a fondo su pensamiento y entre más lo he leído, más me he convencido de lo justa que fue su lucha. Tengo más de tres mil fichas de él, y otras tantas de Darío. Pero ahora, más que su pensamiento, quisiera desentrañarlo en esa novela como ser humano.

Pienso que con la visión de novelista que te caracteriza, probablemente esa novela de Sandino no será una apología.

Quisiera reflejarlo con todos sus claroscuros. Siempre he tratado de ver a mis personajes, héroes y villanos, con esa obligada visión crítica del novelista que permite advertirlos en todas sus facetas. Sandino el héroe fue muy complejo, con muchas dualidades. Se casó con Blanca Aráuz, una niña virgen, la telegrafista del pueblo de San Rafael del Norte, y a los pocos días de casado se fue a los centros de montaña donde lo aguardaba su amante Teresa Villatoro, una salvadoreña muy aguerrida a quien había conocido tiempo antes en el Mineral de San Albino, vendiendo comida a los mineros. Ésta era su mujer; la otra, su esposa. En un ataque al cuartel del Chipote, Teresa fue alcanzada por un charnel que le arrancó un pedazo de hueso de la frente; y ese hueso, Sandino lo traía colgado del cuello en una cadena de oro.

Hay una carta de Sandino a Blanca que siempre me divierte mucho, porque ante sus reclamos, el le responde: "no me hables de celos...yo soy tu mar y en mí confía..." Y cuando Blanca va a dar a luz a su primer hijo, lo que le cuesta la vida, no sólo se empeña en que sea un parto natural, porque esas son sus ideas teosóficas, sino que luego parte hacia Wiwilí en compañía de la sobrina de Blanca, Angelita Aráuz, que tiene dieciséis años, y es su nuevo consuelo.

Eso es lo que me atrae como novelista, no sólo los ideales del héroe, sino su naturaleza humana. Un hombre arbitrario en ocasiones, un iluminado en otras. Creía en el espiritualismo y, como teósofo, en la reencarnación del ser; su gran héroe era Joaquín Trincado, un espiritualista argentino. A uno de sus campamentos le puso "Joaquín Trincado" y a otro "Luz y sombra", en alusión a uno de los escritos del propio Trincado. Sandino no era ningún marxista y su capacidad de análisis social y económico era meramente intuitiva. Ahí está su genio: era un artesano humilde que tomó las armas para defender a su pequeño país de una gran potencia y que fue capaz de articular un pensamiento rotundamente intransigente ante la intervención militar norteamericana.

Algunas de sus ideas tienen una lógica deslumbrante y conmovedora; mientras que otras, como aquello que proponía de la república bolivariana, o el canal por Nicaragua que quería que se construyera por una sociedad de naciones latinoamericanas, eran quimeras. Porque también era un soñador de imposibles.

Rubén Darío, por su parte, ya te sirvió como fuente de inspiración para escribir Margarita está linda la mar, *novela con la que fuiste galardonado con el Premio Alfaguara 1998.*
Su nombre siempre está en el aire que respiramos. Para los nicaragüenses representa el orgullo de la inteligencia, de la invención, del genio que deslumbró al mundo; el ser "cabezón". Desde muy niño me sabía de memoria sus poemas. En 5º año de primaria gané con una de sus poesías la eliminatoria del concurso anual de declamación, luego quedé como representante del departamento de Masaya y, ya en la final, en Managua, pasé a la segunda vuelta, pero no gané el premio. Me regalaron, sin embargo, un librito de la Editorial Aguilar como un misal, empastado en cuero, con las poesías completas de Darío impresas en papel biblia. Ese regalo me ha acompañado toda la vida. Cuando me encuentro a Carlos Monsiváis, él me dice: "que púberes canéforas te brinden el acanto…"; y yo le respondo: "…y que sobre tu sepulcro no se derrame el llanto…", y así con cada poema. También se los sabe completitos García Márquez, y avergüenza mi honor patrio cuando me corrige: "no, maestro, no es 'y la carne que tienta con sus verdes racimos', sino 'con sus frescos racimos'…"

Para mí ha sido una pasión adentrarme en la vida de este gran renovador de la lengua cuyos poemas los recitan en Nicaragua hasta los borrachos en las cantinas; un héroe popular a quien le endilgan poemas que nunca escribió, como *El brindis del bohemio.* Su genialidad le parece a la gente como la de

Quevedo, convertido también en personaje popular, y capaz de hacer rimar palabras vulgares; pero claro que en Nicaragua Darío siempre es más genial, más inteligente que Quevedo.

Darío tiene un poema muy hermoso al volcán Momotombo "ronco y sonoro" que él veía alzarse en la distancia mientras viajaba en tren de León a Managua, cuando trabajaba en la Biblioteca Nacional, muy joven. Para mí también, los volcanes de Nicaragua son parte de mi esencia. Como ya te dije, escribí un libro autobiográfico *Retrato de familia con volcán*, todavía sin publicarse, porque siempre recuerdo el volcán Masaya que se alza como un telón de fondo detrás de la casa de mis padres en Masatepe. Y, a manera de ex libris, cuando firmo mis libros, siempre dibujo dos conos: el Momotombo y el Momotombito, que fueron parte de la escenografía de mi vida en León y me acompañan también aquí en Managua. Para mí Nicaragua es Darío, es Sandino, y son los más de veinte volcanes que están en el paisaje y que forman la cordillera de los Maribios, suficientes para el juicio final.

Castigo divino y los desplantes de Carlos Salinas

Con estos antecedentes, creo que podemos volver a la cronología. Estábamos en 1985, cuando la mancuerna Daniel y Sergio fueron electos como presidente y vicepresidente, y tú te decides, después de escribir Estás en Nicaragua *(como homenaje a Julio Cortázar), a novelar en* Castigo divino *la historia de Oliverio Castañeda, un personaje muy conocido en la sociedad leonesa que, en los años veinte, se atrevió a envenenar a una serie de personajes de la ciudad. Háblame del por qué de esta novela.*

Los diez años de silencio literario hasta *Castigo divino*, habían sido demasiado en mi carrera literaria, como te dije, y sentía una enorme necesidad de escribir. Siempre me ha apasio-

204

nado la crónica roja: *Rojo y negro* de Stendhal, *A sangre fría* de Truman Capote y *Una tragedia americana* de Theodor Dreiser son libros claves en mi formación, y pensé entonces en utilizar el proceso judicial de Oliverio Castañeda, que me obsesionó durante mis años universitarios en León, como base de una novela. Lo estudié a fondo en la facultad de derecho y disfruté mucho escuchando los relatos de Mariano Fiallos, el rector, que había sido el juez de este caso.

Cuando decidí escribir sobre el tema, sabía que una novela judicial podía resultar aburrida, por eso quise explorar un abanico de posibilidades para que el libro pudiera tener distintas lecturas: como folletín, novela policíaca, *thriller*, novela realista, novela de costumbres, y aún judicial. Abundé en la lectura de los legajos del proceso mismo, los periódicos de la época, repasé las fotografías de los personajes y sus ambientes, mis viejos textos de criminología, toxicología y medicina legal, y opté por una estructura que, aunque no lo parezca, es muy complicada: los relatos van regresando a alimentarse siempre hacia atrás, y el lector recibe como cebo la información a cuenta gotas, para luego poder ir ampliándola a medida que progresa la lectura.

Me parece divertido que entre los personajes del libro, introdujiste los nombres de algunos de tus amigos intelectuales, cambiándoles su oficio: Samuel Rovinski, que en la vida real es tu amigo escritor, es un farmacéutico que certifica la dosis de los venenos vendidos; el pintor Dieter Masuhr, es sacerdote; Alfredo Bryce Echenique, Carlos Monsiváis y Antonio Skármeta son científicos. ¿Qué opinaron todos ellos de esta "nueva" identidad?

Pienso que les pudo parecer divertido, salvo a una vieja amiga escritora guatemalteca, que en el acto de presentación de *Sombras nada más* en la Feria del Libro de Miami se paró muy enojada a reclamarme porque usé su nombre para el personaje de una maestra de Castañeda, cuando éste era estudiante del Instituto de Zacapa; por maldad él embadurnaba de excremento el pasamano de la escalera en que ella siempre se apoyaba, con lo que siempre estaba la pobre mujer, llena de angustia, oliéndose la mano. Creo que a mí se me fue la mano, y la quejosa tiene razón. Pero también se puso de pie, acto seguido, otra señora guatemalteca, pariente de Castañeda, protestando mi abuso en contra de su deudo, según su juicio, inocente. Tuve que responder que nunca antes me había ocurrido ser asaltado por mis propios personajes, con lo que todo se disolvió en risas, y una de las asistentas me ofreció entonces su nombre para personaje de una próxima novela.

También, cuando el libro fue publicado, se molestó la familia leonesa víctima de Oliverio Castañeda, que en el libro aparece bajo el apellido Contreras. Tuve la previsión de cambiar sus nombres y apellidos, pero el caso era público, formaba parte de la memoria colectiva de Nicaragua y todo el mundo sabía de quien se trataba. Con el libro y la serie de televisión, que se filmó luego en Colombia, todo salió nuevamente a relucir: los pormenores del asesinato, los amoríos de las Contreras con Castañeda, todos los entretelones ocultos de la trama.

¿Crees que el éxito del libro obedeció también a que eras dirigente revolucionario?

El manto de dirigente de la revolución necesariamente cubría mi obra y probablemente muchos se interesaban en mis libros por mi papel político, o por eso mismo los desdeñaban. La revolución era un escenario gigante, muy iluminado. Por eso, hoy que la revolución quedó atrás y se acabó mi papel en ella, mi mayor satisfacción es haber podido sobrevivir como escritor lejos de esos reflectores, y ser reconocido ya sin el aura del sandinismo.

Tenías cuarenta y tres años, y ese libro te consolidó en el mercado internacional. Cuéntame cómo sucedió, qué perspectivas personales comenzaron a abrirse para ti con la literatura, y cómo conjugaste la política con los beneficios de la escritura.

Esto que afirmas con respecto al "mercado internacional" es sólo cierto parcialmente, porque la historia de *Castigo divino* está llena de altibajos. Hortensia Campanella, uruguaya y exiliada en España, un personaje clave en mi vida literaria, y a quien conocí después de que me hizo una entrevista para la revista *El Socialista* del PSOE allá por 1980, se interesó en los originales de *Castigo divino* y se los pasó a Mondadori. Julio Ollero, el director de la editorial en ese entonces, se entusiasmó con el libro y me ofreció un contrato que para mí era entonces enorme, veinte mil dólares de adelanto. Luego, cuando el libro salió en Madrid, Carlos Fuentes me dio un espaldarazo con una reseña de página entera en *El País*, el mismo día en que él recibía el Premio Cervantes, y eso provocó que esa misma tarde, el editor de Fuentes en Inglaterra me buscara para publicar *Castigo divino* en inglés. Al final, se lo vendí a Random House por cincuenta mil dólares. Luego siguió Piper Verlag en Alemania.

Pero este libro también tuvo su "castigo divino". En Estados Unidos, cuando ya estaba anunciado en el catálogo de la primavera de 1990, cambiaron al editor a cargo de Random House y el sustituto decidió modificar el programa editorial y, junto con mi libro, sacó a muchos otros. Piper, por su parte, vendió la editorial a otra compañía y tampoco la novela salió en Alemania. A pesar de que recibí bastante dinero, éstas fueron dos grandes frustraciones. Salieron sí las ediciones francesa, holandesa, rusa y japonesa. Las traducciones en inglés y en alemán, excelentes ambas, están aún sin publicar.

En español, tuvo ediciones en Colombia, Argentina y México. En Nicaragua se vendieron más de treinta mil ejemplares, algo inaudito para el pequeño mercado del país. Todo el dinero recibido a cuenta de los derechos de autor de *Castigo divino* sirvió para formar el fondo inicial de la Fundación Víctimas de Guerra, que todavía encabezo, y que apoya a los discapacitados con proyectos de rehabilitación y entrenamiento laboral.

Háblame de tu amistad con Carlos Fuentes.

Carlos era, desde mis veinte años, el escritor que yo quería ser. Lo comencé a leer en los sesenta, cuando todavía estaba vivo Fernando Gordillo, mi compañero de la revista *Ventana*, que murió de miastenia gravis en 1967 a los veintisiete años. Leímos *La muerte de Artemio Cruz*, *Los días enmascarados*, *Aura*, *La región más transparente*, *Cantar de ciegos*. Fernando, a quien visitaba en Managua en su casa del barrio Santo Domingo, confinado en su lecho, decía que detrás de esa escritura se traslucía una gran honestidad ética y política.

En 1971, fui invitado a un congreso mundial de jóvenes organizado por los socialistas austriacos en Salzburgo. Acababa de ser electo primer ministro por primera vez Bruno Kreisky, con quien luego tendría una relación entrañable, y llegó a inaugurar la reunión; se sentó en la cafetería a conversar en una mesa con un grupo de participantes, sin ningún guardaespaldas, y en esa cercanía suya, departiendo con él, tuve esa otra imagen del poder, la misma que proyectaba Olof Palme. Esa vez conocí también al obispo brasileño don Helder Cāmara, quien llegó para hablar en una sesión plenaria, pequeño de estatura, pero qué poder de convicción.

Pero bueno, estaba yo ahí con Monsiváis y Carlos Rincón, vino Peter Schultze-Kraft para llevarnos a Viena, y fuimos juntos al estreno de *El tuerto es rey*, una pieza de teatro de Fuentes, con María Casares en el rol principal. Él estaba presente, y también sus padres, que habían llegado de Portugal, donde eran embajadores. Le pedí a Monsiváis que me concertara una entrevista con él, pero no fue posible, y sólo pude saludarlo ligeramente a la salida del teatro. Pasaron algunos años, hasta después del triunfo de la revolución sandinista, antes de que fuéramos amigos estrechos.

Vino a Nicaragua en un par de ocasiones, la última de ellas en compañía de William Styron y su esposa Rose, en 1989, cuando estuvieron en nuestra casa. Se negociaba la fase final de los acuerdos de Esquipulas, y tanto Fuentes como Styron acompañaron a Daniel Ortega a la reunión de presidentes centroamericanos en Alajuela, Costa Rica, en una demostración de respaldo a la revolución. Para entonces se estaba filmando *Gringo Viejo* en Sonora, y recuerdo que Vanessa, la hija de Roger Vadim y Jane Fonda, que vino con Carlos, no se quería regresar, fascinada con el país.

A través de Carlos Tünnermann, entonces embajador de Nicaragua en Washington, le había hecho llegar el original de *Castigo divino* en 1987, para el tiempo en que él estaba como profesor invitado en la Universidad de Maryland en College Park, la misma universidad adonde yo también voy ahora en el otoño, cada dos años, en el mismo carácter. Fuentes tiene una cualidad rara entre los escritores, y es la generosidad. Leyó el manuscrito y luego apareció su artículo en *El País*. Yo era conocido como vicepresidente, y menos como escritor, y por eso el espaldarazo fue decisivo.

Asistí a la entrega del Premio Cervantes en la Universidad de Alcalá, y como vicepresidente tuve un lugar de honor en la ceremonia. Luego, a lo largo de la vida, él ha hablado con mucho entusiasmo de mis libros y me ha empujado siempre a escribir. Presidió el jurado que me dio el premio Alfaguara, y fue él quien me llamó a Managua para informarme del resultado. Después, cuando se presentó en México en junio del 2001 mi libro de cuentos *Catalina y Catalina*, él estaba en la primera fila y escribió un comentario muy elogioso en *La Jornada*.

¿Y tu amistad con Gabo?

Es igualmente entrañable. Una amistad caribeña, hablamos "mamaderas de gallo", como dicen los venezolanos, con mucho humor y mucha risa de por medio. Improvisamos y nos reímos, pero nunca hablamos de mis libros. Él en este terreno es más escueto, y jamás se me ocurriría tocarle ese tema, porque además, no hay cosa que me haga sufrir más que se hable de un libro mío delante de mí, así sea en alabanza.

Cuando el premio Alfaguara solamente me dijo en una ocasión: "los dos son libros muy buenos", refiriéndose al de Lichi y al mío.

Nos hacemos recomendaciones de lecturas, tenemos gustos comunes por la música popular, sobre todo los boleros, y, como te dije, los dos adoramos a Darío, siempre me insiste en que debería escribir más sobre Darío. Si la conversación durante la cena no nos basta, nos citamos a desayunar en Sanborn's de Perisur; una vez, cuando me llevaba después del desayuno de regreso a la casa de José Luis Barcárcel en Coyoacán, nos perdimos por más de una hora, entretenidos en hablar fuimos a dar hasta el Ajusco. Tulita tiene con Mercedes una relación también entrañable, y alegre, como la tiene con Silvia, la esposa de Carlos.

Ha sido un amigo sincero de Fidel por años, y como te dije, siempre trató de acercarme de nuevo a él, no por razones políticas, por supuesto, sino personales, de afecto. De Nicaragua y el sandinismo ahora hablamos poco, y su criterio sobre todo lo que pasó lo resume en una frase lapidaria: "a mí, me estafaron", en lo que estoy enteramente de acuerdo. Cuando estalló mi conflicto con el FSLN, el diario *Barricada* que dirigía Tomás Borge me llamó "traidor", y entonces Carlos Fuentes, Gabo,

William Styron y Harold Pinter firmaron una nota de protesta en mi defensa; fue una iniciativa de Carlos y de Gabo.

Te escuché decir, en algún momento, que algo sucedió en México cuando viniste a presentar Castigo divino... Como yo era entonces vicepresidente de Nicaragua, Rita Delia Casco, nuestra embajadora en México, programó en paralelo a las entrevistas y compromisos literarios, una serie de encuentros políticos. Era 1988 y Carlos Salinas acababa de ser electo como presidente de México. Se acordó que vería en Tlatelolco al canciller Sepúlveda, que luego él me acompañaría a una audiencia con el presidente Miguel de la Madrid en Los Pinos, y que de ahí partiríamos a entrevistarnos con Salinas. Por inexperiencia en cuanto a los entretelones de la política mexicana, porque estaba recién llegada, ella programó de primero un desayuno con Cuauhtémoc Cárdenas en nuestra embajada.

A la mañana de mi llegada a México, se dio al desayuno, y en la noche, la presentación de mi libro en el Museo Tamayo. Al día siguiente, apareció en la primera página de *La Jornada* la fotografía de mi encuentro con Cárdenas. Eso bastó para que me llamara Sepúlveda al Hotel Presidente Chapultepec, mientras yo estaba ocupado con las entrevistas de prensa, para decirme que las citas con de la Madrid y con Salinas quedaban canceladas. Me pidió que fuera a Tlatelolco para explicármelo personalmente. Cuando llegué con Sepúlveda estaba nada más en su despacho José Luis Lamadrid Sauza, un viejo dirigente del PRI, embajador entonces de México en Nicaragua, que no abrió la boca durante ese encuentro. Sepúlveda me dijo que al haberme reunido con Cárdenas, que estaba entonces impugnando las elecciones, yo había cometido un acto grave de descortesía, ofensivo para México, y que, por ello, la respuesta del gobierno era suspender las entrevistas. Me

211

comuniqué entonces con Daniel Ortega y le informé lo que estaba ocurriendo.

Pero Salinas todavía no llegaba al poder, ¿cómo es posible que ya hiciera gala de tantas ínfulas de grandeza? Aún hay más. Esa noche se inauguró la editorial Cal y Arena y Héctor Aguilar Camín me invitó a la fiesta. Cuando llegué, Salinas ya estaba sentado en la mesa principal. Ángeles Mastretta, sin saber lo que había ocurrido, me tomó de la mano y me llevó muy contenta a sentarme al lado de Salinas. Ni siquiera me saludó, e inmediatamente se levantó y se fue. Me di cuenta que el asunto pasaba a ser personal y se lo dije a Héctor, que llamó a Manuel Camacho, secretario general entonces del PRI, y Camacho quedó de desayunar conmigo en la embajada de Nicaragua al día siguiente. Llegó con Jorge Montaño, entonces secretario de Relaciones Internacionales del PRI, y tuvimos una discusión muy a fondo. Les dije que era increíble que por un error diplomático se tratara de esa manera tan humillante a un país como Nicaragua; nosotros no éramos una potencia política ni económica, pero sí una potencia moral. Nadie me podía negar el derecho de reunirme con un candidato derrotado, y aclaré que si Cárdenas insistía que le habían robado las elecciones, ése era su mensaje y no el mío. Les dije que simplemente había escuchado sin opinar y que, reflejo de ello, era que en *La Jornada* no aparecía ni una sola declaración mía sobre el asunto.

Años después, cuando ya había dejado sus funciones de gobierno, tuve la oportunidad de comentar ese episodio con Camacho. Nos volvimos a ver en Cuernavaca en 1997, en una de las reuniones de dirigentes latinoamericanos convocadas por Jorge Castañeda para discutir políticas económicas alternativas para América Latina. Éramos diez o doce personas, entre ellas el propio Camacho, Vicente Fox, Manuel López Obrador,

Lula da Silva, Ciro Gomes, Dante Caputo, Claudio Fermín. Al terminar la reunión, Camacho me trajo de regreso a la ciudad de México en su vehículo y veníamos hablando de diversos temas, entre ellos lo difícil que era organizar una fuerza política nueva, algo que él intentaba entonces en México tras su salida del PRI, y en lo yo había fracasado ya en Nicaragua. Entonces recordamos el incidente de aquella vez. Ahora podíamos comentarlo libremente, porque cuando se ocupa una posición oficial, uno se convierte en un actor de teatro que debe ser fiel al libreto. Había sido una enorme tontería de Salinas, un hombre sumamente orgulloso y vanidoso. Quiso demostrar que su legitimidad de presidente electo era incuestionable, y por eso suspendió la reunión y le pidió al presidente de la Madrid que hiciera lo mismo, y por eso sus demás desplantes. Con de la Madrid he conservado una relación cariñosa, lo mismo que con Sepúlveda, y nunca hemos comentado aquel penoso incidente.

¿Volviste a ver alguna vez a Salinas?
Sí. Vino a Nicaragua en tiempos del gobierno de doña Violeta en visita oficial, quizá fue en 1992 ó 1993, y recibió una condecoración que ella le impuso en una ceremonia en el Teatro Rubén Darío. Yo estaba ahí como jefe del grupo parlamentario sandinista. En su discurso de agradecimiento, Salinas se dedicó a hacer una larga y detallada mención de los nicaragüenses notables que alguna vez habían vivido en México. Mencionó a Salomón de la Selva, a Ernesto Mejía Sánchez, al economista Zamora, a Solón Argüello, que peleó en la revolución y fue fusilado; pero, entre ellos, no recordó a Sandino.
Al día siguiente, como Daniel Ortega no estaba en el país, a nombre de la Dirección Nacional del Frente Sandinista fuimos Tomas Borge, Bayardo Arce y yo, a entrevistarnos con Salinas en el Hotel Intercontinental, donde se hallaba alojado. Era la

primera vez que me sentaba frente a él desde que se había levantado de la inauguración de la editorial Cal y Arena. Empezó la conversación, pero yo había decidido ser un convidado de piedra. Fue ahí donde Tomás Borge le ofreció escribir un libro sobre su vida, y Salinas se mostró muy complacido. Le dio instrucciones a José Carreño Carlón, director de Comunicación Social de la Presidencia, para que incluyera a Tomás como invitado en las caravanas presidenciales y le designara tiempos en la agenda para poder conversar con él.

En determinado momento, muy lleno de cordialidad, me preguntó por qué si viajaba a México tan a menudo no lo buscaba. Conozco ese estilo de retórica política y le respondí que reconocía que era un hombre muy ocupado y que no lo había querido molestar. Él insistió, me dijo que lo llamara, que quería invitarme a comer, y le di las gracias. En la puerta de la suite, al despedirme, le dije que en su discurso de la noche anterior había cometido una grave falta. Se sorprendió. A su lado estaban José Carreño y José Córdoba Montoya. Le dije que no había mencionado a Sandino, quien vivió mucho tiempo en México trabajando de 1923 a 1926 como obrero en la Huasteca, en una compañía petrolera en Cerro Azul, y había regresado en 1929, impedido por meses en Yucatán de llegar a la ciudad de México, como te referí.

"Ahhh, ¡qué barbaridad!", me respondió, "no me acordé de todo eso, pero me queda un discurso en la Embajada de México, y allí voy a rectificar. Sin embargo, a quien a propósito no quise mencionar fue a Rogelio de la Selva". Y puntualizó: "No me pareció apropiado".

Rogelio de la Selva era un nicaragüense muy arraigado en México, hermano del poeta Salomón de la Selva. Trabajaba como jefe de un campamento maderero en Chetumal, cuando Miguel Alemán lo conoció allí, durante su campaña presidencial en 1946; le cayó bien, se lo llevó a México y lo convirtió en su mano derecha. En Nicaragua, tierra de las exageraciones, proliferaban las leyendas en torno a él: se decía que cuando Alemán se cansaba de la lectura del Informe Anual en el Hemiciclo a Juárez, Rogelio de la Selva era quien lo relevaba para seguir leyendo, y que cuando viajaba de regreso a Palacio Nacional, después de la lectura del Informe, en su coche descubierto de dos plazas, era Rogelio de la Selva quien lo acompañaba. Pero sin duda tenía mucho poder, y era una pieza maestra del aparato de corrupción en el gobierno de Alemán.

Cuando Salinas me mencionó su omisión deliberada de Rogelio de la Selva, le respondí: "Presidente, pero si usted tiene a su propio Rogelio de la Selva", y sonreí mirando a Córdoba, que era español nacionalizado mexicano, y con quien me había entrevistado una vez en Los Pinos, una persona muy amable y atildada. En lo que hace a Sandino, Salinas corrigió su omisión en el discurso que le quedaba.

Quiero regresar al libro de Tomás Borge, Salinas: Los dilemas de la modernidad. *¿Cómo es posible que un sandinista ortodoxo, un dogmático que se caracterizó por no aceptar la más mínima concesión dentro del sandinismo, haya sido quien escribiera esa apología de Salinas y del neo liberalismo?*

En primer lugar, porque en Nicaragua había sobrevenido un verdadero cataclismo ético que descalabró los cimientos del sandinismo. Además, Tomás Borge decidió un buen día que era escritor. Había publicado poemas líricos durante la revolución, y cuando perdimos las elecciones decidió que también sería periodista. Aspiraba a ser como Julio Scherer, que entrevistaba a los grandes líderes mundiales. Antes de su encuentro con Salinas, ya te he contado que hizo una larga entrevista a Fidel Castro que publicó bajo el título *El grano de maíz,* y otra, muy extensa también, a Gadafi sobre *El libro verde.*

Salinas se mostró encantado de que una figura de la revolución sandinista fuera quien le escribiera su biografía. Pensaba que tal vez eso le daría crédito ante la izquierda mexicana. Sin embargo, el libro sólo sirvió para que esa izquierda, que siempre apoyó al sandinismo, se alzara airada y decepcionada contra Tomás Borge. Una izquierda anti PRI, de repente vio a un dirigente connotado de la revolución sandinista convertido en un trovador que cantaba las loas de Salinas de manera edulcorada.

¿Qué sucedió en el camino hasta llegar a esa grotesca apología (que comienza como si estuviera narrando una escena de cine: "Cuando Carlos Salinas de Gortari subió con un paso de corredor de pistas las gradas del estadio y dirigió una mirada perspicaz al auditorio, sus ojos se detuvieron unos segundos en su hermano Raúl... En los ojos del presidente hubo un síntoma de travesura, de complicidad. Algo así como aquí estoy hermano, algo así como aquí estamos")?

Al principio ese libro se iba a llamar *La maestra Margarita y su hijo el presidente*, para que veas. Salinas aceptó el texto, con todos sus pormenores, pero por pudor, pidió que se cambiara el título por: *Salinas. Los dilemas de la modernidad*. Tomás insistió mucho en que yo escribiera el prólogo. Imagínate.

A la hora de publicarlo, fue Salinas mismo quien le ordenó a todos los gobernadores que el libro se presentara con la mayor pompa posible en cada uno de los estados del país. En la ciudad de México se presentó en septiembre de 1993 con un gran acto en el Palacio de Bellas Artes, y asistió la plana mayor del gobierno. Luego vino la larga gira por los estados. Un gobernador priísta, me contó que desde Los Pinos le llegó la orden de organizar un magno evento, con todo el gabinete presente. El acto estaba programado para las ocho de la noche, y Tomás pensó que tenía el privilegio de atrasarse, investido de poderes extraordinarios.

Para cuando al fin apareció, el gobernador y todo su gabinete ya se habían retirado y el escenario estaba vacío.

Sé por otro lado, que a la editorial Siglo XXI le ordenaron imprimir la edición de veinticinco mil ejemplares y no se la pagaron. Siglo XXI exigió el pago durante varios meses y todo el mundo se hizo el loco, hasta que acabaron ordenándole a *Excélsior* que pagara la factura. *Excélsior* se quedó con los libros y luego los repartió entre sus suscriptores.

Con Octavio Paz, por laberintos...

Ya que estamos hablando de México, quisiera tocar otro tema importante. Cuando en febrero de 1992 se llevó a cabo el Coloquio de Invierno, organizado por Conaculta, Nexos y la UNAM, y que le costó el puesto como director de Conaculta a Víctor Flores Olea, fuiste tú quien puso el dedo en la llaga y criticaste de frente a Octavio Paz. ¿Por qué lo hiciste?

Aguilar Camín me había invitado al coloquio para participar en una mesa presidida por Luis Cardoza y Aragón en el Auditorio de Humanidades de la UNAM. Yo no me alojaba en el Hotel Presidente Chapultepec, en donde estaban todos los participantes —me había quedado con José Luis y Elisita Barcárcel, mis anfitriones en México— pero todos los demás invitados se quejaban de que en la noche les metían, por debajo de la puerta de sus cuartos, propaganda en contra del coloquio tildándolo de "conspiración cultural del México oficialista". Ése era el tema de conversación a todas horas, y aunque se sabía que la revista *Vuelta* estaba en el origen de la conjura, nadie se atrevía a hacer una denuncia o una protesta pública, porque Paz era el sumo sacerdote.

Valdría la pena enmarcar este suceso y mencionar que tiempo antes, en 1990, Octavio Paz y los miembros de la revista Vuelta, *bajo el patrocinio de Televisa, habían organizado el coloquio "La experiencia de la libertad" con el objetivo de festejar y analizar "el fin del comunismo en el mundo".* Muchos escritores rumoraban que Paz consideraba como una afrenta este nuevo coloquio que abiertamente tomaba distancia del neoliberalismo.

En México le tenían terror a Paz, hasta sus adversarios temían contradecirlo. Era como el gran juez supremo que aprobaba quién era y quién no era escritor. En mi vida pública había aprendido que cuando uno está en una tribuna, o frente a las cámaras de televisión, se debe aprovechar para decir lo que a uno le interesa, independientemente del tema que se esté tocando. En la televisión de Estados Unidos o en Europa, cuando me entrevistaban, sabía que tenía tres minutos y hacía caso omiso de las preguntas para poder dar el mensaje que yo quería. Entonces aproveché mi tiempo en este coloquio para hablar de Octavio Paz. Recordé que al recibir el Premio de la Paz de los editores alemanes en Frankfurt, se había prestado a repetir el discurso de Reagan en contra de la revolución en Nicaragua.

Pero eso fue como echarle leña al fuego porque ese tema ya era un asunto del pasado, y en su momento, había despertado la pugna brutal entre la izquierda y la derecha en América Latina. Recordarás que cuando Paz dictó ese discurso, el ambiente estaba tan polarizado y caldeado, que la izquierda mexicana en un arranque de venganza e irracionalidad, quemó su efigie frente a la Embajada de Estados Unidos en México.

Eso fue una tontería, por supuesto, y una reacción primitiva. Yo lo que traté de hacer fue un juicio sereno. Alberto Ruy Sánchez, quien era parte de la mesa de debate, salió a defender a Octavio Paz, a pesar de sus graves diferencias con él. Poco tiempo antes, a Ruy Sánchez lo habían sacado del directorio de *Vuelta*. Dijo que lo que yo afirmaba no era cierto. Saqué entonces el discurso y leí el párrafo. Se abrió un debate entre Ruy Sánchez y yo, frente a un auditorio repleto. En la primera fila estaba Carlos Fuentes, muerto de risa, y Flores Olea, aterrado. Pocos días después, Paz fue personalmente a visitar a Salinas, se quejó de que no lo habían invitado a participar en el coloquio, y le pidió la cabeza de Flores Olea, quien como director de Conaculta era uno de los organizadores del Coloquio. Lo echaron. Luego Paz escribiría en *Vuelta* una nota titulada "La conjura de los letrados", donde me llamaba "trapalón", una palabra que me divirtió muchísimo por estrambótica, y que según el diccionario, donde fui a buscarla, significa "persona que habla mucho y sin sustancia, o embustero". Dijo que yo había mentido, que había sacado de contexto la información. Lo que hice, es cierto, fue provocarlo, sabiendo que estaba atento a todo lo que se dijera en el Coloquio.

Quizá más que retomar la línea de Reagan, lo que él pedía, y que hoy a mí me parece razonable, es que hubieran elecciones en Nicaragua, un país que se estaba alineando con las dictaduras de izquierda. Fueron escasas líneas en este sentido en un largo discurso, y él —según me dijo a mí— actuó como una voz crítica independiente....

Es probable que si lo leyera hoy, me parecería mucho más razonable que en aquellos años, cuando el contexto era diferente. Nosotros, a pesar de los excesos, nunca nos negamos a las elecciones, pero Reagan nos había montado una guerra destructiva. No tenía entonces otra forma de ver ese discurso que apegado a la intransigencia política de Reagan respecto a Nicaragua.

Aquí no hubo totalitarismo, aunque la revolución generó una tendencia autoritaria que la realidad se encargó de variar, nada menos que con una derrota electoral, tras unas elecciones ejemplares. Y la democracia fue, al fin y al cabo, un fruto legítimo de la revolución. No podía compararse al régimen sandinista con el que había en Polonia, Checoslovaquia, Bulgaria, la URSS, o Cuba.

¿Pudiste en algún otro momento hablar de frente con Paz sobre tus diferencias?

No, y lo que sucedió entonces, nada tiene que ver con mi admiración por su calidad como escritor. Desde que leí *El laberinto de la soledad* me pareció que era de una lucidez extraordinaria. Muchas de las cosas que él dice sobre los mexicanos podrían aplicarse a Nicaragua. Además siempre me subyugó su poesía. Finalmente, quedará lo que creó, que es al final lo que importa.

DE ELECCIONES Y FRACASOS

Explícame por qué finalmente aceptaron Daniel Ortega y tú que hubiera elecciones libres en 1990 en Nicaragua.

Durante una conversación a comienzos de 1989, ambos llegamos a la conclusión de que había que adelantar las elecciones para acelerar el fin del conflicto militar. Pensamos que si no lográbamos ganar unas elecciones que todo el mundo reconociera, la guerra nunca terminaría. Estábamos seguros de que ganaríamos, no cabía la posibilidad de perder. Pensábamos que nuestra lucha era justa y que el pueblo continuaría brindándonos su apoyo para poder iniciar, por fin, casi una década después del triunfo de la revolución, las transformaciones económicas y sociales que el país tanto requería y que la guerra había impedido. Con el aval de todos los partidos políticos de Nicaragua, Daniel llevó a la reunión de presidentes centroamericanos en Esquipulas esta propuesta de elecciones adelantadas a cambio del desarme de la Contra.

¿Por qué?

En realidad, el contexto era ya intolerable tanto para la Contra como para nosotros. Después de una década de conflicto armado estábamos exhaustos. La economía había entrado en un pantano, no había recursos materiales, las deserciones de los reclutas eran masivas y las canteras de nuevos jóvenes se habían agotado porque se fueron adelantando las edades en los llamamientos, eran ya demasiadas muertes y amarga la desilusión. Ya nadie creía en la idea de la muerte de los hijos como un sacrificio necesario.

Además, las condiciones del mundo habían cambiado, y ni la Contra ni nosotros teníamos ya sostén. En nuestro caso, Gorbachov nos había mandado decir que la URSS no podía seguir financiándonos. Yo mismo viajé en 1988 a Moscú, antes de la caída del muro de Berlín, en un intento de salvamento, pero muy claramente me informaron que los suministros básicos y los de petróleo no podían ya continuar, y que Nicaragua tenía que intentar el entendimiento con los Estados Unidos.

Por otra parte, en Estados Unidos la opinión pública estaba muy dividida. El Senado y el Congreso estaban en contra de la guerra y Reagan se había ido quedando solo. Con la llegada de George Bush, que no estaba muy interesado en continuar militarmente el conflicto, la Contra ya sólo recibía ayuda humanitaria por decisión del Congreso y, sin la ayuda militar, se sentía perdida.

De modo que el proceso de negociación resultó inevitable para ambas partes. Al principio, nosotros nos resistíamos a negociar directamente con ellos. Lo hicimos a través de "corre ve y diles", intermediarios como el cardenal Obando, que iba y traía argumentos. Pero finalmente llegó el día en que tuvimos que sentarnos de frente y reconocimos que ninguna de las dos partes podía ya ganar aquella guerra.

Óscar Arias, quien obtendría el Premio Nobel de la Paz, sirvió como intermediario para lograr esos acuerdos...

Es cierto, pero también tiene mucho mérito Vinicio Cerezo, presidente de Guatemala. Fue él quien primeramente llamó a todos e insistió en buscar consensos, pero no tenía fuerza política suficiente dentro de su país para terminar con su propio conflicto guerrillero y, por eso sobresalió más Arias, que gozaba de mayor influencia internacional por el prestigio de Costa Rica.

Cuando Arias convocó por primera vez a una reunión de presidentes centroamericanos sin invitar a Nicaragua, fue Cerezo quien le hizo ver que sin Nicaragua no se podría lograr nada. Lo convenció, y así se pudo proseguir con el proceso de paz de Esquipulas.

Los cambios que sucedieron en aquel entonces en el mundo, serían vertiginosos y sorprendentes. Para noviembre de 1989 cayó el muro de Berlín y en diciembre de ese mismo año, EUA invadió Panamá. ¿Cuál fue tu lectura de estos hechos en el contexto electoral?

A la caída del muro ni siquiera le dimos mucha importancia; no entendimos que era el principio del fin de la guerra fría. Yo había vivido en Berlín y vi aquel hecho con simpatía, pero no alcancé a entender que la URSS estaba pegada con saliva y que eso implicaría su disolución. Sin embargo, la invasión a Panamá fue mucho más temible porque tensó la relación con Estados Unidos y golpeó nuestra perspectiva electoral. Quizá perdimos definitivamente por esto.

En Panamá, las tropas norteamericanas rodearon con tanques la embajada de Nicaragua, y nosotros mordimos el anzuelo. Daniel y Humberto respondieron rodeando con tanques soviéticos la embajada norteamericana en Nicaragua.

Cuando ese hecho se dio, Henry Ruiz y yo nos hallábamos pasando el fin de año en la playa de Huehuete, y vimos a

Daniel por la televisión anunciando la represalia, que los dos consideramos una locura. Busqué como llamarlo por teléfono pero fue imposible conseguirlo. Yo sabía que cuando se cerraba en una decisión, también se encerraba para no discutirla. En medio de la campaña electoral, semejante imagen fue fatal. Mientras hablábamos de paz, el electorado vivía la posibilidad real de un conflicto militar con Estados Unidos en suelo nicaragüense, y eso causó en las encuestas un abrupto descenso en la intención de voto. Además, Daniel, por un grave error estratégico, en una campaña anárquica en la que todo el mundo metió mano, usaba como himno un corrido de guerra, "El gallo ennavajado". Era un verdadero absurdo, no podía haber símbolo peor: hablar de paz y exaltar el símbolo de un candidato como gallo de pelea con navaja.

Pero la monstruosa concentración de cierre de campaña en Managua, más de medio millón de personas, acabó por desmoralizar a nuestros contrincantes: desde los gringos hasta a los miembros de la Unión Nacional Opositora. Tiempo después Antonio Lacayo, yerno de doña Violeta y su mando derecha, me contó que llegaron a contemplar la idea de irse a vivir a España. Bush mismo, que apoyó a doña Violeta hasta el final, llegó a creer también que el sandinismo arrasaría. Los últimos mensajes que recibimos de la Casa Blanca era que nuestro triunfo les preocupaba, pero que estaban preparados para un cambio de relación.

Y quizá a partir del ejemplo nicaragüense, los analistas políticos y los candidatos aprendieron una importante lección: una plaza llena no es garante de votantes. ¿La sorpresa fue entonces el día de las elecciones?

Para mi sí, quizá no tanto para Daniel, que me llegó a decir más de una vez que veía el panorama muy difícil. Él era partidario de levantar el servicio militar, pero su hermano Humberto se oponía. Fidel nos advirtió que podíamos perder, que íbamos a elecciones en una situación de guerra y que la gente estaba muy golpeada. Me hallaba, sin embargo, convencido de un presupuesto ideológico que no deja de sonar ingenuo: si la nuestra era la revolución de los pobres, los pobres tendrían que ganar.

Y no era el único. Teníamos como asesor de encuestas a Stan Greenberg, quien luego sería asesor de campaña de Clinton. Como en las encuestas siempre aparecía una amplia franja de indecisos, mandó introducir preguntas sobre la calidad de los candidatos. Como la mayoría de los encuestados respondían que Daniel estaba mejor preparado y era más experimentado, se iba a buscar el porcentaje de indecisos que eran de la misma opinión y se le sumaban a Daniel, con lo que se iba arriba. Pero la verdad es que desde el principio, "los indecisos" estaban más que resueltos. Constituyeron el mismo bloque de 12 o 13% que en las elecciones de 1996 y 2001, volvieron a presentarse como "indecisos" y a la hora de votar lo hicieron en contra Daniel Ortega.

¿Qué piensas que hubiera pasado si el FSLN hubiera ganado en 1990? ¿Cómo hubiera sido el reacomodo con los Estados Unidos, cuando el Frente, ya sin el paradigma de la URSS, hubiera tenido que ceder ante los norteamericanos para poder garantizar los suministros?

Pienso que hubiera sido difícil, y más aún si el FSLN no hubiera tenido la capacidad de entender los nuevos tiempos tras la caía del muro de Berlín y la desaparición de la URSS, con la que nada fue gratuito. Yeltsin le mandó la cuenta a doña Violeta: mil setecientos millones de dólares. El sandinismo llegó a adeudar más de diez mil millones de dólares. La deuda no fue contraída sólo con la URSS, también con Bulgaria y la antigua Alemania Democrática, deuda que heredó, y cobró, la nueva Alemania unida. Ha habido que renegociar todas esas deudas, y también la deuda con España, con Francia, con Suecia, a través del Club de París, y con Centroamérica, con México.

Cuando José López Portillo terminaba su sexenio, Carlos Tello nos pidió que negociáramos la deuda. Nos negamos creyendo que el tratamiento seguiría siendo el mismo, y fue un error. Con el gobierno de Miguel de la Madrid hubo que documentar todo lo adeudado a intereses corrientes.

Dices que ustedes hablaban de paz pero quiero saber si, desde el gobierno, asumieron alguna medida que diera credibilidad a este discurso ante los ojos del electorado.

Daniel quiso derogar la ley del servicio militar obligatorio, como te dije, pero Humberto, que era el Jefe del Ejército, se opuso a muerte. Yo apoyaba a Daniel. Humberto insistía en que esa medida tendría que tomarse hasta después del triunfo electoral, para evitar las deserciones masivas. Al final ganó su perspectiva militar y no la nuestra, que era política.

Por otra parte, Daniel y yo, teníamos en otros casos visiones muy distintas. Recuerdo una vez que durante la campaña de 1990, íbamos camino de Matagalpa, para el mitin de cierre de campaña. Discutíamos la necesidad de aprovechar su discurso para hacer un anuncio clave que diera confianza y seguridad a los productores y empresarios. Se entusiasmó con la idea, y la aceptó. Sin embargo, cuando llegó a la tribuna dijo todo lo contrario y agredió a los empresarios. Había unas treinta mil personas, muchos de ellos finqueros medianos y pequeños, y por tanto, con mentalidad de empresarios. Triunfó esa vez su otro yo, una de sus mitades en pugna. No pocas veces temía no ser lo suficientemente fiel al revolucionario de las catacumbas que siempre estuvo dispuesto a morir, al que estuvo en la cárcel, al que sufrió torturas. En la otra mitad estaba el que debía negociar, hacer concesiones aunque fuera por razones pragmáticas.

225

Quizá perdimos las elecciones desde que las convocamos. Quizá la gente decidió desde el principio votar por doña Violeta y, no obstante lo que hiciéramos, ese balance adverso ya nunca más cambiaría. Nos tenían ya miedo.

Cuéntame qué sucedió ese 25 de febrero de 1990 cuando viste los resultados electorales y contra todos los pronósticos, constataste como un helado balde de agua fría que la triunfadora era Violeta Chamorro.

Me encontraba a las siete de la noche en la casa de campaña y pedí una muestra adelantada de nuestro conteo paralelo, que estuvo lista cerca de las nueve, porque llegaban algunas señales preocupantes. Estábamos perdiendo en varias mesas de barrios populares de Managua, según reportes aislados. Entonces, resultó que en la proyección aleatoria con una muestra de 5% de las nueve regiones electorales del país, 54% era para la UNO y 42% para el FSLN. Llamé a Daniel por teléfono a la casa de gobierno y le pedí que llegara de urgencia. "Lo oigo preocupado, doctor", me dijo en broma, pero ya alerta. "Sería mejor que te vinieras", le insistí.

Cuando llegó, fuimos a la sala de monitoreo, y le enseñé la muestra en la pantalla. Preguntamos a Paul Oquist, quien había organizado el sistema de conteo paralelo, si se trataba de una tendencia irreversible, y nos respondió que sí, sin ninguna duda. Citamos entonces a la Dirección Nacional a una reunión urgente en "la Casa L", la antigua residencia de Somoza y su amante, en la Loma de Tiscapa, que ocupaba Humberto Ortega para sus reuniones privadas. Para mí, era como aquel 23 de julio de 1959 en que veía muertos y heridos tendidos en una calle de León. Nuevamente el aire se había vaciado de ruidos y me movía en el terreno lento y algodonoso de la irrealidad.

Les expliqué el resultado de la muestra que marcaba nuestra derrota, y algunos se resistían a creerlo. Si en 1979 no habíamos querido creer que habíamos ganado y tuvimos miedo de despertar, ahora nos resistíamos a creer que habíamos perdido, y añorábamos despertar.

Carlos Núñez me refutaba, insistía que era una locura, no entendía que una proyección de apenas 5% pudiera ser representativa de todo el país y absolutamente irreversible. Pero había que aceptar que habíamos perdido, negociar la transición. La revolución, que no había traído consigo la justicia anhelada para los oprimidos, ni pudo generar riqueza ni desarrollo, sin habérnoslo propuesto legaba como su mejor fruto la democracia, como escribí tiempo después en *Adiós muchachos*. Al amanecer del 26 de febrero, Daniel reconocería la derrota electoral en el discurso más memorable de su vida. Dijo que habíamos nacido pobres y que volveríamos a la calle pobres. Hasta los camarógrafos de las cadenas norteamericanas lloraron al escuchar su discurso.

LA TRAICIÓN Y LA SALIDA

Has denunciado públicamente que ese discurso de Daniel Ortega, un día después de la derrota, sólo se quedó en idílicas palabras....

A medida que los días pasaron, muchos dirigentes empezaron a convencerse de que el sandinismo no podía irse del gobierno sin medios materiales porque eso significaba su aniquilamiento. Sostenían que el FSLN necesitaba bienes, rentas, y que había que tomarlos del estado antes de que se cumplieran los tres meses de la transición. Ése fue el verdadero desplome del sandinismo, la debacle que demolería nuestro código de ética, lo que nos haría perder la santidad y nos hundiría en el desamparo. Muchas nuevas y grandes fortunas, como aquellas que por rechazo inspiraron el código de conducta de las catacumbas, nacieron de todo lo que se quedó en el camino. Las fortunas cambiaron de manos y, tristemente, muchos de los que alentaron el sueño de la revolución, fueron los que finalmente tomaron parte en la piñata.

Pocos días después de su memorable discurso reconociendo la derrota electoral, Daniel pronunció otro en que habló de la necesidad de "gobernar desde abajo" con las masas populares, lo que representó un mensaje equívoco y dañino que trajo muchas dificultades a la transición, irreal, además, porque eran esas mismas masas las que nos habían derrotado en las urnas. Pero significó la luz verde para las asonadas, las barricadas y la toma de edificios gubernamentales, como si el propósito fuera derrocar al gobierno legítimo de doña Violeta, y no convertirnos en una oposición civil, darle al FSLN el prestigio de un partido democrático, y preservar nuestros valores éticos. Daniel ya casi no escuchaba. Para él, el FSLN debía estar en las calles, y en cuanto a repudiar la piñata, su convicción era la de que no convenía hacer nada que conspirara contra la unidad del partido.

Esos primeros meses después del cambio de gobierno fueron destructivos para el sandinismo. Las asonadas constantes encontraban poco eco en una población desgarrada, cansada de conflictos, que se había entregado sin reservas a consumar la reconciliación y la tolerancia. Y todo ese oportunismo político para repetir la epopeya de la revolución, ahora como comedia, hizo que mi choque con Daniel fuera irremediable.

La derrota electoral sólo significaba para él "la pérdida del gobierno", porque creía que el aparato sandinista, el verdadero poder, aún sería capaz de dominar al ejército, a las fuerzas de seguridad, a los organismos de masas. Eso lo discutimos en varias ocasiones en la Casa de Gobierno, antes de la entrega del poder. Yo sostenía que por el contrario, una vez perdido el gobierno, cada una de las piezas del poder sandinista no tardaría en buscar legitimidad ante la nueva situación, empezando por el ejército, que tal como sucedió, se alejó tan rápido como pudo de la sombra del FSLN.

¿Hiciste pública esta demanda ética o tu oposición se quedó sólo en la intimidad del partido?

Desde el 25 de mayo de 1989, cuando dejamos el gobierno, comencé a hablar públicamente sobre este tema. En junio hubo una asamblea de cuadros del FSLN celebrada en El Crucero, para ver qué íbamos a hacer como partido de oposición y lo primero que planteamos Luis Carrión, Henry Ruiz, Dora María Téllez y yo, entre otros, fue que no podríamos tener credibilidad ética frente al país si no denunciábamos a los que se habían quedado con los bienes del estado. Fue ahí donde Daniel comenzó a alegar razones de pragmatismo político y de unidad del partido.

Un año después, publicamos en campo pagado en los periódicos un manifiesto titulado "Por un sandinismo renovado", en el que denunciamos la piñata y pedimos enjuiciar a los responsables. Insistimos en la necesidad de democratizar al FSLN y volver a los verdaderos principios revolucionarios. Firmábamos decenas de sandinistas de prestigio: Roberto Argüello Hurtado, que había sido presidente de la Suprema Corte de Justicia, Daniel Núñez que era presidente de la Unión de Productores Agropecuarios, Ernesto Cardenal, Carlos Mejía Godoy, Dora María Téllez, muchos de los antiguos jefes guerrilleros, la mayoría de antiguos ministros, de los diputados de la bancada sandinista, y de los alcaldes. Este fue un eslabón más para fijar una posición ética. Daniel estaba encolerizado, porque veía en esa actitud un principio de división del partido.

A lo largo de tu vida y quizá hasta este momento, habías podido conjugar la mentalidad del intelectual con la del político. Sin embargo, hay quienes piensan que esa mezcla es explosiva y que, en la práctica, el intelectual, si quiere mantener su postura crítica, es incapaz de gobernar.

No sólo su postura crítica, también si quiere cambiar las reglas del juego basándose en las leyes. Juan Bosch en 1961, tras el ajusticiamiento de Trujillo, quiso gobernar la República Dominicana de manera institucional, como si hubiera sido Suecia, y los militares no tardaron en derrocarlo. Lo mismo le pasó a Rómulo Gallegos en Venezuela, que quiso aplicar un proyecto político reformista parecido al que Santos Luzardo tiene también para el llano salvaje en *Doña Bárbara*. En México esa terrible disonancia le costó la vida a Madero, y puso en deplorable desventaja a Vasconcelos frente a Obregón.

Un intelectual, escritor o filósofo, tendría mejores oportunidades de poder en países con instituciones desarrolladas y mejor equilibrio democrático. No es que los intelectuales sean una raza aparte, pero no son, por lo general, "animales políticos", y esto ayuda a explicar también la derrota electoral de Vargas Llosa en el Perú. Los políticos "de sangre caliente" actúan por puro instinto, se defienden con uñas y dientes para evitar ser degollados de un zarpazo, y a la vez, porque el cinismo es parte del juego, acusan a los intelectuales de no tener los pies en la tierra. Además, cuando estos animales políticos se sienten acorralados, imponen "las razones de Estado" y la ética se va al carajo. Ya sabemos que muchas de las barbaridades históricas, grandes engaños, y grandes crímenes, se han cometido en nombre "de la razón de Estado".

En fin, cuando Rubén Darío regresó en triunfo a Nicaragua en 1906, un club de artesanos propuso su candidatura presidencial. Nicaragua ya era, como él mismo sabía, un país de panteras condecoradas y licenciados venales y presuntuosos. Mi maestro Fiallos Gil solía decir: "¿Qué hubiera hecho el pobre cisne entre tantos gavilanes?"

¿En algún momento llegó a pasar por tu cabeza aferrarte al poder para gobernar, para instaurar los cambios "necesarios" que pudieran beneficiar al país?

En ese sentido, nunca he sido, a fondo, un político de "sangre caliente". Al contrario, tras la derrota electoral que sufrí en 1996 como candidato del Movimiento Renovador Sandinista, la última de mi vida, más bien me sentí liberado.

Daniel Ortega, por el contrario, tiene todas las cualidades del animal político y por eso se ha logrado mantener como líder del FSLN en esa dualidad en la cual su yo profundo, el yo guerrillero, como te dije, cede paso a veces al político que para sobrevivir ha hecho concesiones fundamentales, como lo demuestran sus pactos políticos con Arnoldo Alemán.

Bastante inmorales, por cierto.

El caudillo recurre a la fidelidad ignorante, a la manipulación de masas, al cinismo y a la falsedad. No tiene moral ni escrúpulos, todo lo hace como si fuera una máquina fría, y actúa con una especie de esquizofrenia que le permite mantenerse en el poder a costa de lo que sea: mentiras, jurar en vano, eliminar adversarios. Yo pasé también un proceso esquizofrénico diferente, porque a veces fui intelectual y, para sobrevivir en esa jungla, también a veces tuve que ser, a fuerza, un animal político.

Pero quien salió ganando en definitiva fue el intelectual. El verdadero político nunca cae, siempre está dispuesto a levantarse con perseverancia y voluntad, en espera de que el cuchumbo del azar tire los dados a su favor.

¿Te acusaron a ti de ineptitud por ser intelectual?

Algunas veces, pero los duros del partido se daban con la piedra en los dientes porque yo era eficiente, estaba entrenado para dirigir, conocía el oficio desde mis tiempos del CSUCA. Para ellos, ser intelectual era un demérito. Los intelectuales, según ellos, siempre están alejados del pueblo. Aún hoy, cuando quieren descalificarme me llaman "el cuentista", como si ser escritor fuera un baldón.

¿Cómo es que tú te quedas como el jefe de la bancada sandinista en la Asamblea Nacional, en 1990?

Fue por un accidente del destino. Como candidato derrotado a la vicepresidencia, pasé a ser diputado suplente por mandato constitucional. La Dirección Nacional decidió que Daniel se quedara como secretario general del partido, y que yo debía asumir el asiento en propiedad y la jefatura de la bancada. Fue la situación política más difícil de mi vida. La bancada estaba formada por líderes históricos y jefes guerrilleros que al darse el triunfo electoral, en su mayoría, hubieran ocupado puestos de gobierno. Los verdaderos diputados iban a ser los suplentes. Pertenecíamos a todas las viejas tendencias políticas dentro del sandinismo. Entre los duros estaba, por ejemplo, Doris Tijerino, que había sido jefe de la policía, un personaje emblemático de la tendencia fiel a Tomás Borge, de quienes siempre había estado alejado. El grupo parlamentario sandinista constaba de treinta y nueve diputados. Si permanecimos unidos fue en base a la persuasión y al consenso, y la gran mayoría de ellos me acompañó hasta el final. Con su apoyo impulsamos el proyecto de renovación sandinista y la iniciativa de apertura interna dentro del FSLN, lo mismo que las reformas a la constitución política en 1995.

¿Cómo lo lograste?

Desde el principio me di cuenta que yo no tenía autoridad sobre muchos de ellos porque no provenía de la tradición guerrillera de las catacumbas, y entendí que nunca iban a aceptar órdenes mías. Pensé que la única manera de lograr la disciplina parlamentaria iba a ser a través de la discusión, agotar la agenda discutiendo. Vivimos encerronas de un día entero, y de esta manera me fui ganando la autoridad en la bancada. Hasta que no había un consenso, no pasábamos al siguiente punto. Y así empezamos a votar unidos en el plenario de la Asamblea Nacional. Trabajábamos en términos democráticos por primera vez dentro del FSLN y eso era una novedad.

Quizá por esta búsqueda de consensos, porque al fin se discutía libremente dentro del partido, cuando en 1991 se convocó al Primer Congreso para replantear el futuro del FSLN, hubo muchas voces que lucharon por modificar la estructura férrea de la Dirección Nacional. Se abrió una lucha interna en contra de la mayoría de los comandantes de la revolución que defendían su derecho histórico y perpetuo de pertenecer a ese organismo. En aquel momento, la Dirección Nacional estaba constituida sólo por esos nueve miembros que habían encarnado el poder mítico del país, el *sancto sanctorum* reservado a aquellos sobrevivientes que provenían de las catacumbas y del mundo clandestino, y cuando apareció mi nombre como candidato, el primero que se opuso, sorpresa, fue Daniel. A pesar de la intimidad que habíamos tenido, para él, ese órgano era inaccesible a quien no tuviera unos antecedentes como aquellos. Las tablas de la ley no podían entregársele a nadie más, sino a los custodios de la verdadera fe revolucionaria.

Por otra parte, otros, como Humberto Ortega, ya no querían seguir formando parte de esa cúpula. Humberto, un animal político mucho más sagaz que Daniel, reconoció que la única manera de lograr su supervivencia como jefe militar era institucionalizando al ejército en el gobierno de Violeta Chamorro y aliándose con Antonio Lacayo, primer ministro y yerno de la presidenta. Por eso, quería distanciarse del FSLN y entró en un choque muy frontal con Daniel. De pronto empezó a calificar de obsoleta a la Dirección Nacional, acusándola de no dar ningún paso para reconvertirse a la democracia, en lo que coincidía con el discurso de nosotros los renovadores. Humberto fue quien impulsó mi inclusión en la Dirección Nacional, donde al fin entré. Yo era allí el único civil, el único que no venía de las catacumbas y, durante esos años, fuimos aliados muy estrechos, él, Antonio Lacayo y yo, porque coincidíamos en que lo que el país necesitaba era estabilidad, y el desarrollo del proceso democrático.

Dentro del Frente Sandinista, había ya una corriente que nos seguía y contaba con figuras de mucho prestigio como Dora María Téllez. También en el Congreso, un tercio de la asamblea sandinista se identificaba con la corriente renovadora.

Háblame de las reformas que impulsaste desde la Asamblea Nacional y que fueron fuente de conflicto con los sandinistas ortodoxos.

Yo pensaba que la Constitución de 1987, piedra angular de la revolución, no era ya la constitución necesaria para la década de los noventa. Si bien tenía fundamentos modernos como los derechos de la mujer y la familia, y las garantías de los trabajadores, era una constitución autoritaria que velaba por la permanencia del sandinismo en el gobierno. En la década anterior, las instituciones democráticas no habían sido importantes porque el FSLN no pretendía abandonar el poder pero, estando nosotros en la oposición, era la hora de reformar la constitución y abrirla. Este asunto fue la médula del choque frontal con Daniel Ortega. Me alié inicialmente con Antonio Lacayo y Humberto Ortega, como te dije, pero en el proceso cambiaría radicalmente mis alianzas, porque ellos tampoco respaldaron la reforma.

Al principio, el gobierno estaba sostenido por esa tríada que luchaba por mantener la estabilidad a toda costa. Sin embargo, cuando planteé la reforma a fondo de la constitución,

Humberto Ortega había sido ya relevado por doña Violeta, y Antonio Lacayo mostraría una franca oposición. En la nueva constitución se prohibía el nepotismo y se planteaba que ningún pariente del presidente de la república podía llegar a ser candidato y, como él era yerno de doña Violeta, eso sacaba del juego sus aspiraciones presidenciales. Para mí fue una pena, porque habíamos desarrollado una buena amistad. Fue un hombre muy valioso en el gobierno de doña Violeta, y de gran capacidad para dirigir. Sin duda sería un buen presidente, pero en aquellas circunstancias pensaba que la reforma estaba por encima.

Humberto Ortega, por su parte, estaba entonces profundamente resentido con doña Violeta. Al ser destituido se sintió traicionado y, si no se atrevió a plantear un golpe de estado, fue porque reconoció que no tenía ya la fuerza necesaria y ese golpe no sería de ningún modo viable. Yo fui el puente para que aceptara irse. El 2 de septiembre de 1994, en su discurso en el acto de conmemoración del aniversario de fundación del ejército, delante de dos mil oficiales, doña Violeta anunció que nombraría ese año a un nueve jefe militar. Humberto y Daniel, que estaban presentes, reaccionaron furiosos y se abrió una crisis. Humberto, que se negaba a irse, terminó aceptando que lo haría, pero más tarde, cuando él lo decidiera. Era una posición para él insostenible. Entonces se me ocurrió una fórmula de conciliación: que doña Violeta nombrara al nuevo Jefe del Ejército ese año, como había anunciado, pero que le diera a Humberto un periodo de transición de tres meses, hasta el año siguiente. Doña Violeta aceptó a regañadientes y Humberto, encantado, se fue el 21 de febrero, fecha de la muerte de Sandino.

La mayoría de la bancada sandinista (se fueron nueve, y se quedaron treinta), apoyó las reformas a la constitución. Nuestro aliado al final fue el grupo de la UNO, que se oponía al gobierno de doña Violeta. A pesar de la oposición de Daniel Ortega y de Antonio Lacayo, con ellos logramos tener más de 60% de los votos de la Asamblea, la mayoría calificada necesaria para la reforma.

¿Y doña Violeta aceptó las reformas?

No, las vetó, y surgió una profunda crisis constitucional. Nosotros recurrimos a la Corte Suprema de Justicia, que se negó a pronunciarse. Al final negociamos y llegamos a una transacción. Inventamos una ley marco de la reforma constitucional, para aplicarla por partes. Y hoy vale la pena señalar que fue nuestra constitución reformada la que defendió al país de muchos de los abusos de Arnoldo Alemán. En ella pusimos límites a la reelección.

En la constitución de 1987, el presidente podía seguir reeligiéndose toda su vida, y nosotros cambiamos esto y acordamos que un presidente podía sólo serlo en dos periodos alternos. Sin esto, Alemán, se hubiera entronizado en el poder. También prohibimos que el jefe del ejército sea familiar del presidente. Ahora veo que nos quedamos cortos en cuanto a la reelección, pues debimos haberla prohibido absolutamente, una vez nada más, y a su casa. Que esa puerta haya quedado abierta, mantiene vivo el caudillismo todavía.

Durante estos años en el parlamento, de 1990 a 1995, retomaste la escritura. Escribiste la novela Un baile de máscaras *y los cuentos de* Clave de sol. *Esta obra en su conjunto, es totalmente ajena a la vida política. Como un periplo, regresas a las historias de tu infancia en Masatepe, a los cuentos de fakires y hechizados, a los conflictos entre los Mercado y los Ramírez, a los enredos con mujeres de tu abuelo Lisandro. ¿Por qué es que en ese entorno, tu energía literaria se enfoca en estos relatos cómicos y personales, que resultan tan ajenos a la vida política?*

Quizá porque no quería contaminar lo que escribía con las urgencias cotidianas de la política, y la mejor manera que encontré fue alejarme. No diría escaparme, pero alejarme. Alejarme del peligro de la tentación retórica, del cebo ideológico. No hay cosa peor que tratar de ventilar los conflictos políticos en un libro de ficción. Y además, siempre me he sentido plenamente a gusto en los escenarios del pasado, y en el humor, en la ironía.

¿Cuándo se genera la ruptura definitiva con Daniel?

La bancada por sí misma se convirtió en una nueva fuerza y antes de que terminara el proceso de reforma, Daniel decidió asumir su asiento y sacarme a mí del juego. Sin embargo, sólo dirigía a nueve diputados porque los demás se le opusieron. Dora María Téllez quedó a la cabeza del grupo renovador. El proceso fue de franco deterioro dentro de las filas del FSLN. Daniel convocó entonces a un congreso extraordinario para echarnos encima la aplanadora. La logia que movía los hilos al interior del partido, los fundamentalistas, lo convencieron de que debía usar el aparato para aplastarnos. Sin embargo, sabía que un tercio de los delegados nos apoyaba y él no quería una ruptura; buscaba con el congreso dejarnos dentro, pero aislados y debilitados.

Cuando vino el congreso extraordinario en julio de 1995, a la hora de la elección de la nueva Dirección Nacional, Daniel Ortega dio la orden, a través de su claque, de que yo debía quedar como miembro de la Dirección Nacional, pero con una votación bajísima que demostrara mi debilidad. Por pragmatismo no pretendía echarme. Sin embargo, y esto lo cuento por primera vez, convoqué en secreto a cincuenta o sesenta delegados de mi confianza para pedirles que no votaran por mí. Dentro de la Dirección Nacional yo sería un reo; fuera, tendría más libertad de acción.

Cuando anunciaron los resultados y mi nombre no apareció entro los electos, hubo un estupor muy grande. El más estupefacto fue Daniel porque eso no estaba en sus cálculos. Yo ya no pertenecía a la Dirección Nacional, y él sabía que entre los sandinistas había una tercera parte de delegados que estaban por la renovación. Me acerqué a felicitarlo por haber sido electo secretario general y se quedó mudo, no sabía qué decirme.

¿Volviste a hablar con él?

Una que otra vez en encuentros casuales. Poco antes, y en preparación de ese congreso, Miguel D'Escoto se había dedicado a atacarme con estudiada virulencia a través de una serie de emisiones en Radio Ya. Siendo como D'Escoto es, de su círculo íntimo, la mano de Daniel estaba sin duda detrás. Era un ataque muy bien calculado, de cara a la militancia, exponiéndome como alguien que pretendía destruir al partido, a causa de la ambición de llegar a ser presidente del país. Un pecado capital en un partido con un único y eterno candidato, querer la presidencia. Fueron seis transmisiones publicadas después en un folleto, destinado también a la militancia.

A esos mordiscos refinados, porque el padre D'Escoto es especialista en propaganda, graduado en la escuela de comunicaciones de la Universidad de Columbia, siguieron al poco las mordiscos aún más feroces de Carlos Guadamuz, íntimo de Daniel, como te dije, y epígono suyo, el más fiel de todos, director ahora de la misma Radio Ya. Este individuo se dedicó a lanzar calumnias asquerosas en contra de mi hija María, diputada también ante la Asamblea Nacional. Lenín Cerna, antiguo jefe de la Seguridad del Estado, fue quien le entregó el guión a Guadamuz, según confesó éste último hace poco, cuando Daniel fue presionado ya sin remedio a sacarlo del FSLN, y terminó quitándole la radio.

Cuando mi hija María me llamó a mi despacho llorando, para informarme de lo que estaba ocurriendo, cité de inmediato a una conferencia de prensa, y rodeado de nuevo por Tulita y mis hijos anuncié mi salida definitiva del FSLN. Había entrado un día en sus filas por razones éticas, abandonando mi carrera de escritor, y salía por razones éticas, un ciclo de mi vida que se cerraba de la misma manera que se había abierto, sólo que al revés.

¿Por qué si lograste finalmente salir del FSLN, para dedicarte finalmente a ser el escritor que soñabas ser, en 1995 lanzaste —con la oposición de toda tu familia, como cuentas en Adiós muchachos— *la propuesta de un nuevo partido, el Movimiento Renovador Sandinista con tu candidatura para elección presidencial de 1996?*

Sentía una enorme responsabilidad con esa tercera parte de sandinistas que creía en la renovación y me brindó su respaldo, y además estaba convencido de que podíamos arrastrar muchos votos. Carlos Roberto Reyna, entonces presidente de Honduras y buen amigo, me había advertido que no era lo mismo plantear una posición disidente al interior del partido, que salirse para fundar un nuevo partido, y tuvo razón. De 33% que me apoyaba, la mayoría mantuvo su fidelidad al partido, pero hubo quienes nos siguieron y renunciaron al FSLN.

Con nosotros había gente peleadora, valiente, gente que se había expuesto a la peor represión de parte de los ortodoxos, gente pobre que distribuía los volantes en bicicleta y pintaba mantas de propaganda muy rudimentarias. El FSLN era un partido con una estructura de base muy represiva y conspirativa, un partido que amenazaba constantemente a estos disidentes que vivían en los mismos barrios. No nos apoyaba sólo gente de la clase media desencantada con el FSLN, sino también, como te digo, gente muy pobre, gente de la base, muchos sin segunda camisa que ponerse. Había una mística detrás de mí y me sentía obligado a corresponder. Además, buscaba concluir el capítulo de la política en mi vida hasta sus últimas consecuencias, como una manera de ser leal conmigo mismo.

¿Por qué?

Tendré muchos defectos, vanidad, arrogancia, terquedad, mi mujer puede hacerte una lista más completa, pero los avatares de mi vida, para bien o para mal, han estado siempre marcados por la fidelidad a lo que considero mis principios. Esa fidelidad es la que me hizo chocar entonces, en esa última salida a escena, con mi propia familia que veía el desastre, estaba harta de ser golpeada y sabía que yo sería golpeado. Tenían la sensación de que cada paso que daba era para hundirme más y más, pero necesitaba tocar fondo para poder sobrevivir.

¿Tuviste algún apoyo externo?

Cuando lanzamos al MRS pudimos hacerlo en grande. Arrancamos con mucho entusiasmo y con el apoyo de muchos amigos: Felipe González y la dirigencia del PSOE, Carlos Andrés Pérez, el Partido Socialista Francés, el Partido Socialista Sueco, el Partido Socialista de Chile, Leonel Fernández y el Partido de la Liberación Dominicana, y el Partido de la Revolución Democrática de México, que envió delegados a nuestra convención constitutiva.

¿También el PRI, que tradicionalmente te había apoyado?

Tuve una plática con Luis Donaldo Colosio, arreglada por Héctor Aguilar Camín. Nos reunimos en las oficinas del PRI y sin importarle que lo esperaban en una comida, se tomó su tiempo para conversar a fondo conmigo. Me impresionó su sencillez, y su lucidez. Con sorna me preguntó de Tomás Borge, como diciéndome que él bien sabía quién era. Al final

240

me dijo: "Mira, yo quiero ser tu amigo. Llámame. Pero no te lo digo a la mexicana. Aquí está mi teléfono privado. Llámame porque quiero apoyarte". Al poco tiempo, regresé a México para presentar mi libro *Oficios compartidos* pero nadie llegó a la presentación, ni mis amigos. Había en el aire un olor a desastre. Entonces, saliendo del Auditorio del Centro Cultural San Ángel, supe que hacía poco lo habían asesinado. Fue una muerte que me dolió mucho.

Cuéntame qué sucedió en los meses de campaña con tu nuevo partido.
El globo muy pronto comenzó a desinflarse. El Partido Socialista de Chile mandó a un equipo de encuestadores profesionales y ellos, desde el principio, me explicaron que el dictamen era de desahucio. La campaña iba polarizándose entre Arnoldo Alemán y Daniel Ortega, y entraba a funcionar el síndrome del "voto útil". Sin embargo, seguí adelante, recorrí el país de punta a punta y caminé más de ochocientos kilómetros a pie. Peleé la elección como si la fuera a ganar. A la gente le transmitía el mensaje de que podíamos triunfar, y tenía la esperanza de que al menos íbamos a lograr ganar un buen número de diputaciones y alcaldías. Al final, sólo obtuvimos votos suficientes para un diputado, y una alcaldía, algo simbólico.

La revolución: un amor perdido

Y llega, con ello, el momento de romper definitivamente con la política…
Cuando me eligieron presidente del MRS en 1995, dije en mi discurso que los dirigentes eran renovables y que en ese nuevo partido no iba a haber jamás reelección. Por eso, cuando convocamos una convención después de la derrota, apoyé a Dora

María Téllez como nueva presidenta y, a partir de ese momento, sabía que me bajaba del caballo de la política, y que jamás volvería a ser dirigente de un partido ni candidato a ningún cargo de elección popular.

¿Tomaste esa decisión al calor de los hechos?
No. Desde unos meses antes, ya me había arrancado esa piel; sólo faltaba que mi herida cicatrizara. No improvisé. Me dije que mi oficio era el de escritor. Quería volver a mi origen, a mi punto de partida.

Podrás decirme que tomé esa decisión porque "las uvas estaban verdes". Quizá es cierto. Si hubiera ganado las elecciones, nunca hubiera sido el escritor que soy, pero finalmente la vida impone un *phatos,* un destino. Llegué a este momento porque todo lo demás se deshizo. Cuando menos, siento la tranquilidad de no haber abandonado a la gente a medio camino. De la política, hoy ya no me seduce nada.

No sólo había una deuda moral, también te llenaste de deudas económicas. ¿Cómo pensabas pagarlas?
Recibimos al principio algunas ayudas, y promesas de ayuda, pero a medida que bajábamos en las encuestas, el panorama se fue volviendo cada vez más negro. Quedé debiendo casi medio millón de dólares. Comencé a vender lo que tenía, a negociar préstamos, y supe que al final, quien tendría que asumir las deudas iba a ser sólo yo. Vendí la casa en la que vivimos durante más de una década, y que había comprado al estado, para poder ir saliendo, vendimos cuadros, objetos de arte. Sin embargo, junto a mi estuvieron siempre mis amigos fieles: Will y Merceditas Graham, que asumieron una parte de la deuda, Gabo, Héctor Aguilar Camín, Carlos Fuentes, Chema Pérez Gay, Angeles Mastretta, Raúl Padilla, Fernando Zumba-

do, entonces director del PNUD para América Latina, que buscaron abrirme puertas para realizar consultorías, asesorías, dictar conferencias, cátedras y cursos en universidades. Eso me permitió sobrevivir.

Casi seis años después felizmente puedo decirte que terminamos de pagar. La venta de mis libros, las conferencias y cursos y, sobre todo, el monto del premio Alfaguara sirvieron para acabar de saldar las deudas. Ya hasta pudimos comprar un terreno en el número 48 de los Altos de Ticomo, un balcón de la sierra que mira a un profundo valle, en donde queremos construir nuestra casa definitiva, una casa para Tulita, para mí y para mis libros, ahora que hemos quedado solos. Desde mi estudio, tendré una vista espléndida del lago de Managua y del volcán Momotombo. Los planos los hizo mi hija Dorel, que es una verdadera artista como arquitecta.

Con respecto a tu vida en el poder, ¿sientes culpa de algo?

La represión contra la prensa, la censura, los cierres de medios. Los censores del Ministerio del Interior revisaban los periódicos para aprobar lo que salía y eso llegaba muchas veces al ridículo. El que censura queda siempre en el ridículo. Para nuestra desgracia, Estados Unidos sólo reconocía un conflicto de "opresión contra la libertad", cuando la situación aquí era imposible: todos los días había muertos, heridos, ataques contra los depósitos de combustible. La Contra volaba las torres de energía eléctrica, atacaba las cooperativas, incendiaba y, por un espíritu de supervivencia, reaccionábamos con la censura de los medios que adversaban a la revolución. Y yo pagaba los platos rotos. Cuando viajaba por Europa en misión oficial, me preguntaban: "¿Cómo es posible que tengan bajo censura al diario *La Prensa*?" Y ya alejado del teatro de los acontecimientos, las respuestas eran difíciles.

¿Y en términos más personales, te arrepientes de algo?

De no haber dicho enteramente lo que pensaba cuando se iban definiendo las líneas maestras de la revolución, me faltó valor, cedí mi independencia de criterio frente a la idea de la unidad y al espíritu de partido. Creí en el equilibrio y en las conveniencias políticas. Lo que más lamento es que la revolución provocó que miles de nicaragüenses huyeran del país. Cuando hoy hablo con quienes me cuentan de maltratos, hostigamientos y miedos, me atormento mucho. A gente inocente que encuentro por todos lados, la revolución les resultó hostil, no les infundió ninguna clase de seguridad; eran inocentes en el sentido de que no se identificaban con la revolución, pero tampoco eran sus enemigos y no representaban ningún peligro para el sistema. Simplemente pensaban diferente. Se fueron porque no encontraron otra opción y esto es lo que me parece más grave: todo poder que pretende ser total, termina dividiendo, acaba creando "paraísos" en los que un ángel con una espada de fuego les indica el camino del éxodo a los que no caben. Pero hoy no puedo decirle a esa gente: "Yo no estaba allí, no me di cuenta".

¿Has llegado a sentir, como muchos jóvenes lo hacen ahora, que perdiste tu vida, que la revolución inútilmente te arrebató tus días?

Hubo momentos de decepción en los que sí llegué a pensar que tiré muchos años de mi vida al caño, pero finalmente me reconfortaba saber que luché incansablemente por lo que creí justo, que era transformar al país y sacarlo de su pobreza. La pobreza contra la que quisimos luchar sigue allí, multiplicada, y quizá no voy a ver con mis ojos el día en que en Nicaragua haya bienestar e igualdad económica, porque la vida no me alcanzará. Sin embargo, con lo que opino y escribo, que es mi forma de participación, me gustaría poder contribuir a crear los cimientos éticos para que un día el panorama sea diferente.

Pienso que con la revolución, Nicaragua, a final de cuentas, ganó: salimos de la ignominia de una dictadura familiar, y aunque pasamos la experiencia terrible de la guerra con sus miles de muertos, alcanzamos la democracia. Hoy en día, el ejército no se mete más en política, no hay policía secreta, hay una prensa libre vigilante del gobierno y la gente camina por las calles sin el temor de que lo detengan para interrogarlo. Aunque corremos el riesgo de elegir "mal", los nicaragüenses gozamos hoy de la libertad de elegir. Todo esto para mí es ganancia. Aún espero que llegue el día en que podamos elegir mejores gobernantes que impongan la austeridad, la lucha contra la corrupción y la honradez, como ha empezado a suceder con el presidente Enrique Bolaños.

¿A qué atribuyes que Daniel Ortega aún continúa luchando por el poder?

Ya te lo dije: es un caudillo, un animal político. Quizá no va a volver nunca más a la presidencia pero, mientras tanto, el fermento que él mantiene le da 20 o 25% de apoyo popular y eso ya es bastante. Hay gente en la calle que daría la vida por él, porque a sus ojos encarna los ideales populares de la revolución.

Hemos hablado mucho con un sentido crítico de lo que fue la revolución. Al hacer el balance, ¿qué de bueno te dejó en términos personales?

Como digo en *Adiós muchachos*, me alegro de haber vivido la experiencia irremplazable de la revolución, porque si hubiera nacido un poco antes o un poco después, me la hubiera perdido; y también me alegro de haber salido de la revolución siendo siempre un escritor, como lo era cuando entré; porque sino, quizá sería hoy un individuo decepcionado de una experiencia que no salió bien, como muchos de mis compañeros que se perdieron en el alcoholismo, se suicidaron, o viven apartados rumiando su propia amargura. La literatura es mi salvación.

He llegado a pensar que la revolución es para mí como un amor perdido. Cuando mi padre murió, una vieja amiga de mi madre, Salvadora Tijerino, le escribió una carta, en la que le decía que los amores verdaderos son aquellos que van quedando en el recuerdo como los perfumes que tardan en disiparse. Decía que el perfume siempre estará ahí en los objetos que quedaron de la persona desaparecida, un perfume que aunque no sea ya intenso puede uno siempre adivinar. Eso, que nunca olvidé, es lo que describe mi recuerdo de la revolución: un perfume lejano que siempre está en mi memoria.

La experiencia de Nicaragua seguramente es ejemplo para otros países de Latinoamérica. No obstante las palpables diferencias, cuando pienso, por ejemplo, en la historia del zapatismo en México, no puedo dejar de hacer paralelismos con la guerrilla nicaragüense. Recientemente leí que Eduardo Contreras, el osado guerrillero que tomó la casa de Chema Castillo en 1974 en Nicaragua y convirtió en rehenes a los somocistas que ahí festejaban, además de ser el Comandante Cero, usaba como pseudónimo el nombre Marcos. Quizá el Marcos mexicano, cuya vida es similar a la de Contreras, tomó su alias de ahí: finalmente ambos son jóvenes críticos y carismáticos, de clase media, con estudios universitarios y varios idiomas en su haber. Asimismo en Chiapas, como en la revolución sandinista, también está presente la ortodoxia guerrillera, los focos de montaña, la teología de la liberación y los discursos con tinte marxista. ¿Encuentras tú estos paralelismos de los que yo te hablo?

Quizá los hay, pero la experiencia zapatista tiene una gran diferencia con la nuestra: creció amparada en un factor específico que fue la reivindicación indígena. Si pensáramos en el zapatismo sin el elemento indígena, habría muy pocas diferencias con los movimientos guerrilleros tradicionales foquistas que han surgido en Latinoamérica e inclusive en México, en la sierra de Guerrero. La marca de singularidad del movimiento zapatista es ésa, la reivindicación indígena, que me parece muy justa. Chiapas es un estado muy pobre, muy centroamericano. Pareciera más parte de Centroamérica que de México, en términos de la marginación y el abandono de los indígenas. Por otro lado, a diferencia del resto de los movimientos guerrilleros latinoamericanos, el zapatismo, desde que salió a luz, no se planteó la toma del poder, sino la negociación para hacer valer los derechos de los indígenas.

Nunca he hablado cara a cara con un dirigente zapatista. Conozco a Marcos por lo que dice o escribe, por sus escritos líricos. Pienso que el movimiento zapatista ya quemó la mayoría de sus cartuchos. El clímax fue su gran marcha a México, la enorme concentración en el Zócalo, y todo clímax tiene un anticlímax, lo que sube, baja, y mi pregunta es: ¿qué dejó eso en concreto? ¿Cuál es el futuro del movimiento zapatista ahora que están bajando la curva? Tengo más preguntas que respuestas. ¿Se volverá una fuerza civil que participe en las elecciones? Si fuera así, sacaría un par de diputados por el voto de los indígenas chiapanecos. ¿Pero el resto de los indígenas mexicanos se sienten representados por los zapatistas? Por otra parte, pienso que los espacios políticos de izquierda están copados por el PRD.

Por ello, no sabría que esperar. Siento que Marcos agotó su papel, desgastó su imagen. ¿Qué podrían lograr con una nueva ofensiva armada? Pienso que esto ya no tendría cabida en la sociedad mexicana. ¡Y su reciente defensa del partido Batasuna y de la ETA, qué decepción! Eso lo ha hecho perder mucho de su carisma, porque establece una conexión absurda entre idealismo y terrorismo.

Me gustaría entender cuál es tu visión ideológica ahora. Hoy que la izquierda pareciera no tener un cuerpo doctrinal que la sustente y que ha caído en tanto desprestigio, ¿aún te consideras un hombre "de izquierda"?

Hay una frase que me gusta mucho de Norberto Bobbio, que dice que a pesar de que los nuevos planteamientos filosóficos pretenden negar las fronteras entre izquierda y derecha, la diferencia fundamental entre ambas sigue siendo la sensibilidad. Y yo agregaría, la solidaridad.

Cuando me veo en un espejo, me digo: soy de izquierda y moriré siendo de izquierda, porque conservo íntegra mi sensibilidad y mi solidaridad; lo que el Ché Guevara llamaba la capacidad de conmoverse ante la injusticia. Provengo de una fragua de izquierda y no me avergüenzo como otros hoy de aceptarlo.

El problema quizá sería entender que cosa es izquierda ahora. Seguramente si entrevistara a Tomás Borge, él también me diría que es de izquierda....

Entonces yo te diría de inmediato que no soy de izquierda. No me podría comparar con quienes malversaron las ideas éticas fundamentales de la revolución.

El gran problema de la izquierda no es actualmente aceptar las reglas de lo que antes se llamó la "democracia burguesa", eso se da por sentado, ahora la izquierda acepta una sola clase de democracia, sin apellidos, de la que participa. Haber creado la diferencia doctrinaria entre "democracia proletaria" y "democracia burguesa", le dio fama a la izquierda de ser enemiga de la democracia, escuché una vez decir a Lula da Silva, con toda razón. El verdadero problema, pues es que la izquierda se ha quedado sin planteamiento económico propio. La propuesta original situaba al Estado como dueño y administrador de la riqueza estratégica para poder distribuir el excedente y nivelar las desigualdades sociales; y eso se derrumbó en pedazos, nadie cree más en que la economía de estado pueda ser viable.

Después de la caída del muro de Berlín, vino la orfandad; aunque la sensibilidad quedó intacta, se desmoronó el planteamiento fundamental que era el económico, y quedamos sin ninguna propuesta frente al problema del subdesarrollo y la pobreza. En este sentido me gusta la idea de Leonel Jospin cuando dice: "Creo en la economía de mercado, pero no en la sociedad de mercado". Es útil e inevitable la economía de mercado, porque tiene que ver con las iniciativas de los individuos, pero "la sociedad de mercado" es una aberración. Ahora hasta Juan Pablo II, que contribuyó como pocos al fin del socialismo real, proclama su condena al capitalismo salvaje, falto de toda compasión. Para mí ése es el asunto medular que deberá resolver la izquierda, cuál es su oferta ante la realidad económica de los países pobres, cada vez más endeudados en el mundo global, y menos viables. A Lula le toca ahora dar en Brasil esa respuesta.

EL VERTIGINOSO ASCENSO

Regresemos a tu vida, ¿comienzas a escribir Margarita está linda la mar *tras tu derrota electoral de 1996 o viviste algún tiempo de depresión ante el estrepitoso fracaso de tu campaña presidencial?*

No vacilé ni un momento en retomar la escritura, ya no tenía tiempo para llorar sobre la leche derramada. Siempre había querido escribir una novela sobre Darío y me metí febrilmente a escribir *Margarita está linda la mar*. Para poder establecer un vínculo entre Somoza y Darío, retomé la vida del Sabio Debayle: el padre de Margarita y Salvadora. Esta última, es la niña a quien Darío le escribiera una décima en su abanico, como se usaba entonces, que concluye diciendo: "¡Ay Salvadora, Salvadorita, no mates nunca a tu ruiseñor!". Años después, llegaría a ser la mujer del viejo Anastasio Somoza, su ruiseñor, nada menos.

La Plaza Jerez en la ciudad de León es, una vez más, el escenario central de esta novela. *Margarita* se abre con la escena de Somoza bajando de la limosina con doña Salvadora para entrar a la Catedral de arcos barrocos, que es tumba de poetas, donde van a depositar una ofrenda floral sobre la lápida de Rubén Darío. Es el 21 de septiembre de 1956. La plaza está llena de manifestantes acarreados, porque ese día van a proclamar a Somoza candidato para un nuevo período presidencial, y esa noche se llenará de prisioneros, tras el atentado contra el dictador. Del otro lado de la plaza está el Teatro González, donde se celebrará la proclamación. Frente al teatro, el Cuartel de la Guardia Nacional, donde esa noche llevarán el cadáver de Rigoberto López Pérez, el poeta que ajusticia a Somoza. En otra esquina, está la Casa Prío, donde se reúnen los cofrades de la mesa maldita, conspiradores, y narradores de la novela. A un lado de la catedral, siempre mirando a la plaza, está el Palacio Municipal, donde Somoza se aloja, en los mismos aposentos donde luego estarían las aulas de la Facultad de Derecho, en que yo estudié.

Hay dos ambientes que se conjugan: el modernista de comienzos del siglo XX, cuando Rubén Darío regresa en triunfo a León, y el de la dictadura de Somoza, a la mitad del mismo siglo, pero el escenario de la plaza sigue siendo el mismo. La cámara puede ir girando desde una grúa, o desde un helicóptero, y abarcará ese escenario en cada momento de la historia.

Te he dicho que escribo a partir de imágenes. En el caso de *Margarita*, una imagen que me cautivó por mucho tiempo es la del sabio Debayle, con su batón blanco de médico y las manos ensangrentadas, peleándose a media calle la urna que contiene el cerebro que acaban de extraerle al cadáver de Rubén Darío, con Andrés Murillo, cuñado del poeta, vestido de casimir negro. El sabio Debayle quiere el cerebro para estudiar su peso y su volumen, y averiguar si es más grande que el de Víctor Hugo; Murillo porque tiene la intención de venderlo a un museo argentino. Finalmente la urna cae al suelo, fragmentándose en pedazos y el cerebro queda en el pavimento.

Para escribir la novela, usé mis tres mil fichas de Darío. Tenía un identikit completo suyo: sus trajes, bebidas, comidas preferidas, corbatas, tallas, sus domicilios en París, en Mallorca, en Madrid...leí otra vez sus libros, las revistas *Mundial* y *Elegancias* que dirigió en París, los escritos de sus contemporáneos, porque también quería meterme dentro del lenguaje y la atmósfera modernistas. Y por otro lado, me apoyé en los periódicos de la época de la muerte de Somoza, en las actas del consejo de guerra que se siguió a los indiciados, en los álbumes de fotos, las cartas y los diarios de la familia Somoza, que encontramos en el sótano de una casa al triunfo de la revolución. Había ahí también un libro que el sabio Debayle le dedicó a su yerno Anastasio Somoza, con letra muy temblorosa.

En Margarita está linda la mar, *como en* Castigo divino, *hablas de la "mesa maldita", hombres que se reunían en la Casa Prío a hurgar y desmenuzar los sucesos que acontecían en León. ¿Qué hay de cierto en esto?*

La Casa Prío, que, como te dije, estaba frente a la Plaza Jerez, fue incendiada durante la insurrección final contra la dictadura en junio de 1979. Sin embargo, aún existe la pequeña heladería a unas cuadras de allí. Lo de la "mesa maldita" es una invención literaria pero el Capitán Prío, que aún vive, ha asumido la leyenda que he creado de él. Siempre que asiste a las presentaciones de mis libros, da entrevistas y contesta con toda seriedad sobre sus hazañas de personaje. Stephen Kinzer lo entrevistó para un reportaje sobre *Castigo Divino* que apareció en el *New York Times*.

La mesa maldita funciona en ambas novelas como un eje de la narración, que me permite repartir voces, y crear referencias que llevan de unas historias a otras. Y ya en la memoria colectiva de León esa mesa maldita tiene su lugar, como si de verdad hubiera existido. Otro motivo de gozo para mí.

Seguramente en las presentaciones de libros, te han llegado a suceder cosas curiosas. ¿Qué viene a tu mente, ahora que te pregunto de ellas?

Bueno, ya te conté lo que me ocurrió en la Feria del Libro de Miami, con la rebelión de mis personajes de *Castigo Divino*. Meses antes, en El Verdi, un restaurante en Guatemala, durante una gira para presentar *Catalina y Catalina*, me encontré al Chigüín, el hijo del último Somoza en el poder, y que se llama Anastasio igual que su padre y que su abuelo, te acuerdas, el que le confió al periodista de *Stern* la amenaza que pesaba sobre mí. Estábamos Tulita y yo en la mesa con la gente de Alfaguara y lo vi acercarse, venía a saludarme con cordialidad. Me puse de pie, me dijo: "Hola, ¿cómo está, doctor?" Era la primera vez en la vida que cruzábamos una palabra. "¿Anda usted en un *book tour*?", preguntó. Le respondí que sí y siguió: "Leí su libro *Adiós muchachos*, es muy duro ese libro contra mí y contra mi padre". "La historia así es", repliqué. Me preguntó al despedirse si iba a firmar libros en alguna librería. Respondí nuevamente que sí, que al día siguiente; y agregó: "Espero que no le negará la firma a un compatriota".

Mi mujer, entretenida en la mesa, no le había puesto atención a la plática, ni lo había reconocido. Cuando le conté de quien se trataba, me dijo que le iba a dar un ataque al corazón. Una de las muchachas de Alfaguara sentenció: "Estoy presenciando un momento histórico". Tulita me pidió que jamás me fuera a atrever a firmarle un libro al Chigüín. Para provocarla le dije que mi obligación era autografiar mis libros a quien me lo pidiera; pero no me lo imaginaba haciendo fila delante de mí en una librería, con su ejemplar en la mano.

Seguramente se me acercó porque como ya había recibido el perdón de Daniel Ortega, quería reconciliarse también conmigo. Daniel, en su última campaña, declaró en un discurso que El Chigüín era un ciudadano con derecho a vivir en Nicaragua y que, si él fuera presidente, le daría la bienvenida. A un amigo, dueño de una compañía de construcción, el Chigüín le había dicho hacía poco que Daniel Ortega era un gran estadista, pero que yo era un intransigente.

En *Sombras nada más*, él es de nuevo personaje de mi novela. Así es que terminé diciéndole a mi mujer que si llegaba al día siguiente por el autógrafo, le escribiría: "A Anastasio Somoza Portocarrero quien es y seguirá siendo personaje de mis libros".

Quisiera hacerte una pregunta difícil. Hay quienes pudieran pensar que todos los premios están ya otorgados de antemano, y que, en tu caso, el Alfaguara te pudo haber sido concedido por la amistad con Carlos Fuentes, que era presidente del jurado. ¿Alguna vez ha pasado esto por tu cabeza?

En primer lugar sería no conocer a Carlos Fuentes. Es generoso, pero al mismo tiempo riguroso y jamás se prestaría a favorecer a nadie por razones de amistad, menos en inducir a los otros jurados a otorgar un premio amañado. Fue un premio por unanimidad, después de un largo debate sobre las dos novelas finalistas, la mía y la de Lichi. El empate al fin no se pudo resolver, de modo que el premio tuvo que ser doblado por Alfaguara, a petición del jurado. Luego las bases fueron corregidas para que no volviera a ocurrir lo mismo.

Mi participación en el concurso fue producto de una casualidad. Cuando tuve el manuscrito de *Un baile de máscaras*, fue Hortensia Campanella quien me recomendó a Alfaguara. A

Juan Cruz, que era entonces el director, le fascinó y, desde entonces, con su carácter impulsivo, me repetía que él haría de mí "un escritor", con lo que quería decir, borrarme el barniz de político. Me puso en contacto con Sealtiel Alatriste, y ambos, Juan en Madrid y Sealtiel en México, me ayudaron mucho, en verdad, a rehacer mi imagen como escritor. Cuando tuve lista *Margarita está linda la mar*, sin haberla leído Sealtiel me recomendó que la mandara al concurso. Insistí que no quería volver a entrar en concursos. En el pasado siempre había quedado como un finalista frustrado del Premio Rómulo Gallegos, perdiendo por un sólo voto: con *Castigo divino*, en 1989, frente a *La casa de las dos palmas* del colombiano Manuel Mejía Vallejo; con *¿Te dio miedo la sangre?*, en 1982, frente a *Palinuro de México* de Fernando del Paso. Y lo mismo volvería a ocurrir con *Margarita está linda la mar* en 1999, frente a los *Detectives salvajes* de Roberto Bolaño, cuando Ángeles Mastretta peleó por mí en el jurado hasta el final.

Ya estaba, pues, escamado con los concursos y le dije a Sealtiel que ya no me sentía en edad de concursar. Me invitó entonces a ser jurado y le respondí que lo pensaría, pero la invitación no se dio. Peter Schultze-Kraft, que como te he contado siempre ha sido mi ángel guardián, alquiló en noviembre de 1997 una casa cerca de Pollensa, en Mallorca, para que pudiera corregir la última versión de la novela. Ahí nos encerramos a hacer esa revisión final, Tulita, que es la primera lectora de mis textos, Peter y yo. Ya con el disquete cerrado me fui a Madrid para dejarlo en manos de Juan Cruz, y también insistió que presentara la novela al premio. Me convenció precisamente diciéndome que el concurso de Alfaguara no estaba amarrado como otros; y que si la novela quedaba como finalista se vendería mucho más, porque en el cintillo así aparecería, una información en fin de cuentas equivocada, porque el concurso no tiene finalistas, sólo ganadores.

Esa noche teníamos una invitación de Hortensia y su marido, Héctor, para ir al teatro. Llegamos tarde y perdimos la función, porque me quedé haciendo ajustes de última hora al original, que firmé con el pseudónimo Benjamín Itaspes, el nombre del personaje de la novela inconclusa de Darío, *La isla de oro*. Al siguiente día, Tulita y yo nos regresábamos a Nicaragua. Hortensia se quedó con el disquete para hacer las copias, acabar de llenar los formularios y entregarlo al día siguiente. Eso fue a mediados de noviembre. Para comienzos de febrero me llamó Fuentes, desde Madrid, para avisarme que había ganado. "¿Qué hora es en Managua?", me preguntó. Le dije que las diez de la mañana. "Una buena hora para una buena noticia", me respondió riendo. Me advirtió que en las próximas dos horas debería mantenerlo en secreto, hasta que se hiciera el anuncio oficial. Estaba solo, Tulita se había cruzado a casa de María, al lado, y en esos momentos la soledad se vuelve extraña, es como si el silencio se multiplicara. Entonces, fui a buscarla. Teníamos un secreto que compartir.

¿Cuál es tu mayor reto a futuro?

Lograr cada vez una novela mejor, y creo que lo he conseguido con *Sombras nada más*, que es el ejercicio de lenguaje más importante que haya intentado. Para mí la literatura no es más que eso: lenguaje. Los temas son eternos, lo que cambia son los procedimientos, la estructura en la narración, el lenguaje. Por eso, trabajo los párrafos como si fuera un albañil o un ebanista, agregando capas, lijando y barnizando, haciendo un uso de los adjetivos que busca ser preciso, para iluminar mejor cada frase.

Fue un gran desafío reinventar en ese libro un lenguaje arcaico y popular. Pero un desafío más grande aún fue hablar desde los sentimientos y las voces de al menos siete mujeres diferentes, algo que antes nunca había intentado, y que resulta difícil. Cuando terminé la carta que la viuda de Alirio Martinica, Lorena López, me envía en la novela por correo electrónico, se la pasé a mi hija Dorel para que la leyera, y su opinión inicial fue que todavía estaba hablando yo. Seguí trabajando la pieza, y al final recibí su aprobación: ahora sí era la voz de una mujer.

Entre Margarita está linda la mar *y* Sombras nada más, *publicaste en 1999* Adiós muchachos, *una memoria de la revolución sandinista. ¿Fue esa otra manera de dar carpetazo al pasado, de sacar a la luz tu sentido ético y reivindicar tu disidencia de la política?*

A mí el papel que más me repugna es el de disidente, y he tratado de ser cuidadoso con la manera en que cuento mi experiencia política. Juan Cruz y Sealtiel Alatriste se confabularon para que escribiera ese libro de memorias cuando iban a cumplirse veinte años del triunfo de la revolución. Traté de no escribir un libro sensacionalista en busca de revelar los espacios siniestros y ocultos del poder, porque no estaba interesado en sacarle ventajas comerciales a la denuncia por sí misma, al escándalo. Quise hacer una reflexión íntima que fuera a la vez un documento literario y que pudiera quedar como referencia permanente y honesta sobre este proceso. Fue también una confesión sentimental, personal, sobre un periodo crucial de mi vida, que escribí sin más referencias que mis recuerdos, porque tampoco se trata de un texto de historia; y elegí una estructura narrativa, aunque es un libro que no tiene nada de imaginación. Mi pregunta constante a lo largo del libro es: ¿valió la pena? El sacrificio, la sangre, las penurias, ¿valieron la pena?

Muy a menudo recibo correspondencia, sobre todo de jóvenes, agradeciéndome que a través de la lectura de *Adiós muchachos* pueden comprender mejor lo que se vivió entonces y cómo sacar lecciones hacia el futuro. Eso, por sí mismo, es ya un triunfo del libro.

256

Sombras nada más, *tu última novela, está ubicada en 1979, un mes antes del triunfo de la revolución, cuando Somoza todavía estaba en el poder y cuando el país, sumido en una penumbra, aún no definía su destino. Seguramente como protagonista de esos acontecimientos, percibías tú entonces la realidad desde una perspectiva dicotómica. Sin embargo, en esta novela basada en el juicio que se lleva a cabo contra Alirio Martinica, lejos de hablar de buenos o malos, rescatas tanto la visión humana y contradictoria de este antiguo colaborador de Somoza, como la de los guerrilleros que son su antípoda. ¿En qué medida piensas que la libertad que has ganado, alejado de la política, te permite ver el pasado desde una perspectiva más realista y justa, menos apasionada?*

Es cierto que a medida que el tiempo transcurre, la revolución se ha convertido en un hecho del pasado y he ganado libertades para hablar sobre ella con una visión más crítica y humana. En esta última novela he tratado de comprender los cambios ideológicos y personales de los protagonistas de ambos bandos, y tratar a esos protagonistas con compasión. Al escribir, busqué adentrarme en la conciencia de los personajes, meterme en ellos, entender su dualidad, desmontar sus mentiras, sus dudas, su cinismo y sus esperanzas.

Debo decirte además, que la anécdota que da sustento a esta novela no me interesó como un hecho político, sino por su valor literario y humano, y sus posibilidades narrativas que me permitieron contar una misma historia en varios planos: Alirio Martinica, un personaje arquetípico que responde a varios personajes del universo somocista, comparece ante sus captores, y a partir de allí, su confesión me abrió la posibilidad de contar en retrospectiva las contradicciones de su vida y las de las vidas de los guerrilleros que lo enjuician.

La historia, sustentada en documentos, testimonios y entrevistas, pareciera verídica. ¿Sucedió en la realidad el juicio y fusilamiento de Alirio Martinica, un "hacendado cabal" que no obstante su pasado somocista, era un buen hombre que inclusive se había ya enemistado con el régimen que estos muchachos buscaban derribar?

Sombras nada más es ficción, los documentos que presento como reales yo los fabriqué. Sin embargo, por la complejidad de los personajes y la de tantos hechos dramáticos, retomo acontecimientos de la historia de Nicaragua que sirven de soporte para darle verosimilitud a la ficción. La realidad no es más que un clavo en el que cuelgo mi novela, como decía Alejandro Dumas.

Parto de una anécdota que escuché muchas veces: en 1979, después de haber tomado el poblado de Tola en el sur de Nicaragua, un numeroso grupo de guerrilleros atacó la vecina hacienda San Martín, propiedad de Cornelio Hüeck Salomon, un viejo cacique somocista distanciado para entonces del régimen. Somoza se apiadó finalmente de él, dándole un contingente militar para defenderlo, y luego le mandó una lancha para que lo llevara a San Juan del Sur, desde donde lo trasladarían en helicóptero a Managua. Sin embargo, al cabo del combate, fue capturado mientras huía corriendo por la playa y sometido a un juicio popular en Tola, ante una multitud enardecida.

Pocos días antes, en Belén, un pueblo vecino, había habido una masacre. Guardias nacionales entraron disfrazados de guerrilleros llamando a los muchachos del pueblo con un megáfono para que se les unieran, en las esquinas les repartieron armas y pañoletas. Se llevaron engañados a muchachitos de trece o catorce años, los encerraron en la casa del cabildo, frente al templo parroquial y, en la soledad de la noche, los masacraron a todos, lanzando sus cuerpos a un pozo. Mataron a más de cincuenta niños. Debido a ese hecho, la gente estaba aún más enardecida.

Los dirigentes guerrilleros le permitieron a Hüeck defenderse en una especie de juicio público, y le advirtieron que si al final recibía aplausos o hacía reír, se salvaría; y si no, que sería ejecutado, como finalmente ocurrió. A mí, siempre me obsesionó esa imagen de Hüeck indefenso, tratando de salvarse con aplausos ante una multitud.

Mientras volaba a Madrid, en enero de 2001, escribí en una libreta el principio de la novela como si las imágenes hubieran surgido de un cilindro cinematográfico: Alirio Martinica corre por la playa tratando de huir de sus captores; una ametralladora que, desde la casa tomada, dispara una salva de prevención contra el barco enviado para rescatarlo y que finalmente huye; la captura de este hombre al ser rodeado por los guerrilleros.

Quince días después, al volver a Nicaragua, escribí el final: el hombre, agotado, frente al pelotón de fusilamiento, frente a la multitud, una mañana con mucho sol. Manco Cápac, el guerrillero que lo captura —manco a causa de una explosión y con un muñón que termina en tijera—, le ofrece una silla. Alirio Martinica acepta, quiere morir sentado. La orden se va repitiendo: "una silla, una silla, una silla" y al final viene navegando entre la multitud la silla de la cabecera del comedor de su propia casa saqueada. En ella se monta un niño como en un trono, un niño que va bendiciendo a la multitud y que antes, desde la cumbrera de una casa de tejas, estuvo cegando con un espejito al prisionero. El niño desparece; Alirio es fusilado. Con principio y final resueltos, construí la historia.

¿A partir de la vida de Hüeck?

No. La historia no sería la de Cornelio Hüeck, sino la de Alirio Martinica, mi personaje. Por azares del destino, me llegó un día un email de Jimmy Hüeck, sobrino natural de Cornelio y quien quería escribir un libro sobre lo que vivió cuando tomaron la casa y capturaron a su tío. Él no sabía que yo estaba trabajando en mi novela. Me contó una historia asombrosa. Como en Masaya la lucha estaba ya muy encarnizada, su papá lo mandó con Cornelio creyendo que así lo protegería. El muchachito de doce años llegó a la hacienda, la víspera que fuera tomada. Los defensores de la finca eran campesinos y guardias muy viejos que se fueron acobardando. Él tuvo un rápido entrenamiento que le dio un sargento, y asumió la defensa de la casa. Cuando ya no pudo más, intentó huir junto con el tío por la playa. Se refugiaron detrás de una palmera caída, los rodearon y acabaron por rendirse. Ambos fueron llevados a Tola. Lo perdonaron. Al regresar a Masaya, supo que su padre había huido a Honduras con los somocistas y a él lo reclutó la naciente seguridad del Estado como agente sandinista para informar lo que estaba haciendo la Contra desde Honduras, a donde fue enviado de inmediato. Allá, la casa de su padre era centro de conspiración.

Su historia me pareció inverosímil pero pude comprobar por distintas fuentes que era real. Yo ya estaba adelantado con una novela que era muy diferente, y lo animé a que escribiera su libro, que relatara su historia. Está escribiendo ahora ese libro, que parecerá como una novela.

Quisiera ahondar en los testimonios, tan verosímiles, que me parece casi increíble creer que no sucedieron en la realidad. Me gustaría tratar de entender su procedencia. En la novela los hay de todos tipos. El de un doctor Edgard Morín, fechado el 2 de agosto del 2001, que describe las transmisiones secretas de la Guardia Nacional que él y su hija lograron interceptar durante la última etapa de la dictadura somocista.

El diálogo telefónico, aparentemente recuperado de los archivos de la Seguridad del Estado, entre Alirio Martinica, secretario entonces

260

de Somoza, y el Comandante Nicodemo, cuando en 1974 junto con un comando guerrillero tomó por asalto la residencia de Jacinto Palacios, un connotado somocista, y lo secuestró a él junto a todos sus invitados.

Hay cables de Onofre Gutiérrez de la Associated Press relatando la suerte de un prisionero sandinista que desapareció y que fue hallado en el fondo de un cráter en agosto de 1971.

El relato de María del Socorro Bellorín, quien de niña presenció el juicio en Tola y que, al ser entrevistada, como "buena sandinista", te pidió que te reconciliaras con Daniel Ortega. Inclusive citas una carta dirigida "al autor" que te escribió Lorena López, la mujer de Alirio Martinica, quien no sólo te contó su historia desde que desenterró a sus muertos y huyó a Miami en el avión de Somoza, sino que te acusó de que "la usaste" como personaje de otra de tus novelas.

Es difícil creer que todo esto surgió de tu imaginación. ¿Cómo te documentaste para esta novela y qué, de todo esto que te menciono, pertenece al ámbito de "la realidad"?

Como señalo en *Mentiras verdaderas*, el arte de la escritura es darle verosimilitud a la mentira. Algún crítico ha escrito que se trata de una "novela testimonial", en la que hago uso de documentos reales. Nada me ha alegrado tanto, porque ése era mi propósito, que esos documentos parecieran reales. Todos los testimonios son fabricados aunque, es cierto, parten de anécdotas verdaderas como la historia del guerrillero lanzado al cráter de un volcán, o las osamentas de su padre y de su hermano que el último de los Somoza desenterró y llevó al destierro, o el secuestro de los invitados a una fiesta que se celebraba en la casa de José María Castillo en diciembre de 1974.

Por otra parte, el doctor Morín, de quien sí uso su nombre real, fue de los que, encerrados en sus casas en Managua a partir de las seis de la tarde, cuando comenzaba el toque de queda, se dedicaban a interceptar las transmisiones de la Guardia Nacional, y así logró escuchar las conversaciones de una pareja

261

que, tiempo después, supo que era Cornelio Hüeck hablando de un radioteléfono desde la Hacienda San Martín, con su esposa que estaba en Managua. Ella le insistía que regresara, que las cosas estaban cada vez peor, pero él le respondía que nada debía y que no tenía porque huir. Las conversaciones continuaron hasta que un día escuchó las voces de los guardias gritando que había un ataque a la hacienda. El doctor Morín siguió todo el combate hasta que se calló el diálogo. Años después escuchó relatar ese mismo combate de boca de un grupo de muchachos que habían participado en el asalto. Parte de lo que él me contó, lo utilicé en la novela y lo enriquecí con otros datos novelados que, en su conjunto, dieron sustento a una pieza narrativa fundamental del libro.

Incluyo también historias del imaginario colectivo que adapto a la realidad de mi novela. En Nicaragua, por ejemplo, todo el mundo conoce la historia del presidente Arnoldo Alemán, real o falsa, de cuando disfrutaba de un baño en una piscina en un hotel de playa en la República Dominicana, rodeado de todos sus íntimos, y entonces, como efecto de un medicamento que estaba tomando para adelgazar llamado Xenical, que no se puede mezclar con alcohol, sufrió de incontinencia intestinal. Cuentan que nadie se atrevió a salirse. Usé este episodio atribuyendo el percance a Somoza.

¿Y llegaste a recabar datos o testimonios en Belén o en Tola?

Es una novela que escribí a partir de mi propia memoria. No necesitaba documentar una atmósfera, porque esa atmósfera era contemporánea a mi propia vida. Comencé a partir de unos pocos datos básicos, y hasta que ya estaba muy adelantado fui a ver si la realidad se compadecía con lo que yo había escrito, si no había incongruencias graves. La hacienda San Martín, que más bien era un caserón siniestro, resultaba un sitio muy conocido para mí porque la dirigencia revolucionaria lo ocupaba como casa de fin de semana. Y la zona rural, desde Tola, a San Martín y El Astillero, la había recorrido mucho en mis tiempos del gobierno, inaugurando escuelas.

Entonces, como te iba diciendo, hasta que ya tenía la novela casi lista, fui a encontrarme con la realidad. Le pedí a mi hermana Marcia, que trabaja en proyectos de la Fundación Cantera en Tola y en Belén, que me acompañara a hablar con la gente, y fue también con nosotros Xiomara Bello, que es de Tola y también trabaja en la Fundación. Pero las referencias que encontré eran menos atractivas que el aparato de imaginación de la novela. Después de escuchar al primero de los testigos, me dije que la historia iba a ser la que yo había escrito, no la que había ocurrido. Ahora estaba decidido a contradecir a la realidad, y defender mi invención. Figúrate qué arrogancia.

Llegué a la casa de un militante del FSLN pobrísimo, a quien apodan *el Perro*. Como combatiente, había participado en la toma de San Martín. Me cohibió su pobreza, sobre todo pensar que un hombre que pasó toda su vida luchando por la revolución, no tenía ni una silla para sentarse. Comenzó por decirme que lo del barco para intentar salvar a Hüeck fue un invento, insistía que lo que hubo fue un helicóptero. De inicio me negué a renunciar al barco o al hombre corriendo por la playa con la esperanza de alcanzar ese barco. Luego me habló de Tania, una muchacha muy arrojada que se hacía llamar así por la Tania guerrillera del Ché Guevara en Bolivia, y quien tuvo un papel protagónico en la toma de la hacienda. Esta mujer, de quien yo no tenía ningún conocimiento, fue quien ejecutó a Cornelio Hüeck, y a cuatro personas más, con su pistola. Ávida de ser reconocida por su valor, ella hacía lo que "los machos" no se atrevían a hacer: mataba de frente, sin titubear; corría riesgos que le permitían ganarse el respeto de los hombres y la admiración de

263

muchas mujeres que deseaban ser como ella. Uno de los paramilitares a quien Tania iba a ejecutar, había sido su novio antes de la guerra. Al verla de frente, a punto de ser fusilado, le pidió dos favores: morir acostado en la fosa que él mismo había excavado, y que le diera un beso. Ella le dio el beso y lo mató. Fíjate como es la vida. A mí esa historia me pareció demasiado grotesca, a pesar de que era real. Y era otra historia, no la mía.

El alcalde de Belén, a quien visité esa vez, me dijo que Tania vivía en las afueras del pueblo, en la pobreza más extrema, y que ahora a sus cincuenta y tantos años se había vuelto huraña, alcohólica y solitaria, no obstante que habían pasado muchos hombres por su vida. Le pedí que la convenciera de que aceptara hablar conmigo, y luego recibí a través de Marcia el aviso de que la entrevista estaba arreglada, Tania no sólo accedía, se mostraba agradecida de que la tomara en cuenta, de que yo pensara que los hechos de su vida eran dignos de atención. No hay duda que es un personaje, y tengo pendiente esa entrevista, aunque sea para otro propósito. Los propósitos de un novelista nunca acaban.

De las pocas cosas que modifiqué en la novela fue el escenario del juicio. Xiomara, que lo había presenciado de niña, me aclaró que se llevó a cabo en la casa cural y no en la escuela primaria, como yo lo había escrito ya. Eso me pareció más atractivo. Visité el recinto, e incorporé en mi novela la imagen de bulto de la Inmaculada Concepción que ahí estaba, en la sala de actos, al lado del patio, tal como la describo. Me sorprendió que en presencia de esa imagen se hubiera llevado a cabo el juicio de Hüeck.

Alirio, quien llegó a ser el secretario de Somoza, es un hombre de tu generación que paradójicamente en su juventud, en la década de los sesenta, fue a la universidad y participó como tú en la izquierda revo-

lucionaria. Su padre fue inclusive asesinado por el somocismo y, como una escalofriante ironía, él acabó como servidor de este régimen.

En tu novela, pareciera que el destino juega un papel fundamental. El poema de Constantino Cavafis que usas como uno de los epígrafes, señala que bajan los dioses de sus máquinas para salvar a unos y eliminar a otros; que son ellos quienes implantan su orden, para luego retirarse y volver a empezar...

Los poemas de Cavafis son una de mis lecturas de cabecera junto con los cuartetos de T. S. Eliot, Las flores del mal, de Baudelaire, y por supuesto, los poemas de Darío. En Masatepe tengo una copia de esos libros y otra en Managua.

Me conmueve la fuerza del destino, tan presente en los poemas de Cavafis, que siempre está presente en la vida y en la muerte. Como bien lo señalas, *Sombras nada más*, es una novela sobre el destino, en el que cada vez creo más, y cada vez más siento el poder de su atracción misteriosa. En *La doncella manca* de Philippe de Rémi, que también uso como epígrafe, se alude a la fortuna como una rueda que, al girar, deja a unos en la cumbre y a otros, los precipita en su caída. Alirio Martinica, desde que lo capturan, sabe que no tendrá escapatoria, sabe que va a morir. Sin embargo, busca desesperadamente salvarse.

Las fuerzas secretas, a veces ocultas en el inconsciente, pueden pesar de una u otra manera para hundirnos, levantarnos o eliminarnos del escenario: puede atropellarnos un carro o puede cruzar por nuestro camino una mujer bella y, con ello, la vida puede ser radicalmente otra, para bien o para mal. El destino está lleno de esquinas ciegas y con mi vida ha jugado a su antojo.

A medida que el tiempo pasa, me he vuelto muy "junguiano". Creo en los arquetipos de Jung como propuestas filosóficas y existenciales. Estoy convencido que en los genes uno arrastra los defectos, las debilidades, las enfermedades pero, también, los sueños, y la memoria del pasado y de nuestros antepasados.

Carlos Fuentes me dijo un día algo que me llamó la atención, y es que cuando uno tiene diez o quince páginas escritas y uno no se reconoce en ellas, es porque seguramente salieron de los sueños que uno no recuerda por la mañana. Los arquetipos son obsesivos, eso es el *phatos*, el destino que actúa como fuerza oculta, la máquina puesta a andar en la que uno finalmente vive entrometido.

EL PERSONAJE INOLVIDABLE

Si algo me conmueve de tu historia es justamente que en tu destino apareció "una mujer bella", una mujer alegre y espontánea, un estable pilar familiar que te ha seguido en todas tus quimeras como político y como escritor, en las luchas y en los desencantos. Cuentas jocoso en Retrato de familia con volcán *que Miramón Porras, el galán imposible de tu prima Emma Ramírez, solía pontificar que sólo hay tres clases de mujeres en la vida: la esposa, abnegada, respetada, a la que no se le puede tocar ni con el pétalo de una rosa; la querida, que lo espera a uno encuerada en la cama para revolcarse con ella sin recatos; y la que existe sólo en los sueños, la mujer imposible, "la ilusión perdida" del vals de tu abuelo Lisandro. Me encantaría que me hablaras de Tulita y de lo que ella ha significado en tu vida.*

Tulita es el personaje inolvidable de mi vida. Encontrarla, fue cuestión del destino. Me pude haber topado con otro tipo de mujer que no me hubiera seducido siempre, ni me hubiera soportado siempre, y haber cambiado entonces de pareja. Pero mi destino fue conocerla cuando tenía apenas catorce años y yo diecisiete, una colegiala que curiosamente venía de un matriarcado, en una ciudad tan tradicional como León. Y me enamoré para siempre de ella, aunque tardamos en hacernos novios.

Su familia es de novela. Mi suegro, Orlando Guerrero Santiago, que era encantador y mujeriego, se había educado en el

Instituto Politécnico de Guatemala, una institución militar, la misma donde estudió Jacobo Arbenz, porque su padre Demetrio Guerrero, banquero y nieto del director supremo José Guerrero (así se les llamaba a los presidentes en la primera mitad del siglo XIX), quería formarlo con sentido del rigor y la disciplina.

Mi suegro murió muy joven, a los cincuenta años, y se vanagloriaba del capital que su padre llegó a acumular. Repetía que una vez le preguntaron a la Lloyd de Londres por cuanto podía girar Demetrio Guerrero y la respuesta había sido: "no hay límite". Lo repetía con orgullo cuando la familia ya había quebrado. Lo perdieron todo durante la segunda Guerra Mundial, cuando don Demetrio comprometió su fortuna en un embarque de caucho, un producto estratégico entonces; sin embargo, para su mala suerte, terminó la guerra cuando el barco iba en alta mar, y el precio del caucho se desplomó, condenándolo a la quiebra total. Se recuperó, aunque nunca volvió a ser tan próspero como antes, y después fue asesinado. Años atrás había matado a otro negociante al calor de una disputa por un lote de durmientes de ferrocarril, y el hijo del muerto, que había ingresado en la Guardia Nacional, llegó a buscarlo una tarde a su casa, azuzado por los contertulios de una mesa de tragos, y le disparó dentro de sus oficinas, donde ya quedaban pocos empleados.

Siendo Tulita una niña, mi suegro abandonó a mi suegra, Dora Mayorga, una mujer ejemplar y estoica, y partió a Guatemala detrás de otra mujer. Doña Dora entonces recogió a sus seis hijos, que vivían bajo el amparo de su suegra, y regresó a casa de su madre, Ninfa Mayorga, la matriarca que decidía hasta qué cultivos debían sembrar sus hijos varones. Cuando me hice novio de Tulita, se reunió el consejo de familia para aprobarme. Me mandaron a investigar para ver si calzaba en las normas familiares, y afortunadamente me dieron el pase. No era fácil, siendo yo de Masatepe.

Otro personaje era doña Tulita Santiago, abuela paterna de mi mujer. De niña había conocido a Rubén Darío cuando su viaje triunfal a Nicaragua en 1907, invitada por la familia Debayle a la isla del Cardón, donde lo agasajaron. Recordaba sus ojos encendidos y fulgurantes, y las bromas que le daba, de que la casaría con el poeta colombiano Carrasquilla, que lo acompañaba en ese viaje. Doña Tulita, ya viuda, se había quedado sola en la inmensa casa de los antiguos esplendores y era también una mujer dominante, con un gran poder sobre sus nietos.

Al fin, mis suegros volvieron a juntarse, pero don Orlando tuvo que cortejar a doña Dora por años, antes de que pudiera conquistarla de nuevo. La esperaba en las esquinas, y la seguía, como un enamorado adolescente. Se sentaba en la última fila del aula de la escuela de primaria, donde ella daba clases, entre los párvulos, y allí se quedaba toda la mañana.

Dices que Tulita y tú tardaron en hacerse novios, platícame de aquel romance...

Desde los ventanales de la Facultad de Derecho, yo me asomaba entre clase y clase a la plaza Jerez, frente a la Catedral, y nunca he olvidado la imagen de aquella niña de catorce años vestida con la falda a cuadros escoceses del uniforme escolar y con calcetas, atravesando la plaza con los brazos en cruz para sostener los libros. Al otro lado estaba el Colegio La Asunción donde estudiaba. Tiempo después, la encontré en la universidad. Era entonces una de las secretarias de la rectoría y ya tenía novio, un ingeniero que pasaba por buen partido, y que cuando lo dejó por mí le puso una trampa, en complicidad con un cura español, párroco de la catedral, para forzarla a casarse con él.

El cura, que era su confesor, la mandó a llamar una mañana, sacándola de su trabajo, y en la sacristía estaba el antiguo novio esperando, vestido para la boda, porque la trama del cura era casarlos allí mismo. Ella le declaró al cura que nada de eso tenía sentido porque estaba enamorada de mí, y el cura lépero trataba de convencerla con el argumento de que cuando dejara de verme, me iba a olvidar.

Las otras secretarias de la rectoría me avisaron de lo ocurrido. Corrí a buscar a mi suegra a la escuela donde daba clases, le conté lo que estaba pasando, aunque no tenía ninguna confianza con ella, y se vino conmigo a la catedral. En la puerta, ya estaban mis amigos, Manolo Morales, Julio López Miranda, y Marcio Baltodano, primo de Tulita, en plan de zafarrancho. Llegó también mi suegro, y entre los dos enfrentaron al cura, rescatando a Tulita. Parece una historia de Pérez Galdós, pero es cierta. ¿Y sabes qué? Ese mismo cura nos casó el 16 de julio de 1964 en la misma catedral. Después se mató en un accidente de carretera.

Yo tenía veintiún años cuando nos casamos, ella dieciocho. El mismo día de la boda nos fuimos a vivir a San José de Costa Rica; y la verdad es que a esa edad, tuvimos que madurar juntos. En nuestra relación, pesó más al principio la cultura tradicional del hombre que domina a la mujer, yo era un veinteañero machista. Tras tantos años de matrimonio, he aprendido mucho de su sagacidad y de su inteligencia, y de su instinto infalible para advertirme dónde está el abismo, aunque no siempre ha evitado que de el paso hacia el vacío; y a pesar de sus propias advertencias, no ha dudado en seguirme en las decisiones de mi vida, aún las más locas y arriesgadas. "Eso es amor, quien lo probó, lo sabe": de León a San José, el día mismo de nuestra boda, a Berlín a correr mi aventura de escritor, de regreso a San José a correr la aventura de conspirador, de vuelta a Managua para vivir la revolución, siempre conmigo en el triunfo y en la derrota. Hemos logrado establecer una relación muy sólida en la que ha habido desavenencias, pero no recuerdo ni un sólo momento en que nuestra vida en pareja haya estado en riesgo. Nos acercamos ya a los cuarenta años de casados. Cuarenta años, te digo, de aguantarme.

Me contaste que ella sufrió mucho cuando partiste de San José a Nicaragua en 1978, sin saber si algún día te volvería a ver. ¿Piensas que ése fue el momento más duro para ella?

Quizá fue peor cuando regresó a Nicaragua siendo yo ya un hombre de poder. En el esquema de autoridad que estableció el Frente Sandinista en Nicaragua, sólo valía aquella mujer que había combatido en la lucha militar, o la que había perdida un hijo en esa misma lucha. La mujer como esposa o compañera no era nadie, y aún en los actos protocolarios o en las tarimas de las concentraciones políticas eran desdeñadas porque según ese esquema carecían de méritos propios.

En la celebración del primer aniversario de la revolución, cuando yo estaba ya acomodado en mi sitio como miembro de la Junta de Gobierno, las personalidades fueron subiendo una a una a la tarima. Tulita venía subiendo del brazo de García Márquez, y a ella quisieron impedirle el paso los edecanes del FSLN. Como Gabo dijo que entonces él tampoco subía y que en ese mismo momento se iba de Nicaragua, se hizo un escándalo del que no me enteré sino después de finalizado el acto. Era una estupidez que, sin embargo, a ella le hacía poca mella por su carácter, alejada de las banalidades gracias a su modo de ser, siempre lleno de sencillez. Nunca dejó de hacer ella misma sus compras en el mercado, de hacer fila en los bancos, de manejar por las calles su viejo Volvo de mil batallas.

Se había comprometido a fondo con la revolución, en Costa Rica y también en Nicaragua. Cuando partió a cortar algodón, llevándose a todos sus alumnos de sociología de la universidad, no lo hizo por ganar méritos, porque siempre le repugnó participar en las organizaciones revolucionarias, sino porque creía que era su deber. Tres meses pasó en la Hacienda Punta Ñata, de la península de Cosigüina, aguantando los rigores del sol y la escasa y mala comida, durmiendo en galpones, sin que nadie lo supiera. Igualmente en San José mostró una solidaridad y apoyo totales a los combatientes. Como te he contado, nuestra casa fue un refugio siempre abierto a los sandinistas. En su Volvo, fuerte como un tractor, trasladó armas y vituallas al Frente Sur en la frontera, y trajo de vuelta a combatientes heridos a los hospitales clandestinos en San José. Ella siempre ha sabido estar a mi lado. Quizá sin ninguna vacilación, otra hubiera abandonado a un marido como el que he sido yo.

Te he escuchado decir que el arte de la escritura no tiene ninguna relación con las musas, que detrás de éste sólo hay consistencia y trabajo. En tus obras hay una riqueza del lenguaje y estilística que sorprende, ¿cuál es la metodología que sigues para lograrlo?

A mí me parece que hay formas agotadas de contar y la búsqueda de un estilo diferente en cada obra se ha convertido para mí en un desafío siempre abierto. Pienso que crear un estilo propio y tener una voz narrativa personal es la pieza esencial del oficio del escritor. Crear y recrear. Eso no sólo depende de los usos de la imaginación, sino de la exploración de los instrumentos de la escritura, el principal de ellos, como ya te dije, el lenguaje. En la elaboración del lenguaje soy muy riguroso, no acepto improvisaciones ni ser chapucero. No me gustan los adjetivos fáciles para allanarle el camino al lector, prefiero no cejar hasta dar con aquellos que calcen en la frase para iluminarla. Esa es la actitud estética a la que uno tiene que aspirar y en eso me siento seguro; al escribir no acepto trabajar con el diccionario, ni siquiera con el de sinónimos, porque encontrar las palabras exactas es obligación mía. Si no tengo en mi cabeza los sinónimos o adjetivos suficientes, entonces no soy un escritor porque no he leído lo suficiente.

A diario escribo durante cinco horas, con absoluta disciplina, y no me detengo hasta que las ideas imaginativas se agotan. Después corrijo de primera intención y dejo descansar el texto unos días para poder, ya sin la relación sentimental, quitarle "los vendajes a la momia" y advertir los defectos e imperfecciones que antes no se notaban. Como Kafka, creo que el arte de escribir está en suprimir —a veces, hasta capítulos enteros — y eso cuesta trabajo y meditación. Mis textos no están listos hasta que no pasaron cuando menos por cuatro borradores, porque creo que "antes que atrapar al asesino, hay que atrapar al lector".

Para contribuir a la imagen de veracidad del relato cuido como Flaubert —*Madame Bovary* es una escuela de precisión y de belleza— la eficacia del lenguaje y la verosimilitud de los detalles y la ambientación: las fechas y las horas precisas, las marcas de autos, las películas, la estatura en pulgadas del personaje e inclusive si en su rostro sobreviven o no las marcas de acné juvenil.

Por otra parte, cuando leo a otros, busco las costuras de los textos, veo dónde están las puntadas. Leo al revés la trama, me entretengo mucho leyendo; a veces la lectura deja de ser un placer, porque busco desmontar los libros en piezas para encontrar los planos, la mecánica de la narración y los secretos de la escritura.

Sergio, no eres sólo cercano a los grandes santones de la literatura latinoamericana, sino que también se te reconoce ahora como impulsor de jóvenes y jurado de premios literarios (el Rómulo Gallegos y el de la Fundación para un Nuevo Periodismo). A partir de las lecturas que has hecho, ¿qué piensas de lo que están haciendo ahora los nuevos valores literarios?

En América Latina se está viviendo un momento muy experimental. Los jóvenes se están saliendo de los escenarios tradicionales para trasladarse a otros exóticos, como antes sucedió con el simbolismo y el modernismo latinoamericano, que buscó sus ambientes en París o en Oriente, por la influencia de la tradición romántica europea. Me parece que esto representa un momento de crisis en el mejor de los sentidos, de búsqueda de caminos. El mundo anterior no ha desparecido del todo y el mundo nuevo se debate naciendo.

Pienso que es transitorio que Jorge Volpi busque como escenario la era nazi, o que el cubano Carlos Somoza ubique una novela policíaca en tiempos de la Academia de Platón. Son escritores con talento narrativo, que están buscando sus escenarios definitivos. La siguiente novela de Volpi, no la conozco, pero me han dicho que será sobre la masacre de Tlatelolco de 1968. Pienso además que esta nueva generación de escritores latinoamericanos —desde el mexicano Juan Villoro hasta el chileno Alberto Fuguet—, más que por la selección de temas se va a probar por el lenguaje. Tendrán que ser capaces de crear nuevos estilos y nuevas formas del lenguaje que le den a la literatura latinoamericana el tono de renovación que deberá de tener.

¿No será que entre estos escritores, más que una crisis, prevalece una desconfianza de la historia pública?

En realidad Volpi no se ha alejado de la historia pública, analiza el nazismo que es uno de sus grandes fenómenos en el siglo XX. A lo que me refiero es que al igual que sucedió en la época del simbolismo, nuevamente se ha puesto en crisis la universalidad de los temas latinoamericanos. Es una crisis que alude a la identidad de nuestra cultura. En la época del modernismo ya se discutió si lo válido era lo local o lo extranjero y para mí esa discusión tiene una base falsa: lo universal no está en los temas, que son siempre eternos, sino en el lenguaje. La novela se torna estéticamente eficaz en la medida en que uno sea capaz de encontrar un lenguaje que sorprenda. Está suficientemente probado que la literatura latinoamericana del *boom* se hizo universal usando temas americanos, hechos de nuestra propia identidad histórica y de nuestra historia pública: *La muerte de Artemio Cruz, Cien años de soledad, la Casa verde*. Los grandes problemas sociales y las luchas sindicales fueron a dar a estos libros. La historia de las revoluciones fue eficaz en términos universales. Quizá los jóvenes escritores piensan que eso ya no funciona, que es preciso negar lo ya hecho y que necesitamos elementos distintos. Por eso hablo de "crisis", en el sentido de una búsqueda de lo nuevo.

Aunque tú logras transmitir un nuevo lenguaje, con nuevos planos, yo no podría pensar en tu obra sin Nicaragua...

Yo tampoco. Es mi escenario, lo conozco, es donde nací, viví y adquirí mis sentimientos primarios y mis experiencias de la infancia y la adolescencia. No me siento a gusto en lo libresco.

Hay historias "librescas" como Memorias de Adriano *de Margarite Yourcenar que son obras de arte...*

Sí. También *Yo Claudio* de Robert Graves. Son obras de arte independientemente del escenario porque lo que domina es el lenguaje, y el hecho de que uno ve seres humanos, no artificios ni fuegos fatuos. Al leer esos libros, uno vive la lucha por el poder y las debilidades y miserias de los personajes poderosos, independientemente de la época.

Pienso que los nuevos escenarios de la narrativa aludirán a la deshumanización de la globalización, al poder de los medios digitales de comunicación, al nuevo lenguaje cibernético, al tráfico de drogas, a las narcoguerras, a la disolución del viejo concepto de estado decimonónico, a la megacorrupción, a la degeneración del medio ambiente. Esos serán los temas dominantes de la agenda pública y el escritor tendrá que insertar a sus personajes en los conflictos reales de la sociedad del siglo XXI.

Gabriel García Márquez te autografió sus Doce cuentos peregrinos, *parafraseando uno de tus libros: "Para Sergio: Con este otro castigo divino de escribir, sin saber por qué". ¿Tú si sabes por qué escribes?*

Para Gabo, que adora a Darío, ésa es una referencia en clave al poema "Los Fatal": no saber a dónde vamos ni de dónde venimos, por qué hacemos las cosas, para qué existimos, ir sin rumbo cierto... Escribir es la razón de mi vida. Me repugnaría ser un hombre de la tercera edad sin trabajo práctico. Afortunadamente no tengo una "profesión liberal" de la que deba retirarme. No fui abogado, como quería mi padre, y me llena de horror ver a esas personas que a los sesenta y cinco o setenta años se retiran y se dedican a la jardinería, a podar árboles o cultivar bonsais para llenar las horas muertas. Disfruto la felicidad de vivir sin horas muertas hasta el último día, porque del oficio de escritor uno no se retira nunca. La escritura es una pasión, una necesidad, una felicidad. No cambiaría por nada esta profesión.

Has cumplido sesenta años. Cuando ibas a cumplir cincuenta, en una entrevista declaraste que creías que te quedaban sólo diez años de vida productiva. Entonces eras un hombre de partido, respondiste que tu vida estaba consagrada al FSLN y que harías lo que fuera más importante para este organismo. Sabemos que tu vida se transformó radicalmente y que esos ideales quedaron lejos y atrás. Sin embargo, ahora que ese plazo se cumplió, ¿qué opinas de tu futuro?

Aún sigo creyendo que tengo diez años más de vida productiva —responde jocoso—. Sin embargo, reconozco que después de los sesenta la vida se vuelve impredecible. Me he vuelto hipocondríaco, me hago chequeos de salud cada seis meses y tomo mis medicinas como un asunto de supervivencia.

Una vez, en una cena muy divertida en casa de Chema Pérez Gay, con Gabo y Carlos Fuentes, hablábamos de Volpi, que acababa de ganar el Premio Biblioteca Breve de Seix Barral. Fuentes dijo: "¡Caramba, se dan cuenta, ese muchacho sólo tiene veintiocho años!". Gabo estaba junto a mí y me susurró: "Yo me conformaría con tener cincuenta y cinco como tú".

A medida que se envejece, cada quien piensa en pedirle a Mefistófeles más tiempo de vida. Los plazos se van agotando y uno quisiera tener siempre las energías suficientes para no dejar nunca de escribir: poder levantarse temprano, conservar la vista buena, no tener artríticos los dedos.

El pintor Armando Morales, que tiene un humor muy negro, pasa todo el día encerrado trabajando desde las siete de la mañana hasta la medianoche, y almuerza a marcha forzada, entre aguarrás, brochas y botes de pintura, en su estudio en Granada, París o Londres. Una vez me dijo: "Piernas, yo no necesito, podría ser como los personajes de Buñuel que tienen sólo muñones y con ellos me apoyaría en un banco con ruedas. Para pintar, sólo necesito manos y cerebro".

En mi caso, si hiciera un pacto con el diablo, no le pediría la vida eterna a cambio de mi alma, pero sí la posibilidad de estar sano para poder seguir escribiendo hasta el último día.

Y si le pidiera volver al pasado, quizá me gustaría regresar a aquel momento cuando tenía treinta años y tomé la decisión heroica de coger a mis hijos y a mi familia para ir a Berlín en busca de ser sólo escritor. Quisiera tener nuevamente esos treinta años pero sin perder ni una gota de todo lo que he vivido, lo que he escrito, lo que he leído y releído, y sin perder tampoco el enorme placer de ser padre y abuelo. ¿Qué difícil para el diablo, verdad?

APÉNDICES

Cronología básica de la Revolución Sandinista 1979-1990

1979

Ofensiva Final del FSLN contra el régimen de Anastasio Somoza Debayle (24 de mayo); el FSLN convoca a la huelga general revolucionaria y al paro empresarial (4 de junio); se anuncia la formación de la Junta de Gobierno de Reconstrucción Nacional integrado por Violeta Chamorro, Moisés Hassan, Daniel Ortega, Sergio Ramírez, y Alfonso Robelo (16 de junio); Somoza renuncia a la Presidencia de la República y huye rumbo a los Estados Unidos (17 de julio); las columnas guerrilleras del FSLN entran triunfantes a Managua y toman la capital (19 de julio); la Junta de Gobierno ingresa a Managua procedente de León; el Estatuto Fundamental de la República deroga la Constitución, disuelve la Guardia Nacional y los órganos de inteligencia y define los poderes del Estado; con la promulgación del Decreto Núm. 3 se confiscan todos los bienes de la familia Somoza (20 de julio); Ley de Emergencia Nacional (22 de julio); se organiza la Central Sandinista de Trabajadores; nacionalización del sistema financiero (26 de julio); nacionalización del comercio exterior (6 de agosto); se amplía el Decreto Núm. 3 a familiares y allegados civiles y militares de la familia Somoza (8 de agosto); Estatuto de Derechos y Garantía de los Nicaragüenses y abolición de la pena de muerte (21 de agosto); se crea el Ejército Popular Sandinista (22 de agosto); control estatal sobre recursos naturales (25 de agosto); se declara gratuita la educación universitaria (30 de septiembre);

creación del Sistema Financiero Nacional (31 de octubre); creación del Fondo Nacional para Combatir el Desempleo (29 de noviembre); la Ley de Inquilinato reduce los alquileres y especifica los derechos de los inquilinos (20 de diciembre).

1980

Se aprueba lista de precios máximos para 11 productos de consumo básicos (5 de febrero); Ley de Defensa del Consumidor (22 de febrero); inicio de la Cruzada Nacional de Alfabetización (22 de marzo); Violeta Chamorro renuncia a la JGRN (18 de abril); Alfonso Robelo renuncia a la JGRN (22 de abril); gobierno de los Estados Unidos condiciona préstamo de US$ 70 millones a la reconstitución de la JGRN (13 de mayo); el FSLN designa a los conservadores Rafael Córdoba Rivas y Arturo Cruz como nuevos miembros de la JGRN (18 de mayo); concluye la Cruzada Nacional de Alfabetización con más de 400 000 alfabetizados, y la tasa de analfabetismo es reducida de 50 a 12% (18 de agosto); se anuncian las elecciones para 1985 (18 de agosto); el presidente Carter aprueba US$ 75 millones de ayuda económica para Nicaragua (12 de septiembre); Anastasio Somoza Debayle es muerto en Asunción, Paraguay (17 de septiembre); Ronald Reagan es electo presidente de los Estados Unidos (4 de noviembre); el COSEP asegura que el gobierno ha dejado de ser pluralista para convertirse en el gobierno de un partido, el FSLN, y se retira del Consejo de Estado (11 y 12 de noviembre).

1981

Ronald Reagan asume la Presidencia de los Estados Unidos (20 de enero); Reagan suspende el último desembolso de US$ 15 millones, de los US$ 75 millones aprobados por la administración Carter (21 de enero); el departamento de Estado publica el *Libro Blanco* sobre El Salvador, en el que se acusa a Nicaragua de participar en el trasiego de armas a la guerrilla salvadoreña (23 de febrero); la JGRN es reducida a tres miembros, Daniel Ortega, Sergio Ramírez y Rafael Córdoba Rivas (4 de marzo); la prensa norteamericana informa de la existencia de campamentos de contrarrevolucionarios nicaragüenses en la Florida (19 de marzo); los Estados Unidos anuncian que no suministrará un préstamo de US$ 9.6 millones a Nicaragua para la compra de trigo (8 de marzo); se constituye la Unión Nacional de Agricultores y Ganaderos (UNAG), formada por pequeños y medianos productores agropecuarios (25 de abril); arriba a Nicaragua el primer cargamento de trigo procedente de la URSS (26 de mayo); el gobierno revolucionario decreta la apropiación pública de los bienes abandonados (Ley de los Ausentes); se aprueba la Ley de Reforma Agraria que limita la propiedad privada por ociosidad, explotación deficiente o abandono (19 de julio); se decreta por un año el Estado de Emergencia Económica y Social (9 de septiembre); Ley de Cooperativas Agropecuarias (12 de septiembre); EUA presiona para bloquear préstamos del BID a Nicaragua (6 de noviembre).

1982

Los Estados Unidos vetan préstamo del BID por US$ 500 000 a Nicaragua (19 de enero); 70 000 brigadistas de salud participan en la jornada masiva contra la poliomielitis (7 de febrero); Ley de Seguridad Social (11 de febrero); medios de prensa de los Estados Unidos revelan que el presidente Reagan ha aprobado un plan de operaciones encubiertas contra Nicaragua, que incluye US$ 19 millones que serán administrados por la CIA (14 de febrero); finaliza el reasentamiento de más de ocho mil miskitos de las riberas del río Coco, frontera con Honduras, hacia tierras del interior (14 de febrero); la Conferencia Episcopal de Nicaragua (CEN) se pronuncia en contra del reasentamiento de los indios mískitos (18 de febrero); Reagan lanza el "Miniplan Marshall" para Centroamérica y el Caribe, del que es excluida Nicaragua (25 de mayo); la Ley de Regulación del Comercio y Defensa del Consumidor faculta al Ministerio de Comercio Interior a ejercer control total sobre el comercio en Nicaragua, incluyendo productos importados (7 de junio). Nicaragua llama a los Estados Unidos a sostener negociaciones directas (28 de julio); la JGRN anuncia una serie de medidas para racionalizar el consumo de derivados del petróleo (31 de julio); el BID aprueba préstamo de US$ 34.4 millones a Nicaragua, pero los Estados Unidos lo veta (16 de septiembre); Nicaragua es elegida al Consejo de Seguridad de la ONU a pesar de la oposición de los Estados Unidos (19 de octubre); por unanimidad la Cámara de Representantes prohibe al Pentágono y al la CIA entrenar o armar a los antisandinistas (8 de diciembre).

1983

México, Colombia, Venezuela y Panamá, constituyen el Grupo de Contadora (9 de enero); el papa Juan Pablo II visita Nicaragua (4 de marzo); OMS y UNICEF declaran a Nicaragua "país modelo en salud" (6 de abril); la administración Reagan reduce a Nicaragua en 90% su cuota de exportación de azúcar hacia los Estados Unidos (9 de mayo); el Consejo de Seguridad de la ONU aprueba resolución que llama al fin del intervencionismo en Centroamérica y apoya al Grupo de Contadora (19 de mayo); la JGRN toma medidas para frenar la desestabilización monetaria y neutralizar las fuentes de financiamiento de la Contra (29 de mayo); tres diplomáticos norteamericanos acusados de espionaje son expulsados de Nicaragua, y en represalia los Estados Unidos cierran seis consulados nicaragüenses (5 de junio); los Estados Unidos vetan préstamo del BID de US$ 1.7 millones a Nicaragua (29 de junio); el Consejo de Estado aprueba la Ley de Partidos Políticos (17 de agosto); los obispos se pronuncian contra la iniciativa de Ley del Servicio Militar Patriótico (SMP) que la JGRN presenta ante el Consejo de Estado (29 de agosto); el Comité de Inteligencia del Senado de los Estados Unidos aprueban el plan de US$ 19 millones de Reagan para continuar financiando a la Contra (22 de septiembre); el general Paul Gorman, jefe del Comando Sur, convoca a los jefes militares de Guatemala, Honduras y El Salvador para discutir la posibilidad de revivir el Consejo de Defensa Centroamericano (CONDECA) (1 de octubre); se promulga la Ley del Servicio Militar Patriótico (SMP) (6 de octubre); terroristas entrenados por la CIA atacan el puerto de Corinto en el Pacífico de Nicaragua y destruyen los tanques de almacenamiento de petróleo (10 de octubre); la JGRN anuncia severas medidas militares, económicas y políticas para frenar la escalada de agresiones de la Contra (14 de octubre); el Congreso de los Estados Unidos aprueban US$ 24 millones adicionales de apoyo a la Contra (17 de noviembre); los partidos de oposición advierten que no participarán en las elecciones de 1984 si no se cumplen sus condiciones, entre ellas prohibir el voto de los militares y permitir el voto de los nicaragüenses residentes en el exterior (24 de diciembre).

1984

La JGRN anuncia el adelanto de las elecciones para el 4 de noviembre de 1984 (21 de febrero); comandos de la CIA minan los

283

principales puertos nicaragüenses (24 de febrero); los Estados Unidos deciden enviar flota de guerra a las costas del Caribe nicaragüense (12 de marzo); el Consejo de Estado aprueba la Ley Electoral (15 de marzo); los Estados Unidos vetan en el Consejo de Seguridad de la ONU proyecto de resolución que condena el minado de los puertos (4 de abril); Nicaragua presenta reclamo ante la Corte Internacional de Justicia (CIJ) en La Haya por el minado de los puertos y el apoyo de los Estados Unidos a la Contra (9 de abril); la CIJ ordena a los Estados Unidos suspender el minado de los puertos y el apoyo a la Contra (10 de mayo); Acta de Contadora para la Paz y la Cooperación de Centroamérica (9 de junio); los Estados Unidos y Nicaragua inician conversaciones en Manzanillo, México, las que concluyen el 18 de enero de 1985 con el retiro de los Estados Unidos (25 de junio); inicio oficial de la campaña electoral en Nicaragua (1 de agosto); Nicaragua anuncia que suscribirá en su totalidad el Acta Revisada de Contadora (21 de septiembre); el Senado de los Estados Unidos aprueba US$ 28 millones solicitados por Reagan para la contrarrevolución (4 de octubre); Daniel Ortega y Sergio Ramírez triunfan en las elecciones generales, en las que participan seis partidos de oposición; sin embargo, la Organización de las Naciones Unidas y su candidato presidencial Arturo Cruz se habían retirado (4 de noviembre); Ronald Reagan es reelecto en los Estados Unidos y ese mismo día amenaza a Nicaragua con una intervención militar directa (6 de noviembre); vuelos sobre Nicaragua del avión espía SR-71 (12 de noviembre); los partidos políticos y organizaciones de oposición deciden retirarse del Diálogo Nacional que había sido convocado por el FSLN (30 de noviembre); Honduras anuncia un acuerdo con los Estados Unidos para el establecimiento de bases militares permanentes en su territorio (13 de diciembre).

1985

Daniel Ortega y Sergio Ramírez asumen la presidencia y vicepresidencia de Nicaragua respectivamente; se instala oficialmente la Asamblea Nacional (10 de enero); se anuncian severas
medidas de ajuste económico, entre ellas la devaluación cam-
biaria, la eliminación de subsidios a productos de consumo
básico, reducción de la inversión pública, mercado libre de
dólares y aumento de salarios para compensar la devaluación
(8 de febrero); la Internacional Socialista (IS) condena el Plan de
Paz que el presidente Reagan había hecho público a inicios
de abril (18 de abril); el Congreso de los Estados Unidos vota
en contra del Plan de Paz de Reagan; monseñor Miguel Obando es elevado a cardenal por el papa Juan Pablo II (24 de abril);
la administración Reagan decreta un embargo comercial contra
Nicaragua (1 de mayo); se anuncian nuevas medidas que pro-
fundizan el ajuste económico iniciado tres meses antes (10 de
mayo); Nicaragua propone a los Estados Unidos reanudar el
diálogo de Manzanillo (17 de mayo); Honduras, El Salvador
y Costa Rica rompen la reunión de Contadora al negarse a discutir con prioridad el bloqueo y la agresión militar de los Estados Unidos a Nicaragua (19 de junio); el Congreso de los
Estados Unidos ratifica la aprobación de US$ 20 millones para
la Contra (25 de julio); ofensiva diplomática norteamericana en
América Latina para boicotear la próxima reunión de Contadora (9 de septiembre); fracasa la reunión de Contadora al negarse los cancilleres de Centroamérica a suscribir el Acta apro-
bada en 1984 (8 de octubre); el Parlamento Europeo asegura
que la política de los Estados Unidos hacia Nicaragua es un
intento consciente de conducir al país hacia la dictadura (24
de octubre).

1986

José Azcona Hoyo, presidente electo de Honduras, admite la presencia de campamentos de la Contra en su territorio (11 de enero); Reagan solicita al Congreso de los Estados Unidos la aprobación de US$ 100 millones para la Contra, sesenta de los cuales serán destinados a asistencia bélica (25 de febrero); el gobierno anuncia un nuevo paquete de medidas económicas que afectan los precios del combustible, los servicios públicos y el transporte, así como un nuevo ajuste salarial (9 de marzo); Nicaragua hace saber oficialmente al Grupo de Contadora que suscribirá el Acta de Paz el 6 de junio, siempre que para esa fecha haya cesado la agresión norteamericana (11 de abril); Alemania Federal anuncia que no reanudará su ayuda a Nicaragua suspendida desde 1984 (20 de junio); la Cámara de Representantes de los Estados Unidos aprueba los US$ 100 millones para la Contra y autoriza a la CIA a dirigir operaciones contra Nicaragua (25 de junio); la CIJ condena a los Estados Unidos como país agresor contra Nicaragua, a la que deberá indemnizar por los daños causados. Los Estados Unidos desconocen el fallo (27 de junio); el Senado de los Estados Unidos aprueba la entrega de los US$ 100 millones a los contrarrevolucionarios nicaragüenses (14 de agosto); la Cámara de Representantes de los Estados Unidos prohíbe el uso de fondos secretos de la CIA en la campaña contra Nicaragua (19 de septiembre); derribado un avión norteamericano que abastecía a los contras al sur de Nicaragua; capturado Hasenfus, el único sobreviviente (7 de octubre); la Asamblea Nacional aprueba la nueva Constitución Política que deberá entrar en vigencia a partir del 10 de enero de 1987 (19 de noviembre); estalla el escándalo Irán-Contra (26 de noviembre).

1987

El gobierno de los Estados Unidos considera imponer a Nicaragua un bloqueo naval para impedir el flujo de ayuda soviética (26 de febrero); se anuncia la imposición de impuestos al sector informal y se incrementan las tasas impositivas a rones, cervezas, cigarrillos y aguas gaseosas (9 de abril); déficit en la producción azucarera (10 de abril); clausura en Managua la reunión de la Unión Interparlamentaria Mundial con fuerte respaldo a Nicaragua y Contadora y condena a la agresión de los Estados Unidos (3 de mayo); al agudizarse la escasez de azúcar, aceite, arroz y leche en polvo, el gobierno toma medidas para asegurar el abastecimiento mínimo a los asalariados (5 de mayo); el gobierno anuncia nuevos ajustes económicos y el reforzamiento de la defensa militar (7 de junio); incrementan los precios de leche, carne, huevos y arroz (8 de julio); se establece la reducción del consumo de combustible y se suspende la jornada laboral del día sábado (3 de agosto); los Estados Unidos propone un diálogo directo entre el gobierno de Nicaragua y la Contra, a cambio de postergar una solicitud al Congreso de US$105 millones adicionales en apoyo a estos últimos (5 de agosto); Nicaragua, en cambio, propone a los Estados Unidos reanudar el diálogo, que el secretario de Estado George Schultz rechaza (7 de julio); los presidentes centroamericanos suscriben en Guatemala el "Procedimiento para Establecer la Paz Firme y Duradera en Centroamérica", conocido como Esquipulas II (7 de agosto); el gobierno de Nicaragua invita a la Iglesia católica y los partidos políticos a integrar la Comisión Nacional de Reconciliación (12 de agosto); se anuncian fuertes medidas económicas y mayores restricciones en el consumo de combustible (30 de agosto); la Asamblea Nacional aprueba el Estatuto de Autonomía de las Regiones de la Costa Atlántica (3 de septiembre); la URSS anuncia la entrega de 100 toneladas métrica de petróleo a Nicaragua, adicionales a las 300 acordadas con anterioridad (8 de septiembre); el gobierno decreta amnistía parcial que beneficia a quienes no hayan cometido crímenes atroces (27 de septiembre); incremento en los precios de los combustibles (8 de noviembre); el gobiernos y los partidos políticos de oposición suscriben los primeros acuerdos del diálogo nacional (25 de noviembre); la CIJ da curso a la demanda de Nicaragua contra los Estados Unidos y autoriza a Nicaragua a reclamar una indemnización a ese país (26 de noviembre); la Contra ataca poblados de la zona minera de la Costa Atlántica ocasionando cuantiosas pérdidas; el Congreso de los Estados Unidos aprueba US$ 8.1. millones para la contrarrevolución (22 de diciembre).

1988

Plan de racionamiento energético en todo el país debido al sabotaje a torres de alta tensión (15 de enero); la moneda es sustituida de manera sorpresiva, y se inicia una reforma monetaria (14 de febrero); anuncio de nuevas medidas de austeridad, entre ellas la compactación del Estado (27 de febrero); el gobierno designa al general Humberto Ortega para negociar el cese al fuego con el Directorio de la Contra (3 de marzo); operación "Danto 88" del EPS para destruir los campamentos de la Contra en Honduras; los Estados Unidos movilizan fuerzas militares hacia Honduras; Nicaragua llama a una reunión de emergencia del Consejo de Seguridad de la ONU (III) se suscriben los Acuerdos de Sapoá entre el gobierno y la Contra (23 de marzo); la Asamblea Nacional aprueba la Ley de Municipalidades (29 de junio); el gobierno de Nicaragua expulsa al embajador de los Estados Unidos, Richard Melton, y a otros siete funcionarios diplomáticos acusados de intervenir en los asuntos internos del país (12 de julio); el gobierno de los Estados Unidos expulsa al embajador de Nicaragua y a siete diplomáticos nicaragüenses (13 de julio); el senado de los Estados Unidos aprueba US$ 27 millones para la Contra, 11 de ayuda humanitaria y 16 de ayuda militar (31 de julio); la Asamblea Nacional aprueba la Ley Electoral (25 de agosto); a su paso por Nicaragua, el huracán Joan deja más de 180 000 damnificados, 500 000 hectáreas de bosques destruidas y US$ 840 millones en pérdidas (21 de octubre).

1989

Nueva devaluación monetaria (25 de enero); medidas impositivas para reducir el déficit fiscal (6 de febrero); anuncio del adelanto de las elecciones para el primer trimestre de 1990 (14 de febrero); concluye la Cumbre de Presidentes de Centroamérica en Costa del Sol, El Salvador, con el acuerdo de elaborar en un plazo de 90 días el plan de desmovilización, repatriación o reubicación voluntaria de los contras (15 de febrero); nueva devaluación (13 de abril); la Cámara de Representantes de los Estados Unidos aprueba US$ 47 millones en ayuda humanitaria a la contrarrevolución nicaragüense y asignaciones colaterales a grupos políticos dentro de Nicaragua, para un total de US$ 60 millones (14 de abril); el gobierno de Nicaragua decide expulsar a dos funcionarios de la embajada de los Estados Unidos en Managua por intervenir en asuntos internos del país (26 de mayo); los Estados Unidos dan un plazo de 72 horas al ministro de consejeros de la embajada de Nicaragua en Washington para abandonar el país (1 de junio); la Cámara de Representantes de los Estados Unidos aprueba una medida que permite al gobierno suministrar ayuda encubierta a los partidos políticos afines a la política norteamericana (30 de junio);

arriba a Managua la primera misión de las Naciones Unidas para observar el proceso electoral (8 de julio); se inicia en Managua el Diálogo Nacional con la presencia de 21 partidos políticos, que emite un acuerdo respaldando el desarme de la Contra (3 de agosto); culmina la Cumbre de Presidentes Centroamericanos en Tela, Honduras, donde se establece un plazo de tres meses para el desarme de la Contra y el desmantelamiento de sus bases en Honduras, luego de la integración de una Comisión de Apoyo y Verificación a través de la OEA (8 de agosto); nueva devaluación; el cambio del córdoba con respecto al dólar pasa a 21.3 por un dólar (24 de agosto); el ex presidente Carter de los Estados Unidos arriba a Nicaragua como coordinador del Movimiento de Mandatarios Libremente Electos, para observar el proceso electoral (17 de septiembre); Daniel Ortega y Sergio Ramírez son seleccionados como candidatos del FSLN a la presidencia y Vicepresidencia de Nicaragua (21 de septiembre); El presidente George Bush solicita al Congreso de los Estados Unidos US$ 9 millones en ayuda directa e indirecta para financiar la campaña electoral de la ONU (21 de septiembre); el gobierno de Nicaragua anuncia un reajuste salarial de 30% (23 de septiembre); culmina la Cumbre de Presidentes de Centroamérica en San Isidro de Coronado, Costa Rica (13 de diciembre); tropas estadunidenses invaden Panamá (20 de diciembre); la sede de la embajada nicaragüense en Panamá es rodeada por fuerzas norteamericanas; el EPS rodea con tanques la embajada de los Estados Unidos en Managua (22 de diciembre).

1990

Una nueva devaluación frente al dólar lleva a 46.3 córdobas por un dólar (22 de enero); más de medio millón de personas participan en el cierre de campaña del FSLN en la ciudad de Managua (21 de febrero); el Comando Sur ordena el congelamiento de las cuentas bancarias del gobierno de Nicaragua en Panamá (22 de febrero); altos funcionarios de la administración Bush reconocen que una victoria justa de Daniel Ortega sobre Violeta Chamorro, obligaría a los Estados Unidos a normalizar las relaciones con el gobierno de Nicaragua (24 de febrero); contrario a todos los pronósticos, la Unión Nacional Opositora se impone sobre el FSLN en las elecciones generales (25 de febrero); Daniel Ortega reconoce el triunfo de Violeta Chamorro y asegura que respetará la voluntad popular (26 de febrero); el presidente George Bush ofrece levantar el embargo contra Nicaragua y gestionar ante el Congreso de los Estados Unidos: una ayuda por US$ 500 millones (13 de marzo); los equipos de transición del gobierno entrante, presidido por Antonio Lacayo, y del gobierno saliente, encabezado por Humberto Ortega, suscriben el Protocolo de Procedimiento de la Transferencia del Poder Ejecutivo de la República de Nicaragua, también conocido como Protocolo de Transición (27 de marzo); el cambio oficial del córdoba con respecto al dólar pasa a 51.2 por un dólar (10 de abril); se instala la nueva Asamblea Nacional, y la ONU se divide (21 de abril); Violeta Chamorro asume la Presidencia de la República (25 de abril).

Nota biobibliográfica

Sergio Ramírez nació en Masatepe, Nicaragua, en 1942, hijo de Pedro Ramírez y Luisa Mercado, segundo de cinco hermanos. Está casado desde 1964 con Gertrudis Guerrero Mayorga, socióloga de profesión, con quien tiene tres hijos.

En 1960, fundó la revista *Ventana* y encabezó con Fernando Gordillo el movimiento literario del mismo nombre. En 1963 publicó su primer libro, *Cuentos*.

Fue electo dos veces secretario general de la Confederación de Universidades Centroamericanas (CSUCA) en 1968 y en 1976, con sede en Costa Rica y en 1978 fundó la Editorial Universitaria Centroamericana (Educa). En el mismo periodo, entre 1973 y 1975 residió en Berlín invitado por el programa de artistas residentes del Servicio de Intercambio Académico Alemán (DAAD).

En 1977 encabezó el grupo de los Doce, formado por intelectuales, empresarios, sacerdotes y dirigentes civiles, en respaldo del Frente Sandinista de Liberación Nacional (FSLN) en lucha contra el régimen de Somoza.

En 1979, al triunfo de la revolución, integró la Junta de Gobierno de Reconstrucción Nacional. Fue electo vicepresidente en 1984. Desde el gobierno, presidió el Consejo Nacional de Educación y fundó la Editorial Nueva Nicaragua en 1981.

Desde 1990 hasta 1995, como diputado ante la Asamblea Nacional, encabezó la bancada Sandinista, En 1990 recibió la

Orden Carlos Fonseca Amador, máxima condecoración del FSLN, y en 1991 fue electo miembro de la Dirección Nacional de ese partido. Desde la Asamblea Nacional promovió la reforma a la Constitución Política de 1987, para darle un contenido más democrático. Estas reformas, aprobadas en 1995, sellaron sus diferencias con la cúpula dirigente del FSLN, partido al que renunció ese mismo año.

En 1995 fundó el Movimiento de Renovación Sandinista (MRS) del que fue candidato presidencial en las elecciones de 1996. Desde entonces se ha retirado definitivamente de la vida política.

Entre sus libros figuran:

De tropeles y tropelías (197 l), que recibió el Premio Latinoamericano de Cuento de la revista Imagen, de Caracas.

El pensamiento vivo de Sandino (Educa, San José, 1975), incorporado más tarde en la colección Ayacucho (Caracas, 1982).

Charles Atlas también muere (cuentos, Joaquín Mortiz, 1976).

¿Te dio miedo la sangre? (novela, Monte Ávila, 1978; Argos Vergara, Barcelona, 1979), finalista del Premio Latinoamericano Rómulo Gallegos.

Castigo divino (novela, Mondadori, 1988), Premio Dashiel Hammett en 1990, llevada a la televisión por RTI de Colombia, bajo la dirección de Jorge Alí Triana, guión de Carlos José Reyes.

Clave de sol (cuentos, Cal y Arena, 1993).

Un baile de máscaras (novela, Alfaguara, 1995), Premio Laure Bataillon al mejor libro extranjero en 1998 en Francia, (publicado por Payot-Rivage).

Cuentos completos (Alfaguara, 1998), prólogo de Mario Benedetti.

Margarita, está linda la mar (Alfaguara, 1998), Premio Internacional de Novela Alfaguara 1998, otorgado por un jurado presidido por Carlos Fuentes, y en 2000 el Premio Latino-americano de Novela José María Arguedas, otorgado por la Casa de las Américas, en La Habana.

Adiós muchachos (Aguilar, 1999), memoria personal de la revolución sandinista.

Mentiras verdaderas (2001), conferencias sobre la creación literaria dictadas en la cátedra Julio Cortázar de la Universidad de Guadalajara.

Catalina y Catalina (cuentos, Alfaguara, 2001).

Sombras nada más (novela, Alfaguara, 2002).

Mil y una muertes (novela, Alfaguara, octubre 2004).

Sergio Ramírez ha sido condecorado con la Orden de Caballero de las Artes y las Letras por el gobierno de Francia (1993), recibió el Premio Bruno Kreisky a los Derechos Humanos, Viena (1988) y la Orden Mariano Fiallos Gil del Consejo Nacional de Universidades de Nicaragua (1994). Es doctor Honoris Causa de la Universidad Central del Ecuador (1984) y la Blaise Pascal de Clermont-Ferrand, Francia (2000). Además recibió la Medalla Presidencial del centenario de Pablo Neruda, otorgada por el gobierno de Chile (2004).

Es miembro de número de la Academia Nicaragüense de la Lengua, y miembro correspondiente de la Real Academia Española, así como de la Comisión Centroamericana de Educación y el Círculo de Copán, grupo de reflexión sobre la realidad centroamericana.

También ha hecho trabajo académico: fue maestro de la Cátedra Julio Cortázar en la Universidad de Guadalajara y profesor invitado de la cátedra Samuel Fischer de literatura comparada en la Universidad Libre de Berlín, (2001). Sus lecciones dictadas en la Cátedra Alfonso Reyes del Instituto Tecnológico de Monterrey en 2002 fueron publicadas por el Fondo de Cultura Económica bajo el título *El viejo arte de mentir*. Ha sido maestro de la cátedra del Regents Program en la Universidad de California (Los Ángeles) y profesor visitante de la Universidad de Maryland en College Park (1999 y 2000). Ha sido conferencista y maestro en el Centro Nacional de las Artes y El Colegio Nacional de México.

Índice onomástico

297

Una vida por la palabra, se terminó de imprimir y encuadernar en octubre de 2004, en Impresora y Encuadernadora Progreso, S. A. de C. V. (IEPSA), Calz. San Lorenzo, 244; 09830 México, D.F. En su composición, parada en Literal, S. de R.L.MI., se usaron tipos Palatino de 14, 13, 10:14, 9:1 4 y 8:9 puntos. La edición consta de 2 000 ejemplares.